KB041145

농구 시합 관전

"빨리! 코트 끝에 있었는데
상대 코트까지 순식간에!!
우와, 날고 있어!"

흥분해서 깍깍거리는 나나미는 경기에 이끌리듯
몸을 좌우로 움직이거나 폴짝폴짝 뛰거나 했다.
아무래도 나나미는 스포츠를 관람할 때
몸이 움직이는 타입인 것 같다.

나이트풀에서

"거기 멋진 오빠들……
누구 기다리는 사람 있어요?"

"괜찮으면 우리랑 놀지 않을래요?
파릇파릇한 고등학생인데~?"

등 뒤에서 들려온 그 목소리는 귀에 익은 목소리였다.
소리가 들린 순간 모두가 얼굴을 마주 보며 쓴웃음을 지었다.

"저기…… 그러니까…… 오, 오빠?
괜찮다면 나랑……
같이 놀지 않을래요……?"

"……사랑해."
"나도 사랑해."

그녀가 천진난만하게 씨익 웃는다.
나도 지지 않고 그녀에게 미소로 화답했다.

커버 그림, 본문 일러스트 | **카가치 사쿠**

Contents

그것은 지나가듯 들은 한 마디였다.

"……뭔가 두 사람, 거리가 가까워진 것 같은데?"

누가 말했는지는 모르겠지만, 그 말은 확실히 우리 귀에 닿았다. 거리가 가까운 두 사람이 누구일까. 나도 나나미도 잠시 주위를 둘러보는데 곧 "아니, 너희 말하는 거잖아"라는 태클이 들어왔다.

거리가…… 가까운가? 나도 나나미도 서로 얼굴을 마주 보고 거의 같은 타이밍에 천천히 고개를 갸우뚱했다. 평소와 같은 거리인 것 같은데?

그 반응을 보고 우리를 보던 주위는 역시 묘하게 가깝다며 저마다 말하고 있다. 음, 나도 나나미도 거리가 가깝다는 의식은 전혀 없었는데…….

"아…… 그렇긴 하지."

"뭐, 가까워질 만도 하지…….."

그런 우리들을 보고 오토후케 씨와 카모에나이 씨가 쓴웃음을 지으며 어딘가 체념한 듯한 얼굴로 중얼거렸다.

그 중얼거림은 작아서 나와 나나미밖에 들리지 않았지만,

아무래도 이 둘이 보기에도 나와 나나미의 거리는 가깝게 느껴지는 것 같다.

그리고 우리는 점심시간에도 반 친구들에게, 방과 후에 이르러서는 선생님한테마저 꽤 거리가 가까워졌다는 말을 듣게 되었다.

그렇게까지 크게 달라진 게 있나 싶어 의아해하는데, 그 의문에 답해주듯 오토후케 씨와 카모에나이 씨가 두 사람의 시선에서 본 나와 나나미의 모습을 알려주었다.

"아니, 정말 너희 둘 거리가 가까워졌어."

"반대로 이걸 가까워지지 않았다고 하면 더 이상하지."

카모에나이 씨가 깔깔 웃으면서 말했지만 나는 크게 감이 오지 않았다. 확실히 지금의 나와 나나미는 손을 잡고 있었지만, 그것도 평소와 같은 일이다. 아니, 이게 일상이 됐다는 건 그거대로 좀 그렇지만.

"딱히 평소랑 똑같은 거리 아냐?"

나나미도 뺨에 손가락을 갖다 대고는 고개를 갸웃하며 의문을 제기했지만, 두 사람은 볼을 긁적이더니 살짝 난감한 얼굴로 웃었다.

"아, 물리적인 거리보단…… 뭐라고 하나, 정신적인 거리감? 뭐, 원래부터 물리적인 거리도 가깝지만 말이야."

"맞아, 분위기가 가깝다는 느낌이야. 물리적 거리도 당연히 가깝지만."

모두에게 물리적 거리도 가깝다는 말을 듣고 말았다. 그렇게 가까운가?

그렇지만 분위기는 조금 부드러워진 느낌이다. 그래서 반 애들도 우리를 봤을 때 묘하게 거리가 가깝다는 식으로 애매하게 말한 걸까.

"그 정도야?"

무심결에 나온 내 목소리와 나나미 목소리가 겹쳤다. 오토후케 씨와 카모에나이 씨는 그 말을 듣더니 우습다는 듯 소리 내 웃었다. 우연이지만 말이 겹쳐서 나도 나나미도 뺨을 붉게 물들었다.

웃음을 멈춘 두 사람은 어딘가 흐뭇한 미소를 짓는가 싶더니, 젊은 두 사람을 방해하면 안 된다며 손을 흔들고는 돌아갔다. 아니, 동갑이잖아, 둘 다.

두 사람을 배웅하면서 난 오토후케 씨와 카모에나이 씨와 어색해지지 않아서 다행이라고 남몰래 안도했다. 두 사람 모두 나나미의 소중한 친구니까, 그 둘과 어색해진다면 그녀도 슬퍼할 거고…….

그런 생각을 하며 나나미 쪽으로 시선을 보내는데, 나나미도 이쪽을 보고 있었는지 눈이 딱 마주쳤다. 눈이 마주치자 나나미가 살짝 쓴웃음을 짓는다. 그걸 보고 나도 모르게 웃어버렸다.

"……그렇게 바뀐 걸까?"

"음. 평소와 같은 것 같은데."

고개를 갸웃거리며 나나미는 의문을 제기하지만 역시 나는 감이 잘 오지 않았다.

그보다 그런 변화를 스스로 인식하기 어렵다는 건 만화 같은 데서도 많이 나오는 얘기다. 현실에 있는지는 모르겠지만, 주위에서 보면 확실히 보이는데 당사자만 눈치채지 못하는 그런 일이 지금 우리에게 일어난 건지도 모르겠다.

게다가 우리들에겐 그 변화의 원인으로 짚이는 것이 있었다. 너무 많다. 그것은 오토후케 씨와 카모에나이 씨와 어색해지지 않아서 다행이라고 생각한 것과도 관련이 있는 이야기다.

나는 그 일을 돌아보았다.

……아주 진부한 말이지만 시작이 있으면 반드시 끝도 찾아온다. 그것에 대해서는 일체 반론의 여지가 없다. 내가 원하든 원하지 않든 끝은 반드시 온다.

거기에 좋고 나쁨은 없다. 어쨌든 나는 바로 얼마 전에 그 하나의 끝을 경험한 지 얼마 되지 않았다. 어쩌면 다른 사람이 보면 이것은 끝이 아니라 일단락이 아닌가 생각할지도 모른다. 하지만 나에게 있어서는 일단락이 아닌, 이것은 하나의 끝이다.

어느 쪽인가 하면 일단락은 일주일마다 있었던 데이트가 해당되는 게 아닐까. 역시 진부한 표현이긴 하지만 어떤 것에도 일단락이라는 것은 존재한다.

네 번의 일단락과 한 번의 끝.

그것이 그 한 달 동안 내가 겪은 일이다. 먼 옛날 일처럼 말했지만 바로 얼마 전의 이야기다. 그건 굉장히 귀중하고, 과장도 무엇도 섞이지 않은 유일무이한 경험이라고 할 수 있다.

어쩌면 나와 비슷한 경험을 해본 사람이 있을지도 모르겠다. 하지만 그것은 내 경험과는 다르다고 단언할 수 있다.

정확히는 내 경험이 아니라 우리의 경험이라고 말해도 좋을 것이다. 응. 다시 생각하니 이건 나와 나의 여자친구인 나나미와의 이야기라는 실감이 든다. 내 여자친구……응. 여자친구.

다시 한번 나나미를 내 여자친구라고 부를 수 있다는 것에 안도감이 들었다.

나의 선택과 행동에 따라 나나미를 여자친구라고 부르지 못할 수도 있었다. 가능성이 얼마나 되는지는 모르겠지만 정말 다행이다.

무슨 일이 있었는지에 대해 너무 말을 미뤄도 좀 그렇겠지. 하지만 어떻게 해도 이런 말이 먼저 나와 버린다. 이것은 그때 일어난 여러 일들을 떠올린 탓일지도 모른다.

그래도 이쯤에서 확실히 말해두자.

내가 경험한 끝은 나나미와의 교제다.

……아니, 틀리진 않지만, 이렇게 말하면 마치 우리가 헤어진 것 같잖아. 끝난 건 일반적인 교제를 말하는 게 아니라, 벌칙 게임의 교제라는 뜻이다.

말만 들으면 상당히 잔인하게 들리지만.

그렇다. 나는 나나미와 얼마 전까지 벌칙 게임으로 사귀어왔다. 벌칙 게임을 한 건 나나미였으니 내게는 청천벽력 같은 일이라고 해야 할까. 표현이 좀 잘못된 것 같긴 한데.

그리고 바로 얼마 전에 그 벌칙 교제가 끝났다.

벌칙 교제가 끝났고, 교제는 끝나지 않았다.

딱 그뿐인 이야기……라고 말하는 건 간단하지만, 거기에 이르기까지 얼마나 기나긴 여정이었는지 모른다. 한 달이 1년 정도로 느껴진 것 같기도 하고, 반대로 순식간에 지나간 것 같기도 하다.

지금 생각해도 나나미에게 벌칙 게임이었다는 말을 다시 한번 들었을 때는 너무 예상하지 못한 일이라 심장이 쿵 내려앉았다. 설마 나나미가 그 사실을 내게 알릴 것이라고는 생각도 못 했으니까.

그 후에는 뭐, 여러 가지 일이 있어서 서로 교제를 이어가겠다는 선택을 하게 됐다. 말투가 좀 건조하지만 그런 표현밖에 할 수 없으니 어쩔 수 없다.

끝이 좋으면 다 좋은 것이다.

끝이 있으면 다음 시작도 있다.

어딘가 어긋나 있던 나와 나나미의 관계는 다시 시작되었다. 시작…… 됐는데…….

"근데 뭐가 달라진 거지?"

나는 무심코 그런 말을 중얼거렸다.

그렇다. 나와 나나미의 관계가 새롭게 시작되면서 뭐가 바뀐 것인지 냉정하게 생각해 보니…… 사실 아무것도 바뀌지 않는 게 아닐까?

아니, 주변에서 보기엔 거리감 같은 게 달라 보인다고는 하지만, 내 마음만 보자면 마음가짐 같은 건 달라진 것이 없다.

그 후 조금 시간이 지나 뭔가 바뀔 줄 알았는데, 놀랄 정도로 아무것도 변하지 않았다. 반드시 변화할 필요는 없지만, '이걸로 괜찮은 걸까'라는 생각이 드는 것도 사실이다.

거기까지 생각한 순간, 나는 한 가지는 확실하게 바뀌었다는 것을 알아차렸다. 그래, 이건 확실히 변했어. 이제 와서 알아차렸다고 하기엔 좀 늦은 감이 있지만.

그것은 나나미가 나를 좋아한다는 확신을 가질 수 있었다는 것.

이 말만 들으면 왕자병이 심각한 사람이 하는 말 같겠지만, 사춘기 남자에게 좋아하는 여자가 자신을 좋아한다는 확신을 가진다는 것은 꽤 의미가 크다.

지금까지는 그 부분이 계속 의심스러웠는데, 이제부터

는 확신을 가지고 행동에 옮길 수 있는 것이다. 행동…….

행동? 어? 하지만 확신을 가진 단계에서는 뭘 하면 되는 거지?

나의 사고는 거기서 다시 제자리로 돌아왔다. 어쩐지 제자리걸음이네.

"왜 끙끙대고 있어?"

내가 혼자서 끙끙대고 있는데, 뺨이 눌리는 감촉과 함께 나나미의 목소리가 들려왔다. 아무것도 아니라고 말하는 건 쉽겠지만, 이 생각은 공유해두는 편이 좋을까.

응, 괜히 숨겼다간 일이 꼬이는 경우가 많으니까 그냥 말해두자.

"우리는 앞으로 어떻게 변해가는 걸까 싶어서."

"변하다니……? 요신은 뭔가 바꾸고 싶은 게 있어?"

고개를 갸우뚱하는 나나미. 설명을 너무 짧게 한 것을 반성했다. 다만 말로 전하기가 좀 어렵다고 할까, 어떻게 말해야 좋을지 모르겠네. 나는 망설이면서도 신중하게 입을 열었다.

"음, 그러니까, 우리는 바로 얼마 전까지는 뭐랄까…… 말하자면 임시 교제 같은 느낌이었잖아."

"임시 교제라니……. 뭐, 그렇긴 하지. 응, 그래서?"

"그러다가 저번 기념일에 임시를 끝내고, 그…… 제대로 된 교제를 하게 됐지. 이건 다시 말해, 그…… 진짜 연인 사이가 된 거잖아?"

……입 밖으로 꺼내자 어쩐지 볼이 뜨거워졌다. 나는 이런 말을 하는 타입이 아닌데 말이야. 아니, 이미 말해버렸으니 어쩔 수 없다. 그냥 밀고 가자.

"그러니까 진정한 연인 사이가 된 이상…… 뭔가 좀, 변화를 추구해야 하는 게 아닐까 싶어서. 예전과 같아도 괜찮은 걸까?"

후반은 말이 조금 빨라졌지만, 나는 지금 생각하고 있는 것을 나나미에게 솔직하게 전했다. 말을 다 끝난 뒤에도 뺨은 계속해서 뜨거워지더니 이윽고 얼굴 전체가 달아올랐다. 아마 새빨갛게 변했겠지, 나.

그런 나를 본 나나미는 무척 상냥한 미소를 짓고는, 내 뺨을 손가락으로 쿡쿡 찔러왔다.

그녀의 가는 손가락이 내 뺨을 눌렀다. 그 감촉에 나는 손가락의 움직임을 시선으로 좇았다. 나나미는 그 손가락을 그대로 입가에 가져가더니 잠시 생각에 잠긴 듯한 모습을 보였다.

말이 없는 그녀의 모습에 나는 어쩐지 꾸중을 앞둔 아이처럼 긴장했다. 살짝 식은땀이 흐르고 심장이 뛴다. 손끝이 차가워지고 손에 땀이 나와 나나미가 기분 나빠하지 않을까, 약간 걱정이 든다.

잡고 있는 손을 떼야 하나. 시선을 손으로 돌리려는데, 나나미가 마치 타이밍을 기다리고 있던 것처럼 입을 열었다.

"그럼 어떤 변화를 원하는지 같이 얘기해볼래?"

"어?"

예상 밖의 말에 내 입에서는 얼빠진 말이 튀어나왔다. 틀림없이 무리해서 변할 필요는 없지 않냐는 식의 대답이 돌아올 줄 알았는데, 그렇지 않았다.

내가 말문이 막혀 더는 말을 잇지 못하자 나나미가 작게 후훗 웃더니 눈을 찡긋하며 내 뺨을 다시 찔러온다. 꾹꾹 볼을 눌리면서도 나는 나나미의 다음 말을 나는 기다렸다.

"나와 요신의 관계는 좀 특이하잖아? 처음에는 아무 접점도 없었고, 다음은 벌칙 교제였고, 지금은 정말 사귀기 시작했어. 지난 한 달 만에 관계가 많이 바뀌었지."

"듣고 보니…… 그러네."

"그래서 말이야, 아마 앞으로도 자연스럽게 많이 바뀌어 가지 않을까? 그렇다면 변화한다는 걸 전제로 어떤 변화는 싫다거나, 이런 변화라면 좋다거나 그렇게 변화를 전제로 함께 대화하면서 관계를 이어 나가고 싶다고 생각했어."

"변화를 전제로……."

"응. 그게 더 재미있을 것 같지 않아?"

그런 생각은 전혀 하지 못했기 때문일까, 나나미의 말에 시야가 확 트이는 느낌이 들었다. 나는 뭘 하면 되는 걸까 고민하면서 변화하는 것 자체를 은연중에 두려워하고 있었는데, 나나미는 변화도 우리 관계의 일부라고 말해주었다.

어쩐지 엉켜 있던 실이 단숨에 풀린 기분이었다. 제자리 걸음이던 생각에 마침표를 찍은 듯 많은 것들이 단숨에 이해되었다.

"맞아, 듣고 보니 재밌을 것 같네."

내가 웃자 나나미는 치아를 드러내며 어딘가 아이처럼 웃었다. 조금 전까지 나던 식은땀도 사라지고, 차가워졌던 손가락 끝에도 열이 돌아왔다.

다시금 나나미의 손을 꽉 잡았다. 나나미가 잠시 눈을 크게 뜨며 놀란 얼굴을 하더니 이내 내 손을 꽉 마주 잡아 주었다.

"그러고 보니 변화라는 말을 듣고 떠오른 건데, 스타일을 좀 바꿔보는 건 어때? 토오루 씨도 얼마 전에 널 데려와 달라고 부탁하던데."

"나를? 바로 몇 주 전에 갔잖아……? 머리 자르러 가는 건 반년에 한 번이면 충분하지 않아?"

"음…… 남자는 그게 보통인가?"

그런 대화를 하면서 나와 나나미는 둘이서 걸었다.

나나미의 말에 마음이 놓인 나는 이때 한 가지를 간과하고 있었다.

그건 나나미가 자주 자폭한다는 점이었다. 이때도 나나미는 아무렇지도 않은 얼굴을 하고 있어서 나는 그 사실을 나는 전혀 깨닫지 못하고 있었다.

　그것을 내가 알게 되는 것은 이 바로 다음…….

　아직 서로를 잘 모르는 우리의 새로운 일상은 이렇게 평소처럼 잔잔하게 흘러가고 있었다.

행동이나 관계성에 변화가 생겼지만, 당연히 변화하지 않는 것도 있다. 영원불변은 아니겠지만 적어도 지금은 변하지 않았다.

오늘처럼 내가 나나미의 집을 방문하는 것도 그중 하나다.

출장 중이던 우리 부모님이 집에 돌아왔기에 나도 나나미의 집에 빈번히 오갈 이유가 없어졌다. 하지만 "이렇게 방문할 일도 없어지겠네요"라는 말을 했더니 바라토가 사람들이 반대를 외쳤다.

특히 토모코 씨와 겐이치로 씨가 강하게 반대했다. 물론 나나미도 반대했지만, 이 두 사람은 나나미보다 굳건했다. 마음은 감사하지만 정말 괜찮은 걸까……. 그렇게 생각하면서도 결국 나는 그들의 호의를 받아들이기로 했다.

그런 이유로, 나는 오늘도 이렇게 바라토가를 찾아오고 말았다. 물론 매일은 아니지만.

조금 전 변하지 않았다고 말한 직후에 할 말은 아니지만……. 오늘은 조금 그것에 변화가 있었다.

평소에는 나나미와 함께 바라토가로 돌아오면 그대로

나나미에게 요리를 배우거나 그날 저녁 요리를 나나미와 토모코 씨와 셋이서 만들거나 했다.

……새삼스레 생각해 보니 그녀의 어머니와 함께 요리하는 건 무척이나 특수한 상황이었다. 정말 새삼스럽지만.

하지만 나는 지금 토모코 씨의 권유로…… 나나미의 방에 있었다. 오늘은 토모코 씨가 혼자서 실력을 발휘한다고 하셨다. 나나미도 돕겠다고 나섰지만 거절당해서 당연히 나나미도 함께 있다.

그것이 변화 중 하나. 작은 변화였지만 아무것도 안 하는 건 거의 처음이었다.

그리고 또 하나의 변화는…… 지금 방에 있는 나나미다. 아니, 나나미가 있는 건 그녀의 방이니까 당연하다고 하면 당연한 거지만…….

왠지 지금…… 나와 그녀의 거리가 아주 조금 멀다.

아까까지 거리가 가깝다거나 그런 대화를 했던 게 거짓말인 것처럼, 나도 금세 알아차릴 수 있을 정도로 나나미는 대놓고 거리를 두고 있었다.

평소였다면 같이 방에 들어오자마자 붙어오거나, 나한테 무릎베개를 해달라고 하거나, 반대로 나한테 무릎베개를 해주거나……. 응, 정말 많이 했었네.

아무튼 방에 단둘이 있으면 오히려 나나미가 이것저것 하고 싶어 했는데…… 오늘은 보란 듯이 쿠션 하나 정도로 떨어져서 앉아 있다. 심지어 쭈그려 앉아 있다.

자세히 보니…… 내 쪽으로 시선을 잘 돌리지 않는다. 힐끔힐끔 곁눈질하는가 싶으면 금세 고개를 돌리고 피해 버린다. 아까까지만 해도 멀쩡했는데, 방에 들어오니까 갑자기 이 상황이다.

……어째서지?

나는 살짝 몸을 띄워 반걸음 정도 나나미에 다가갔다. 그러자 그녀가 몸을 움찔 떨더니 반사적으로 상체를 조금 멀리했다.

그걸 보고 나는 몸을 다시 제자리로 돌렸다.

……수수하게 살짝 충격을 받고 말았다.

나나미도 자신이 몸을 멀리했다는 자각이 있는 것인지 약간 당황한 채로 손을 허공에서 어쩔 줄 몰라 하고 있었다. 묘하게 초조해진 나는 그 기분을 억누르기 위해 천천히 입을 열었다.

"나나미……? 무슨 일 있어? 내가 뭐 실수했나?"

내 물음에도 나나미는 작게 고개를 저을 뿐이다. 아무래도 내가 뭔가 실수한 건 아닌 것 같다. 하지만 짐작 가는 것이 없다.

다시 고개를 든 나나미가 힐금 나를 바라봤다. 나나미와 시선이 마주쳐서 미소를 지었는데…… 나와 시선이 마주치자마자 나나미는 곧바로 얼굴을 가려버렸다.

잠깐만. 이것도 좀 충격인데. 아니, 상당히 충격이다.

충격을 받은 나는 다시 한번 나나미에게 말을 걸어 보려다가…… 얼굴을 가린 나나미의 귀가 붉은 걸 뒤늦게 깨달았다.

귀가 빨갛다. ……아니, 귀만 그런 것이 아니다. 자세히 보니 옆으로 보이는 뺨도. 목 언저리도 주홍빛으로 물들어 있다. 전체적으로 새빨개진 상태다. 근데 그 모습에 내 머리가 더욱 혼란스러워졌다.

"……저기, 나나미……. 왜 빨개진 거야? 그…… 빨개질 만한 일이 있었나?"

돌이켜봐도 나나미가 부끄러워할 만한 일이 떠오르지 않았다. 조금 전에 같이 돌아오고, 변화에 관한 이야기를 하고…… 집에 도착해서 방에 왔다. 그것뿐이다.

다만 어쨌든 나나미가 화난 건 아닌 듯해서 그 부분은 안심했다. 상태를 보니 무언가에 부끄러워하는 것 같은데……. 대체 뭐에 부끄러워하는 거지?

일단 나는 더 추궁하지 않고 나나미의 마음이 가라앉기를 기다렸다.

조금 전까지 있었던 서운함은 더는 내 안에 없었다. 진정되면 분명 얘기해주리라 생각했기 때문이었다. 그리고 그런 내 생각은 틀리지 않았다.

내 쪽으로 시선을 보내던 나나미가 더듬더듬 말문을 열

었다.

"저기…… 그…… 나랑 요신은…… 벌칙 게임으로 한 고백 때문에 사귄 거잖아?"

"그렇지. 응. 얼마 전까지는 그랬지."

"그러니까…… 지금은 그, 정식으로 연인이 된 거잖아, 우리…….."

"으음…… 그렇지? 아까 그 얘길 했었지."

새삼스레 확인하듯 나나미가 천천히 입을 열었다. 응, 그런데 그게 부끄러운 것과 무슨 상관이지? 오히려 아무 거리낌 없이 달라붙어 있을 수 있는 거잖…… 아니지, 자중해라, 나.

하지만 부끄러워할 만한 일이라고 하기엔 살짝 맥이 빠지는 느낌도 들었다. 그런 내 생각은 이어서 나온 나나미의 말에 무산됐다.

"뭔가…… 새삼스레 그, 정말 남자친구랑…… 요신이랑 방에 단둘이 있다는 걸 의식하니까…… 뒷북이지만 긴장이 돼서…….."

"허……?"

생각지도 못한 한마디에 내 생각이 멈췄다.

나와 나나미가 벌칙에 의해 사귄 것은 얼마 전까지다. 정식으로 연인 사이가 된 뒤로 데이트도 한 번은 했다. 그로부터 벌써 며칠은 지났다.

새삼스럽다고 하면 새삼스럽다고도 할 수 있었다.

하지만…… 이렇게 정식으로 연인 사이가 됐다는 것을 재확인한 것은 처음일지도 모른다. 바론 씨나 다른 사람한 테 이야기도 하면서 요즘은 여러모로 느긋한 느낌이었으니까.

나와 나나미는 벌칙으로 사귀는 관계였다. 그건 다시 말해 우리 사이에 '벌칙 고백'이라는 이름의 완충재 같은 것이 있었다고 볼 수 있었다.

지금까지의 우리는 서로가 상대방이 자신을 좋아하기를 바라며 행동해 왔다. 그래서 다소 대담해져도 '이건 벌칙이니까'라는 식으로 무의식중에 합리화를 할 수 있었다.

벌칙 게임이라는 것을 전제로 한 행동……. 그것이 지금까지의 우리들이었다. 그러니까 완충재. 그것을 나도 뒤늦게 이해하고…… 지금까지 무의식이었던 부분을 의식하게 되었다.

완충재가 사라진 것이다.

"아, 아니, 저기……. 그렇지…… 단둘이…… 있지……."

"으…… 응, 단둘…… 뿐이네."

의식하기 시작하자 갑자기 내 말도 어딘가 어색해졌다.

정확히는 토모코 씨랑 다른 사람도 집에 있으니 굳이 따지자면 단둘이라고 하긴 어렵겠지만, 그래도 지금 이 공간에는 단둘뿐이다. 아니, 지금까지도 단둘이 있었지만.

우리 사이에는 지금 쿠션 하나만큼의 거리가 벌어져 있다.

……지금 그 쿠션 하나만큼의 거리가 유난히 멀게 느껴졌다. 눈 깜짝할 사이에 줄일 수 있는데도 멀다. 지금까지 내가 어떻게 그걸 할 수 있었지? 싶을 정도로 긴장하고 말았다.

……아니, 긴장하고 있는 건 나나미도 마찬가지……. 어떤 의미로는 나보다 더 긴장하고 있을지도 모른다.

애초에 나나미는 남자들을 어려워했다. 새삼스러운 이야기였지만 그 사실을 의식했다면 쉽게 움직이기 어려울 것이다.

음…… 지금은 내가 먼저 움직여야 하겠지?

딱히 그게 남자의 몫이라는 소릴 할 생각은 없다. 단지 순번의 문제다. 아까 내 불안을 없애준 것은 나나미다. 그러니까 이번에는 내 차례다.

"저기, 나나미…… 가까이 가도 될까?"

평소에는 입에 담지 않던 말을 했다. 조금 가벼워 보이는 대사 같기도 하지만, 지금의 나나미에게 허락 없이 접근하면 분명 깜짝 놀랄 테니 꾹 참았다.

마치 겁 많은 고양이를 상대하는 기분이다. 키워본 적은 없으니까 완전히 내 상상이지만.

마치 투명한 판이 세워져 있는 것 같은 느낌을 없애기 위해 내가 건넨 말에, 나나미는 한순간 눈을 크게 뜨고 놀랐지만…… 곧 조용히, 하지만 크게 고개를 끄덕였다.

안도한 내가 다시 나나미를 바라보는데, 유난히 그녀가 빛나고 있다는 생각이 들었다. 갑자기 일어난 그 현상에 눈을 잠시 비벼 보았지만, 여전히 나나미는 반짝거리며 빛나고 있었고…… 이전보다 더 귀여워 보이는 현상도 달라지지 않았다.

"음…… 그럼, 가까이 갈게."

긴장하면서도 천천히…… 초등학교 때 학교에서 기르던 토끼가 겁먹지 않도록 조심히 다가갔던 일을 떠올리며…… 나는 나나미 옆으로 이동했다. 지금도 그 토끼는 잘 있을까?

이동한 뒤 나는 곧바로 어떤 행동도 하지 않았다. 나나미의 마음이 진정되기를 기다렸다.

……뭐, 사실 나도 너무 긴장해서 시간이 필요한 건 마찬가지였다.

방에 침묵이 찾아왔다……. 하지만 불쾌하지는 않았다. 오히려 시간이 지남에 따라 그 침묵이 서서히 편해지는 기분이었다

나나미도 그런 것일까. 조금 전까지 있던 뺨의 붉은 기가 가라앉고…… 표정이 다소 부드러워졌다.

그리고…… 그 침묵을 깬 것은 나나미였다.

"……저기, 요신. 머리 쓰다듬어 주지 않을래?"

나나미가 자신의 몸을 약간 기울이더니…… 내 몸에 아

주 살짝 자신의 몸을 가까이했다. 평소였다면 예고 없이 내 무릎에 머리를 얹어왔을 텐데 말이다.

나나미는 새삼스레 물어보고는 나에게 머리를 내밀듯이 기울였다. 나는 침을 한번 삼키고 잘 나오지 않는 목소리를 간신히 짜냈다.

"머리…… 쓰다듬는다?"

"응…… 부탁해…….."

천천히 손을 들어 나나미의 머리에 손을 얹으려고 하는데, 묘하게 긴장이 된다. ……손에 땀은 없지?

살짝 걱정된 나는 일단 손수건으로 손을 닦은 뒤 다시 나나미의 머리에 손을 얹었다.

나나미의 머리를 만진 것은 오랜만이었다. 보들보들하고 무척 기분 좋은 촉감이 손바닥을 통해 전해졌다. 마치 고급 융단을 매만지는 느낌이라 계속 닿아 있고 싶을 정도였다.

그대로 천천히 나나미의 머리를 쓰다듬기 시작했다. 머리를 쓰다듬고 있자…… 그녀가 어딘가 기분 좋은 듯 눈을 가늘게 뜨는가 싶더니…….

"……후후후."

"……하핫."

우리는 누가 먼저랄 것 없이 웃음을 터뜨렸다.

나나미는 머리를 쓰다듬고 있는 나의 손을 잡더니 그대로 그 손을 천천히…… 자신의 뺨으로 가져갔다. 그녀의, 희미한 열기를 띤 부드러운 피부의 감촉이 내 손바닥에 은은하게 전해져 온다.

"요신…… 고마워. 응, 좀 진정됐어. 요신의 손은…… 따뜻해서 좋아."

"그래? 그럼 다행이다. 나도 뭐랄까…… 나나미한테 그 말을 듣고 긴장됐는데, 진정된 것 같아."

사실 그녀의 뺨의 온기에 여전히 조금 두근거리기는 했지만, 나나미가 진정되었다면 그것이 가장 다행이었다. 그대로 나나미는 내 손에 입술을 살짝 대는가 싶더니 다시 웃는다.

내 심장이 쿵 하고 크게 뛰었다.

"잘 생각해 보니까 키스까지 했는데, 정말 새삼스럽네."

나나미는 살짝 난감한 듯, 민망한 듯 수줍은 미소를 지었다. 그리고 다시 한번 내 손등 근처에 입술을 가져갔다.

음……. 나는 어떻게 해야 하지? 설마 손에 키스…… 토모코 씨 스타일로 말하자면 뽀뽀일까? 그걸 당할 줄은 몰랐다…….

어? 이거 상황적으로 남녀가 바뀐 거 아닌가?

"……키스도 아직 한 번밖에 안 했잖아……."

"그러니까. 왜 두 번째는 안 해주는 거야."

"아니, 그게…… 그러니까…… 그렇잖아?"

볼을 부풀린 나나미가 내 쪽을 지그시 바라보았다.

그 시선을 받은 나는 그녀에게서 살짝 시선을 돌렸지만…… 곧 마음을 굳히고 반격이라는 듯 나나미의 손을 부드럽게 잡아당겨 그 손바닥에 가볍게 내 입술을 갖다 댔다.

나나미와 똑같은 행동을 한 것뿐인데 심장은 미친 듯이 뛰고 있다. 나나미, 잘도 이런 걸 했구나……? 나 나름 애썼어.

그런 내 마음을 아는지 모르는지 나나미는 눈을 깜박이고 있다.

"요신, 대담하네? 이게 왕자님 시추에이션이라는 건가?"

기쁜 얼굴로 내 손을 부드럽고 다정하게, 장난감을 가지고 놀듯 꾹꾹 만져온다. 통증은 전혀 없지만 간지럽고 어딘가 등 쪽이 간지러웠다. 그걸 참으면서 나는 나나미의 눈을 똑바로 바라보았다.

"먼저 한 건 나나미잖아. ……나나미야말로 키스까지 했는데 새삼스러운 거 아냐?"

"에이…… 아직 한 번밖에 안 했는데?"

"그거 아까 내가 말했던 거네."

"요신의 말도 내가 했던 말이잖아."

서로 거기까지 말하자 둘 사이에 있던 이상한 벽이 없어진 듯한 느낌이 들었고…… 우리는 누가 먼저랄 것 없이 웃었다. 이제야 평소와 같은 거리감이 된 것 같았다.

아직 조금…… 정말 아주 조금 어색한 느낌도 들긴 했지만, 그것도 서서히 익숙해질 것이다.

뭐랄까, 새삼스럽게 의식해버려서 그런가, 아직 한 달이라고는 해도 사귄 지 한참 지났는데…… 마치 사귀기 시작했을 때처럼…… 풋풋한 느낌이 드네.

아니, 그때는 매 순간이 벅차서 지금보다 더 생각할 여유가 없었나?

하지만 솔직히 이 느낌은 싫지 않다.

"무릎, 실례할게."

그런 생각을 하고 있는데 나나미가 내 무릎 위에 자신의 머리를 올려놓았다. 긴장이 풀리며 평소의 나나미로 돌아온 듯했다. 나는 다시 한번 그녀의 머리를 매만졌다.

간지러운지 그녀는 자신의 입술에 검지를 톡 가져간 채 아주 살짝 요염한 미소를 지었다. 심장이 쿵 울린 나는 그대로 그녀의 말을 기다렸다.

"두 번째 키스…… 해버릴까?"

살짝 얹고 있던 손가락으로 입술을 가볍게 쓰다듬는다. 마치 유혹하는 듯한 그 몸짓에 나는 겨우 진정된 뺨이 다시 붉어지고 있다는 것을 깨달았다. 나나미도 아주 조금 볼을 붉히고 있었다.

"……입술을 싸게 파는 건 좋은 생각이 아닌 것 같은데."

"음…… 요신 한정 특별 세일이야. 지금 사면 완전 이득

인데, 어때?"

머리를 긁적이며 나는 눈을 감고 생각했다······ 생각하는 척했다. 아니, 이런 말을 듣고 거부할 수 있는 남자가 세상에 있을까? 아니, 없잖아. 나도 모르게 반대하는 말이 튀어나왔다.

진지하게······ 받아보겠습니다.

"그럼 지금 살까?"

"······!"

눈을 뜬 나는 나나미를 내려다보았다. 나나미는 잠시 말을 잇지 못하는가 싶더니 이내 내 눈을 다시 마주 본다. 그리고 손을 뻗어 확인하듯 내 뺨에 닿아온다.

"환불은 불가합니다, 손님······. 괜찮으시겠어요?"

"안 할 거야······. 아, 근데 만약 환불하면······ 혹시 나도 입술로 돌려줘야 하는 건가?"

"그럼 환불 가능으로······."

그대로 나나미는 눈을 감고 나에게 몸을 맡겼다.

······뭐지? 고백할 때는 기분이 들떠 있던 탓인지 비교적 수월하게 할 수 있었던 것 같은데······. 이렇게 냉정하게 하려고 보니 부끄럽네. 아니, 그때도 수월하게 되진 않았나.

거기서 나는 그때의 일을 떠올렸고······ 한 가지의 실수를 깨달았다. 하지만 지금 그 일은 일단 놔두자. 지금은······ 나나미를 오래 기다리게 하면 안 되겠지.

그대로 나는 그녀의 입술에 다가갔고…… 이어서…….

나와 그녀의 입술이 겹쳐졌다.

닿은 것은 겨우 몇 초뿐으로 금방 떨어졌지만…… 나나미는 눈을 감은 채 새빨갛게 변해 있었다. 나도 당연히 새빨갛다.

"……부끄러우면 유혹하는 말을 안 하면 될 텐데. 이젠 목까지 새빨개졌잖아."

"힉?!"

붉어진 목덜미에 아주 살짝 손을 대자 나나미가 움찔 몸을 떨며 눈을 떴다. 자폭하는 건 여전하네, 내 여친님. 거기도 변함없다고 해야 하는 건가?

새빨갛게 달아오른 나나미가 나를 향해 수줍은 미소를 지으며 투덜거렸다.

"하지만…… 앞으로도 계속 키스하고 싶으니까…… 조금이라도 익숙해지는 편이 좋잖아……?"

시선을 살짝 피하는가 싶더니 입꼬리를 손으로 가리고 엉뚱한 소리를 한다. 나는 지금 당장 "내 여자친구가 너무 귀여워요!"라고 외치고 싶은 마음을 가까스로 억눌렀다. 뭐야, 이 귀여운 생물은.

일단 나는 심호흡을 하고 마음을 가라앉혔다.

"익숙해지지 않아도 돼……. 익숙해지면 이런 귀여운 반응을 못 보잖아?"

평소라면 절대로 하지 않는 대사에 닭살이 돋을 것만 같다……. 하지만 귀엽다고 하지 않으면 어쩐지 큰일이 날 것 같은 기분이었다.

내가 그런 행복을 만끽하고 있는데, 나나미가 내 가슴팍을 두드려댔다. 하지만 손에 전혀 힘이 들어가지 않아 퐁퐁, 하고 공기 소리밖에 들리지 않았다.

"우우…… 뭔가 여유 있는 반응……. 혹시 요신은 이미 익숙해? 치사해~."

"아, 아니, 여유도 없고 익숙하지도 않아요……."

볼을 부풀린 나나미의 말에 뒤늦게 정신을 차린 나는 웃으며 얼버무리듯 뺨을 긁적였다. 아무래도 나의 닭살 돋는 말은 나나미에게 여유로운 태도로 받아들여진 듯했다.

"그러고 보니까…… 나나미는 두 번째 키스라고 했지만, 정확히 말하면 세 번째 맞지?"

나는 거기서 아까 깨달은 실수를 언급했다. 그랬다. 우리는 기념일에 2번…… 나나미가 한 번, 내가 한 번 키스를 했었다. 그러니까 아까는 세 번째다.

하지만 나나미는 나에게 두 번째 키스를 해달라고 했다. 굳이 따질 필요는 없는 이야기였지만, 뭔가 그 부분에서 차이가 나는 게 신경 쓰였다. 내 말에 나나미는 조금 놀란 듯 눈을 크게 뜨고는…… 다시 얼굴을 가린다.

고개를 갸우뚱하는 나에게 나나미는 얼굴을 가린 채 말

을 했다. 사라질 것 같은 목소리였지만, 가까운 거리라서 그 목소리는 내 귀에 똑똑히 들렸다.

"……저기…… 그…… 요신이 해주는 게 두 번째라는 뜻인데…… 내가 하는 건 좀…… 아직 부끄러워서……."

"음, 처음에는 나나미가 먼저 했었잖아? 이제 와서 새삼스럽지 않나?"

"그때는 그…… 기분이 들떠 있었으니까……. 냉정하게 생각하면, 내가 먼저 하다니 좀 경박하지 않아? 요신, 혹시 정떨어지지 않았어?"

그 말을 들은 난 무심코 소리 내어 웃고 말았다. 우리는 이런 점까지 닮았을까 하는 생각과 새삼스럽게 그 부분을 걱정하는 건가 하는 생각에서였다.

내가 웃는 것을 보고 새빨개진 채로 뺨을 부풀린 나나미는…… 내 가슴을 힘없는 주먹으로 툭툭 쳐댔다.

계속 웃는 내 모습에 나나미도 처음에는 화난 표정을 짓고 있었지만, 머지않아 그녀도 웃기 시작했다.

정말이지 행복한 기분이다.

한바탕 웃고 난 뒤 서로가 침묵했고…… 방에는 정적이 찾아왔다. 여전히 나나미는 내 무릎 위에 누워 있고, 나는 그녀의 머리를 천천히 쓰다듬고 있다.

"뭔가…… 이렇게 나나미가 무릎베개하고 있으니까 안심이 돼. 새삼스럽지만 정말 끝났구나, 하는 생각이 들어."

"……나도 요신과 이러고 있을 수 있어서 행복해. 여러 일들이 많아서 그런지 괜히 더……. 그래도 끝났다는 말은 좀 다르지 않아? 이제 시작이잖아."

"……그럴지도 모르겠네. 다시 한번 잘 부탁해."

"나야말로."

쭉 기지개를 켜는 나나미와 나, 둘이 함께 편안한 표정을 짓고 있는데, 방문을 노크하는 소리가 들렸다.

"들어 오세요~."

나나미의 말에 방문이 열리고 쟁반을 든 토모코 씨가 들어왔다.

"두 사람, 차 마시렴. ……어머?"

"아, 감사합니다."

"고마워, 엄마. 응? 왜 그래?"

감사의 말을 하는 나와 나나미를 향해, 토모코 씨는 쟁반을 든 채 입을 벌리고 있었다. 나와 나나미를 번갈아 보며 눈을 빛내고 있다.

"저기…… 뭐 하는 거니?"

"뭐 하냐니, 무릎베개……."

"아니, 왜 나나미가 하고 있어……?"

"어……."

나와 나나미는 거기서 자연스레 얼굴을 마주 보았다. 그러고 보니 이 자세를 토모코 씨에게 제대로 보여주는 것은 처음인 것 같은데……? 나나미는 긴장이 풀려서 그런 것인지 크게 개의치 않고 "차, 거기에 놔줘~"라고 말했다.

나는 혼자 괜히 찔려서 이상한 식은땀을 흘리고 있었다.

토모코 씨는 개의치 않는 나나미의 모습에 당황하면서도 "나도 그이한테 해달라고 할까……"라고 말하며 방에서 나갔다.

그리고 나나미는 나에게서 떨어져 차를 마시더니…….

"이이이이이제 어쩌지, 요신?! 엄마한테 보이고 말았어! 분명 모두한테 다 떠벌릴 텐데!"

"아니, 반응이 너무 늦어……."

평정을 가장하고 있던 나나미는 그때서야 처음으로 당황한 기색을 내비쳤고…… 한동안 꺅꺅거리며 떠들어댔다. 나는 그런 나나미를 바라보면서 결국 우리는 별로 변하지 않았다는 사실을 실감했다.

그러니까 사람의 본질은 크게 바뀌지 않는다.

나는 바로 며칠 전에 있었던 일을 떠올리면서 그런 생각을 하고 있었다.

잠시 시간을 거슬러 올라가서.

그때는 바론 씨와 다른 사람들에게 보고를 한 날로부터

조금 지난 시점이었다. 우리가 정식으로 교제를 시작하고 심기일전한 타이밍.

당연하지만 우리들이 다시 사귀기 시작했다는 것은 주위에는 공언하지 않았다. 한다고 해봐야 한 달 기념일을 맞았다는 얘기 정도였다.

그래서 우리의 교제는 주위에서 보기엔 평소와 같다고 볼 수 있다. 근데 그렇지 않은 사람들도 있다. 그 사람들에게 있어서는 우리들이 교제를 계속한다는 것은 다른 의미를 지닌다.

그로 인해 그 사람들에게도 변화가 일어났다.

분명 이것은 그 첫 번째 이야기일 것이다.

서로 비밀을 털어놓고 다시 한번 교제를 시작하자마자 곧바로 나와 나나미는 아무도 없는 교실로 불려갔다. 불려갔다──라고 하니 어감이 좀 흉흉하지만, 그런 무서운 이야기는 아니다.

나를 불러낸 것은 오토후케 씨와 카모에나이 씨, 두 사람이었다. 그래서 나는 그 호출의 이유를 짐작했다. 그것은 나나미도 마찬가지일 것이다. 그리고 우리는 조용히 그 교실로 들어갔다.

교실 안에는 당연히 오토후케 씨와 카모에나이 씨 두 사람이 있었다. 두 사람은 자리에 앉지도 않은 채로 우리를 기다리고 있었다. 그 부분에 대해서는 별로 놀라지 않았다.

내가 놀란 것은…… 두 사람의 모습을 보고 나서였다.

그곳에는 평소처럼 교복을 헐렁하게 입은 게 아니라 반듯하게…… 마치 정장처럼 교복을 단정히 차려입은 두 사람이 있었기 때문이다.

액세서리도 모두 뗀 것인지, 카모에나이 씨는 늘 목에 차고 있는 로켓 펜던트마저 보이지 않았다.

처음 보는 모습에 나는 눈을 휘둥그레 뜨고 놀랐다. 힐끔 옆을 보니 나나미는 놀라지 않은 듯했다. 아무래도 알고 있었나 보다. 뭐, 나나미를 경유해서 불러온 거니 당연한 건가.

그리고 나를 기다린 것은 두 사람의 사과였다.

"미스마이, 미안."

"미안해."

오토후케 씨와 카모에나이 씨가 내게 깊이 고개를 숙여 왔다. 그녀는 그런 두 사람을 약간 괴로운 얼굴로 보고 있었지만 말을 보태진 않았다. 어디까지나 이것은 나를 향한 사과이기 때문이었다.

사람 없는 교실을 선택한 것도 이들 나름의 배려일 것이다. 만일 이런 모습을 누가 보면 어떤 소문이 날지 알 수 없는 일이니까…….

나는 그런 두 사람에게 어떤 말을 해야 할지 알 수 없었다. 그래서 지금의 내 솔직한 마음을 입에 담았다.

"……나나미한테 들었어. 그날 했던 고백이 세 사람의 승부에서 진 나나미가 받은 벌칙이었다는 거."

그 한마디에 고개를 숙이고 있던 두 사람의 몸이 살짝 움찔했다. 조금 나무라는 말투였나 싶어 반성한 나는 다시 한번 두 사람에게 결과를 알렸다.

"그렇게 걱정하지 마. 우리는 이후에도…… 앞으로도 계속 함께니까. 헤어지는 일은 없을 거야."

두 사람은 고개를 숙이고 있어 보이지 않겠지만, 나는 나나미를 살짝 껴안았다.

안긴 나나미는 아주 조금 수줍어하며, 하지만 기쁜 얼굴로 웃었다. 그런 얼굴을 하면…… 나까지 기뻐지잖아. 내 말에 두 사람은 순간 고개를 들었고, 끌어안긴 나나미를 보고는 진심으로 안도하는 표정을 짓고 있었다.

하지만 그것도 잠시, 다시 그녀들은 고개를 숙였다.

"고마워…… 우리가 할 말은 아니지만, 정말 고마워."

"고마워…… 나나미를 선택해줘서…… 용서해줘서 고마워."

두 사람의 목소리는 숨기려는 것 같았지만 울먹이고 있다.

용서하고 말고를 떠나…… 이건 피차일반인 이야기다.

내가 나나미를 용서했듯이 나나미도 나를 용서해 주었다. 딱 그뿐인 이야기다. 그렇지만…… 두 사람에겐 그 사실을 알리지 않았으니, 그들에겐 내가 일방적으로 나나미를 용서한 것처럼 보이려나?

두 사람은 아직도 고개를 들지 않았다. 그나저나 이렇게 진지한 둘은 처음 본다. 그만큼 나나미가 소중하다는 거겠지.

그런 두 사람을 보고, 나는 잠시 생각한 후, 결론을 냈다.

나도 그녀들에게 사실을 알릴 것이다.

나나미를 힐끔 보자 그녀는 내 생각을 짐작한 것인지 작게 고개를 끄덕였다. 나도 똑같이 고개를 끄덕였고, 그리고 지금도 고개를 숙이고 있는 두 사람에게 말을 건넸다.

"둘 다 고개 들어줘. 사실…… 난 그 고백이 벌칙 게임이었다는 걸 알고 있었어."

고백을 마치자 교실 안에는 침묵이 흘렀다. 내가 알고 있었다는 걸 말했음에도 여전히 고개를 숙이고 있던 두 사람은…… 갑자기 휙 고개를 들고는 눈을 부릅뜨고 놀란 표정을 지었다.

응, 다행이다. 고개를 들어줬네. 계속 아까처럼 고개를 숙이고 있는 상태에서 혹시라도 누군가 들어오기라도 했다면 이상한 소문이 났을 테니까…….

"아…… 알고 있었어?!"

"어떻게?!"

내가 벌칙 게임에 대해 알고 있다는 걸 두 사람은 눈치채고 있는 줄 알았는데, 그건 아니었나 보다. 몰랐구나. 그러면 그런 반응이 나와도 이상하진 않지.

눈을 휘둥그레 뜬 덕분에 그녀들의 눈가가 약간 젖어 있다는 것을 나는 알아차렸다. 너무 놀라서인지 놀란 표정 그대로 굳어진 두 사람은 말을 잇지 못하는 모습이었다.

"뭐, 서서 얘기하는 것도 그러니까…… 좀 앉을까?"

이대로라면 두 사람이 계속 굳어 있을 거라 판단한 나는 보이는 아무 의자에 앉아 그날 교실에 있었던 일을…… 앞서 나나미에게 전했을 때와 거의 똑같은 설명을 두 사람에게 전했다.

내가 설명하자 눈물 젖은 눈으로 진지한 얼굴을 하고 있던 두 사람의 표정이 서서히 멍해져 갔는데…… 그것이 살짝 웃겼다. 아니, 웃으면 안 되겠지만.

"그때, 거기 있었어? 진짜로? 전혀 눈치 못 챘는데……."

"미스마이 굉장하다~! 무슨 닌자의 후손이야?! 닌자 가문?"

"아니, 부모님 양쪽 다 아주 평범한 샐러리맨이야……."

오토후케 씨는 경악했고, 카모에나이 씨는 약간 흥분했다. 아니, 왜 닌자가 나오지? ……혹시 처음 만났을 때 얘기하는 건가? 그 이야긴 나도 잊고 있었는데.

내 말을 듣고 두 사람은 사이좋게 한숨을 내쉬었다. 마치 새로이 마음을 다잡듯이.

한동안 입을 열지 않았던 두 사람이었지만, 이윽고 카모에나이 씨가 그 침묵을 깼다.

"그렇구나……. 시작하기도 전부터 들켰던 거네……. 아니, 애초에 벌칙이 미스마이의 협력이 있었기에 가능했던 건가……?"

이걸 협력이라고 해도 되나?

어쩐지 좋은 방향으로 해석해줘서 감사하긴 한데, 두 사람은 알고 있는 건가? 이건 나도 나나미를 속이고 있었다는 의미다. 오토후케 씨는 눈치챈 것인지 아닌지, 카모에나이 씨의 말에 팔짱을 끼며 고개를 끄덕이고 있다.

사실 해야 할 말이 하나 더 있다. 마침 좋은 기회였기에 나는 그전부터 늘 품고 있던 의문을 두 사람에게 털어놓기로 했다.

"애초에 벌칙 고백 상대가 왜 나였어? 결과적으로 잘 풀리긴 했지만, 거기만 잘 모르겠어."

"아…… 그거 사실 나도 궁금했었어……. 왜 요신이었을까?"

나나미 역시 나와 같은 의문을 가지고 있었던 듯하다.

"결과적으로…… 요신이라 다행이었지만 말이야."

나나미를 힐끔 살펴보니 그녀도 뺨을 물들이며 나를 힐끔 보고 있었다. 다행이라는 말을 들은 나는 센스 있는 대답을 돌려주지 못한 채 멋쩍게 뺨을 긁적였다.

정신을 차리고 보니 두 사람이 심란한 표정으로 어이없

다는 시선을 보내고 있었기에 나도 나나미도 황급히 공기를 바꾸듯 나란히 헛기침했다. 이거 실례했습니다.

하지만 왜 나였는가 하는 점은…… 그때, 교실에서 나를 알아차린 것이 아니었다면 더욱 의문이 남는 이야기다.

그날 내가 교실에 있어서 두 사람이 나를 선택한 게 아닐까 하는 가능성도 생각하고는 있었다.

사실 두 사람은 알고 있었고, 나나미만 알아차리지 못했다……. 그래서 그런 나를 선택한 게 아닐까 한 것이다. 하지만 그 가능성은 아까의 반응으로 사라졌다.

그렇다면 왜? 라는 생각이 드는 것은 어쩔 수 없는 일이었다.

어쩌면 큰 의미는 없고 적당히 골랐을 가능성도 없진 않겠지만……. 와아, 그렇게 되면 왜 나를 뽑았냐는 질문 자체가 부끄러워지네. 뭘 특별한 척을 하는 거야.

곧장 질문을 후회하기 시작한 나에게…… 오토후케 씨는 가방에서 한 권의 노트를 꺼냈다. 카모에나이 씨는 느릿하게 스마트폰을 꺼내 뭔가 조작하고 있다.

오토후케 씨는 말없이 나에게 그것을 건넸다. 카모에나이 씨는 스마트폰의 화면을 나에게 보여주듯이 들고 있다. 뭐지…… 뭔가 글씨가 가득한데……?

"……이게 뭐야?"

"그거, 우리들이 조사한 남자들 정보를 정리한 노트. 어떻게든 나나미의 남자 혐오…… 아니, 남자 거부증을 극복시켜주고 싶어서 둘이서 조사한 거야."

노트를 쭉 넘기자 남학생들의 정보가 글자뿐이지만 꽤 많이 적혀 있었다. 자세히 보자 카모에나이 씨의 스마트폰에도 같은 정보가 표시되어 있다.

놀라는 나와 나나미의 모습에 두 사람은 쓴웃음을 지었다.

"나나미의 연애 대상이 남자가 아니라고 했다면 나설 생각은 없었지만 말이지~."

"하지만 나나미는 우리가 남친이랑 있는 모습을 보고…… 부럽다고 말했으니까. 혹시나 하는 마음에 우리가 할 수 있는 일을 한 거야."

거기에는 세세한 정보가 적혀 있었다.

예를 들어 어떤 남자는 양다리를 걸치고 있다든가, 어떤 남자는 여자를 연달아 바꾸고 있다거나…… 잘도 여기까지 조사했구나 싶은 정보가 상세하게도 적혀 있다.

굉장하다……가 아니지. 뭐야? 어떻게 알아낸 거지? 이 두 사람, 지금 당장이라도 탐정해도 되는 거 아닐까?

나나미도 이 노트의 내용을 보고 깜짝 놀랐다. 응, 나나미도 몰랐구나.

"어…… 어떻게 이렇게까지 알았어?"

"평범한 여자들 수다를 통해 모은 정보야. 소문이 난 이야기는 최대한 상세하게 파고들었지. 누구와 누가 사귀었다거나 헤어졌다거나, 누구의 남자친구가 누구에게 무슨 짓을 했다거나……. 여러 그룹에서 이야기를 나누다 보면 전부 다 드러나니까."

뭐야 그게, 무서운데요.

남성향 게임 같은 데서 친구 포지션인 동성 친구가 호감도를 알려주는 경우가 있는데, 그것의 여자 버전이라는 건가? 좀 아닌 것 같기도 하지만 근본은 비슷한 것 같다.

그리고 그것을 오토후케 씨는 대수롭지 않게, 아무렇지도 않게 말했지만 사실 상당한 노력이 필요하지 않았을까. 이런데 성적까지 좋다니…… 잠은 언제 자는 거지?

팔랑팔랑 넘기면서 노트를 바라보고 있는데…… 이윽고 나는 그 속에서 내 이름을 발견했다. 내 이름은…… 나나미의 남자 거부증 극복 후보 1위로 선정되어 있었다.

그건 어쨌든 영광이다. 하지만…….

같은 중학교 출신 없음, 친구 없음, 여친 없음, 친한 인물 없음. 좋은 이야기도 없지만 나쁜 소문도 전무. 집에는 곧바로 돌아감. 존재감이 희박하고 얌전하지만 말을 걸면 평범하게 대답해줌…….

나에 대한 평가가 객관적으로 적혀 있어서, 남자를 향한 여자의 평가를 엿본 것 같아서 좀 무서워졌다. 욕은 일절 쓰여 있지 않다는 점이 또 철저하다.

"잠깐, 요신의 평가가 좀 낮지 않아?"

내가 감탄하고 있는데 옆에서 들여다보던 나나미가 뺨을 부풀리며 항의의 소리를 냈다. 평가가 낮나? 오히려 당시의 나를 평가한 것치고는 굉장히 후한 편이 아닐까?

나나미의 항의에 두 사람은 당황하면서 당시에는 잘 몰랐고, 소문도 전혀 없어서 가장 고생했다는 설명을 이어갔다. 왠지 미안해지네.

아, 시베츠 선배의 평가도 그렇게 나쁘진 않다. '여자애들이 완전 좋아함'이라고 적혀 있는데…… 시베츠 선배, 아무와도 사귀어 본 적이 없는 걸까. 의외다.

이런, 함부로 보는 건 안 좋으니까 더 이상은 보지 말자.

나는 탁하고 노트를 닫고 두 사람에게 돌려주었다.

"그렇구나, 이걸 바탕으로 벌칙으로 고백할 상대를 정한 건가……. 용케도 이렇게까지 공을 들였네……."

조금만 본 것만으로도 범상치 않다는 것을 알 수 있을 정도로 상세하게 조사해 놓았다.

조금이라도 나나미가 남자 거부증을 극복할 수 있도록, 나아가 무슨 일이 생겨도 크게 상처받지 않도록 고민한 거겠지. 그래서 학교에서 다른 사람과의 접점이 전무한 내가 선정되었다…….

나 같은 경우는 비록 거절해도…… 만일 차였다 해도 그걸 소문내서 퍼뜨릴 상대가 없다. 한 달 뒤 헤어진다 해도 벌칙이라는 걸 몰랐다면 분명 평범한 학창 시절의 실연으로 끝났을 거다.

내가 감탄하자 두 사람이 불쑥 중얼거렸다.

"우린 나나미 덕분에 지금의 남친을 사귈 수 있었으니까…… 조금이라도 보답하고 싶었어."

둘 다 고개를 끄덕이면서 추억에 젖은 표정을 지었지만, 정작 나나미는 왠지 고개를 갸웃했다. 나한테만 들리는 목소리로 무슨 일이 있었는지 물어보고 있다.

기억에 없냐고 내가 시선으로 나나미에게 묻자 그녀가 내 뜻을 알아차리고 말없이 고개를 끄덕였다.

……뭐, 당사자가 의도치 않게 누군가를 도와줬을 수도 있지. 그런 일이라고 생각해두자.

"그러고 보니 시베츠 선배나 다른 사람들의 고백은 말리지 않았네?"

나는 약간 화제를 바꿨다. 이렇게까지 해뒀다면 고백을 방해해도 이상하지 않을 텐데, 나나미는 몇몇 사람들에게 고백을 받았다. 전부 다 차였지만.

"비교적 안전할 것 같은 사람들은 나나미의 판단에 맡겼어. 뒤에서 몰래 보긴 했지만 말이야. 정말 아니다 싶은 녀석들은…… 사전에 좀 처리해뒀지."

한기가 스며드는 미소를 지은 오토후케 씨의 모습에 나는 조금…… 아니, 상당히 오싹했다.

확실히……. 표현이 좀 그렇지만 나나미는 상당히 그,

뭐랄까…… 겉모습에 비해 순수하다. 언뜻 보면 화려하지만, 그 속은 정말 순수한 것이다.

만화 인물로 비유하자면 허당 같은 여주라고 부를 수 있는 부류였다.

물론 그 부분이 귀엽지만.

그래서 나쁜 남자한테 걸릴 가능성도 있었는데, 그럴 가능성은 미리 두 사람에 의해 배제되었다. 조금 과보호가 아닐까 하는 생각도 들지만, 그 말을 들은 나는…… 안도와 함께 감사한 마음이 샘솟았다.

"그렇구나. 두 사람 덕분에 나는 나나미와 연인이 될 수 있었던 거네. 정말 고마워."

그런 말이 입에서 절로 새었다.

나는 앉은 채로 두 사람에게 고개를 숙였다. 하지만 내 말에 두 사람은 놀란 듯 눈을 크게 떴다.

"아니, 저기…… 우리가 한 짓, 화나지 않아?"

"……솔직히 엄청 혼날 줄 알았는데, 왜 화 안 내?"

두 사람이 당황한 얼굴로 나를 쳐다본다.

아니, 내가 화낼 이유가 어디에도 없잖아. 그렇긴커녕 화낼 기회는 진즉에 놓쳤다.

정말 화낼 생각이었다면, 나는 그 교실에 있던 날 화를 냈어야 했다.

그렇지 않다면 고백을 받았을 때 뭔가를 말했어야 했다.

하지만 그러지 않았다.

나는 나나미를 용서했고 나나미는 나를 용서했다.

그러니 이 이야기는 끝이다. 이제 와서 두 사람에게 화를 낼 필요도, 용서하지 않겠다고 할 필요도 없다. 그런 마음도 들지 않는다.

무엇보다 두 사람 다 나나미의 소중한 친구니까.

"그런 거야. 오히려 내가 두 사람한테 감사해야 할 정도니까 화낼 이유는 어디에도 없지."

내 말에 두 사람은 얼이 나간 얼굴로 입을 반쯤 벌리고 있었다.

그리고는 알 수 없는 복잡미묘한 표정으로 나와 나나미를 번갈아 바라보았다.

"솔직히…… 용서받을 수 있다면 뭐든 다 할 생각이었는데……."

"나도~……뭐든지 할 생각이었어……."

"둘 다…… 쉽게 뭐든 하겠다고 하면 안 돼. 그럴 일은 없겠지만 내가 야한 걸 요구했다면 어쩔 생각이었어?"

"그걸로 용서받을 수 있다면, 받아들여야지."

즉답이다.

아무런 망설임이 없었다.

카모에나이 씨도 거기에 동의하듯 몇 번이나 고개를 끄덕였다. 뭐야……? 그 정도의 각오였어? 각오가 너무 단단해서 반대로 무서운데.

"요신……?"

바로 옆에서, 마치 깊은 바다 깊은 곳에서 울리는 듯한 낮은 저음이 들려왔다.

나나미다. 아, 망했다. 나나미의 음색과 시선을 보니 좀 화났네. 아니, 이건 어디까지나 비유로 말한 것뿐이지 내가 잘못한 게 아니잖아……?

"예를 든 거야. 나나미, 걱정하지 마."

"알고는 있지만, 나한테도 아직 아무것도 안 했으면서……. 그런 걸 하고 싶은 걸까 생각하게 되잖아. 혹시 욕구불만이야?"

"음…… 그건 일단 놔두고 다시 본론으로 돌아갈까?"

'뭐든지'라는 말을 입에 올린 두 사람을 나무라려던 것이 결국 내 무덤을 파버렸다……. 말을 되돌린 나에게 나나미는 불만을 표하면서 옷자락을 꾹꾹 잡아당긴다.

내 안에선 이미 두 사람을 용서했지만, 이대로라면 두 사람도 납득할 수 없을 것이다. 나도 경험해봐서 아는데, 이런 일은 확실하게 마무리 지어야 한다.

조금 고민한 나는 내 스마트폰을 두 사람에게 내밀었다.

"그럼 말이야, 뭐든지 해주는 거면…… 나랑 나나미의 사진 좀 찍어주지 않을래? 다시 한번…… 우리의 교제를 기념해서……."

"그런 걸로…… 괜찮겠어?"

"너무 간단한데…… 다른 건 없어?"

"됐어. 앞으로도 두 사람과는 나나미의 친구로서 계속 어울릴 거잖아. 그러니까 불필요한 부채감은 이걸로 끝내자."

나는 내 스마트폰을 오토후케 씨에게 전달했다. 나나미도 내 의견에 찬성하며 두 사람에게 스마트폰을 건넸다.

"하츠미, 아유미…… 고마워. 나랑 요신을 이어줘서."

"나도 고마워. 나나미와 만나게 해줘서."

우리의 그 말에 두 사람의 눈에서 눈물이 흘러내렸다. 분명 수많은 감정이 뒤죽박죽 섞여 있겠지. 두 사람에게도 아마 많은 갈등이 있었을 것이다.

남들이 본다면 내 행동을 너무 쉽게 넘어갔다고 말할 사람도 있지 않을까?

하지만 이게 내 결론이다.

후회할 일은 절대 없다.

두 사람은 울면서 우리에게 스마트폰을 받아들고는 그대로 미소를 지으며 우리 사진을 찍어주었다. 사진을 몇 장 찍고 나서 나나미의 제안으로 타이머를 이용해 넷이서 사진을 찍었다.

두 사람은 운 직후라 눈가가 빨개진 상태라서 처음엔 거절했지만, 나나미의 요청에 못 이기듯 같이 찍어주었다. 울었다는 게 훤히 보이긴 하지만…… 그래도 환한 미소를

지은 사진이었다.

그것이 우리의 스마트폰에 담겼다.

"응, 정말 잘 나왔네. 고마워. 이걸로 다 용서할게……라는 말은 좀 잘난 척하는 것 같나? 하지만 이걸로 이제 이 일에 관해서는 끝이야."

나의 한마디에 두 사람은 쓴웃음을 지었다.

어쩌면 두 사람은 아직 자신을 용서하지 못했을지도 모르지만, 그것은 그녀들 안에서 차차 타협해 나갈 문제였다. 그것만큼은 시간에 맡겨야 하지 않을까.

"그럼 다시 한번 잘 부탁해. 오토후케 씨, 카모에나이 씨."

"나야말로 잘 부탁해…… 미스마이. 우리 이제 이걸로 진정한 친구가 됐네!"

"잘 부탁해~ 미스마이~. 다음에 우리 남친도 불러서 같이 놀자."

오늘 이날, 나에게 새로운 친구가 두 명 생겼다.

두 사람은 내 여자친구의 절친으로, 나와 마찬가지로 나나미를 무척 좋아하는…… 정말이지 든든한 두 사람이다.

여성 친구이지만 나나미도 기뻐했다.

기뻐하는 나나미를 보고 나는 다시 한번, 앞으로도 그녀를 위해 노력해야겠다고 결심했다. 그러는 와중 두 사람이 소곤소곤 무언가를 이야기하고 있다. 무슨 말을 하는 거지?

그것을 내가 알게 되는 것은…… 조금 나중의 이야기다.

◇ ◇ ◇ ◇ ◇ ◇ ◇ ◇ ◇ ◇

이렇게 해서 우리는 오토후케 씨와 카모에나이 씨와 하나의 매듭을 지었다. 어떤 의미로는 화해라고 해도 좋을 것이다. 아니, 싸운 게 아니니까 이 표현은 좀 잘못된 것 같지만.

어쨌든 우리는 속에 있는 대화를 나누며 가슴속 깊은 곳에 있던 것들을 없앴다. 미래에는 다 같이 웃으며 이야기할 수 있는 날이 올지도 모르지.

앞으로도 좋은 친구로 계속 교제할 수 있다면 더 바랄 것이 없다.

"왜 그래, 멍한 얼굴로?"

나나미가 고개를 갸웃거리며 나를 아래에서 들여다보았다. 숨길 필요도 없는 이야기였기 때문에 나는 나나미에게 그때를 떠올렸다고 말했다. 나나미도 떠올린 것인지 잠시 눈을 가늘게 뜬다.

"……나나미는 좋은 친구를 가졌어."

그런 그녀를 보고 나는 진심으로 그렇게 생각했다. 자신을 온전히 생각해주는 친구가 있는 나나미가 부럽다. 나는 그런 친구가 없으니까 더더욱 그렇게 느껴졌다.

"응, 정말 오래 사귄 사이이니까……."

그리운 듯 중얼거리는 그녀는 더 오랜 옛날을 떠올리는지 어딘가 먼 곳을 바라보듯 시선을 허공으로 돌렸다. 전에 얼핏 들은 바로는 초등학교 때부터 함께라고 했었나.

교제의 길이만 따지면 나는 그녀들을 당해낼 수 없다. 이건 당연한 얘기지만 조금 쓸쓸하게 느껴지기도 했다. 뭐, 앞으로는 옛날 나나미 이야기도 들을 수 있겠지.

애초에 아직 한 달 하고도 조금이 지났을 뿐이다. 추억은 이제부터 만들어 가면 그만이다. 더는 아무 걱정이 없었다······.

"두 사람 다~. 밥이 다 됐단다~."

우리들을 부르는 토모코 씨의 말에 나는 나도 모르게 몸을 흠칫했다. 그랬지, 참. 아직 걱정거리랄까······ 해야 할 일이 남아 있었다.

그것은······ 토모코 씨와 다른 분들께 보고하는 것이다.

나도 나나미도 한 달 기념일을 무사히 맞이했다는 점에 대해서는 토모코 씨와 다른 분들께 이야기했다. 하지만 그뿐이다. 벌칙과 관련된 설명은 전혀 하지 않았다.

원래라면 나나미에게 다시 한번 고백한 날, 모든 것을 설명했어야 했는데······ 그러지 못했다. 주로 내 사정 때문에.

아니, 나한테도 할 말은 있다.

한 달 기념일에 다시 고백하고, 심지어 고백을 다시 받기까지 했다. 그런 상황에서 부모님한테 설명 같은 걸 할 수 있을 리가 없잖아. 기분은 최고로 들떠 있었지만…… 그 기세에 들떠 설명하는 것도 뭔가 좀 아닌 느낌이 들었다.

여러 가지 핑계를 대고 있지만, 그저 내 허용 범위를 초과해서 그런 것뿐이다. 덕분에 토모코 씨와 다른 분들께 하는 설명은 날을 다시 잡기로 했고…… 그리고 오늘을 맞이했다.

일주일은 지난 덕분에 심리적으로도 상당히 안정되었다. 무슨 말을 할지도 나나미와 상의해서 미리 결정했다. 토모코 씨가 알고 있는 것도 모르는 것도…… 전부 파악한 상태로 오늘을 기다렸다.

하지만…….

그것과 긴장하느냐 긴장하지 않느냐는 별개의 문제다. 한 달 기념일보다는 덜 떨리지만 그래도 다른 벡터의 두려움은 있었다.

그런 긴장한 내 손으로 따뜻한 열기가 전해졌다. 부드럽고 따뜻해서 마치 거기서부터 안도감이 퍼져 가는 듯한 기분이었다.

깨닫고 보니 나나미가 긴장한 내 손에 자신의 손을 포개고 있었다.

문득 그녀의 얼굴로 시선을 옮기자 나나미가 나를 안심시켜 주려는 듯 온화한 미소를 짓고 있었다. 나나미의 손이 천천히 힘을 줘서 내 손을 잡았다.

저릿한 감각과 부드러운 따스함이 가슴속까지 전해져오는 느낌에 나도 모르게 미소가 나왔다.

"괜찮아."

그 한마디가 내게 있어 정말 큰 힘이 되어주었다. 뭐든지 할 수 있을 것만 같았다.

나는 작게 고개를 끄덕이고 나나미와 함께 방을 나선다.

사전에 말씀을 드려서 저녁 식사 후에 토모코 씨에게 시간을 내달라고 했다. 겐이치로 씨도 계셨다면 함께 설명했겠지만 공교롭게도 오늘은 조금 늦는다고 한다. 나중에 설명하자.

결심을 끝낸 우리들이 거실에 도착하자 테이블에는 진수성찬이 가득했다.

토마토와 모차렐라 치즈, 닭고기 샐러드, 짙은 호박색 양파 수프, 큼직한 새우튀김에는 타르타르소스가 곁들여져 있다. 그 밖에도 생선튀김과 닭튀김 같은 것도 놓여 있었다. 이 호화로운 저녁 식사는 뭘까.

"혼자서 만드는 게 오랜만이라 너무 기합을 넣었네♪."

토모코 씨는 즐거운지 활짝 웃는 얼굴로 통통 튀듯 말하며 앞치마를 벗었다.

하나같이 전부 다 맛있어 보인다……. 반복적인 표현일지도 모르지만, 만면에 화색이 돈다는 건 이런 얼굴을 말하는 거겠지.

매일같이 웃고 계신 분이지만 오늘은 더욱 기뻐 보이는 미소였다. 나는 그 미소를 보고 태양이 강렬해서 눈이 부셨을 때가 떠올랐다. 그 정도로 환한 미소다.

"와아, 이게 다 뭐야? 언니가 만든 거야? 오늘 무슨 날인가?"

사야도 테이블 위의 진수성찬을 보고 눈을 휘둥그레 뜨며 놀랐다. 그녀 말대로 무슨 기념일인가 하는 생각이 들 정도의 진수성찬이었다.

놀라면서도 사야는 자리에 앉더니 결국 참지 못하고 닭튀김을 하나 집어 입에 넣는다. 한입에 통째로 넣고는 뺨을 빵빵하게 부풀린 채로 행복한 미소를 짓고 있다.

토모코 씨가 그런 사야를 향해 전부 다 오기 전에 먹으면 안 된다며 주의를 주었지만 들은 척도 하지 않는다. 사야가 참지 못하고 하나 더 먹기 위해 뻗은 손을 토모코 씨가 찰싹 내려친다.

"자, 너희 두 사람도 식기 전에 먹으렴. 많이 먹어도 돼."

한껏 고양된 모습의 토모코 씨의 권유에 나도 나나미도 옆에 함께 앉았다. 전원이 모이자 손을 모아 인사하고 우리는 화기애애하게 저녁을 먹었다.

식사 때 겐이치로 씨가 돌아오지 않은 것은 아쉬웠지만, 그날 저녁 식사는 무척이나 즐거웠다. 이야기도 활기를 띠며 마치 앞으로 다가올 이벤트의 전초전처럼 달아올랐다.

……그렇게 저녁 식사가 끝나고 사야도 방으로 돌아간 타이밍에 우리는 나나미의 방으로 돌아왔다.

눈앞에는 토모코 씨가 있고, 그 맞은편에 나와 나나미가 앉아 있다.

테이블 위에는 따뜻한 홍차가 김을 내고 있고 그 외에는 아무것도 놓여 있지 않았다. 토모코 씨는 천천히 컵에 입을 대고 차를 마시더니, 후~ 하고 한숨을 돌린다.

"……그래서 할 얘기라는 게 뭐니?"

아까까지의 통통 튀는 들뜬 목소리와는 달리 마음이 가라앉는 차분한 목소리다.

나는 마음을 굳게 먹고 자세를 바로잡은 뒤 토모코 씨에게 입을 열었다.

"저희의 관계에 관해서 다시 한번 말씀드릴 게 있습니다."

그렇게 말하자, 토모코 씨는 미간을 좁히더니 조금 난처한 듯한 미소를 우리에게 돌려주었다. 마치 슬퍼하는 것 같기도 하고 미안해하는 것 같기도 한 그런 미소였다.

토모코 씨도 내 말을 듣고 자세를 바로잡는다. 그리고 내 눈을 똑바로 바라보았다. 그 시선에…… 반신반의하던 나의 마음도 확신으로 변했다.

나나미가 미리 알려줬다고는 하지만 좀 믿기지 않으니까.

"토모코 씨도…… 벌칙이라는 걸 알고 계셨군요……."

나의 그 말에 토모코 씨는 말없이 작게 고개를 끄덕였다.

아…… 정말로 알고 계셨구나…….

하지만 긍정하는 토모코 씨를 보고도 특별히 속았다거나 억울하다거나 분노 같은 감정이 들지는 않았다. 다시 한번 확인차 듣긴 했지만, 그저 놀라움밖엔 없었다.

토모코 씨가 벌칙 고백에 대해 알고 있었다는 건 내가 나나미에게 부모님들께도 사정을 설명하자고 말했을 때 들은 것이다. 불과 며칠 전의 일이었다.

"우리 집에서 알고 있는 건…… 엄마뿐…… 이야…….“

나에게 그 사실을 말했을 때의 나나미의 표정은 아직도 잊히지 않는다. 혼나기 직전의 어린아이처럼 불안한 모습으로, 만지면 부서지지 않을까 싶을 정도로 작아 보였다.

오토후케 씨나 카모에나이 씨와의 이야기는 알고 있었지만…… 토모코 씨가 알고 있다는 것은 처음 들은 이야기라 놀라긴 했다. 하지만 그때도 특별히 부정적인 감정이 들진 않았다.

미안하다고 사과하는 나나미에게 나는 연인 사이라는 건 어지간한 일이 아니고서야 서로를 용서하는 법이라고 말하며 안심시켰다. 그때의 나나미는 나에게 뺨을 비벼와서 너무 귀여웠…… 아니, 이 이야기는 그만하자.

"참고로 여쭤보는 건데…… 언제부터 알고 계셨나요?"

나의 그 의문에 답해 준 것은 나나미였다. 내 옆에서 나나미는 미안하다는 듯 내게 살짝 고개를 돌린 채 중얼거렸다.

"실은…… 요신을 데리고 온 그날 엄마한테 들켰어."

"……어? 잠깐, 진짜야? 너무 예리하신 거 아니에요, 토
모코 씨?"

전혀 예상하지 못한 대답에 나는 놀라움을 감추지 못했
다. 들어보니 상태가 이상한 나나미를 토모코 씨가 추궁했
고, 결국 나나미가 솔직히 일의 전말을 털어놓았다고 한다.

그래도 딸에게 위화감을 느꼈다는 시점에서…… 토모코
씨, 굉장하다. 만약 내가 벌칙 고백이라는 걸 몰랐어도 토
모코 씨는 그게 벌칙이라는 걸 알아차렸겠지.

이것도…… 함께 지낸 시간이 길기 때문에 쓸 수 있는
기술인 건가? 아니면 부모와 자식의 유대감인 건가?

……하지만 우리 부모님은 분명 눈치채지 못했을 거다.
평소에 별로 얼굴을 마주할 일도 없으니까. 여자친구가 생
겼다는 말에 기뻐하긴 했지만…… 눈치 못 챘겠지?

다 알려진 상황에서 저지른 여러 일들이 이제 와서 뒤늦
게 부끄러웠다.

토모코 씨는 다시 컵을 들어 천천히 그것에 입술을 가져
갔다. 느긋하지만 우아한 그 동작에 잠시 넋을 잃었다.

"……이왕 이렇게 된 김에 디저트라도 먹으면서 얘기
할까?"

말하자마자 토모코 씨가 몸을 일으켰다. 우리들이 무슨

말을 할 새도 없이 나나미의 방에서 나가더니…… 케이크를 3인분 들고 온다.

"오늘은 좀 기합을 넣어 봤단다. 사양 말고 먹으렴."

토모코 씨의 페이스에 압도당해 나도 나나미도 그녀의 권유에 따라 케이크를 입에 넣었다. 크림의 달콤함과 함께 들어간 과일의 새콤함. 약간의 고소함마저 느껴지는 반죽의 향이 코를 빠져나갔다.

달콤해진 입안에 따뜻한 홍차를 부어 넣자 단맛이 사라지며 차의 쓴맛으로 또다시 단맛이 끌린다……. 무한 반복이네.

그런데 단 음식을 먹어서 그런지 마음이 좀 차분해졌다. 단 음식이 마음을 진정시키는 효과가 있던가? 아니면 홍차향 덕분인가?

아무튼 나도 나나미도 케이크를 조금 먹고는 잠시 손을 멈췄다. 이제 보니 토모코 씨는 케이크에 손을 대지 않았다. 어쩌면 우리를 위해서 케이크를 가져온 것일지도 모른다.

한 번 심호흡을 한 나는 천천히 입을 열었다.

"토모코 씨, 나나미와 저는…… 지난 기념일에 서로 다시 한번 고백했습니다. 이제 진짜 연인으로 다시 시작하게 됐어요."

자세를 바로잡고 토모코 씨에게 재차 선언했다.

나와 나나미는 연인 사이라고.

"저는 나나미를…… 사랑합니다. 그녀의 고백이 벌칙에서 시작했다 해도 그게 제 거짓 없는 마음입니다."

그녀의 어머니에게 하는 말치고는 조금 민망한 대사였지만, 나는 토모코 씨에게 굳게 다짐했다.

참고로 평정을 가장하고는 있지만, 테이블 아래의 손은 떨리고 있었고, 그 손 위에 나나미가 자신의 손을 살짝 얹어준 상태다. 그 덕분에 나는 어떻게든 모든 일을 말할 수 있었다.

"그래…… 그렇구나. 고마워, 요신 군……. 그리고…… 미안하구나."

토모코 씨가 내게 조용히 고개를 숙이며 사과의 말을 했다.

"이미 나나미에게 사과를 받았어요. 토모코 씨가 따로 사과하실 필요는……."

"아니, 아니란다. 이건 내가 하는 사과야……. 정말 미안해, 요신 군. 네 선한 성격을…… 이용하는 듯한 짓을 해버려서."

그곳에는 조금 전까지의 명랑하고, 밝고, 늘 웃고 있는 모습의 토모코 씨와는 정반대인…… 지금까지 본 적 없는 토모코 씨의 표정이 있었다.

후회하고 있는 것 같기도 하지만 안심한 것도 같은…… 그런 복잡하고 말로 표현하기 힘든 표정이었다. 그것은 나나미 역시 처음 보는 표정인 듯했다.

　그대로 나와 나나미는 토모코 씨의 독백에 조용히 귀 기울였다.

　"애초에…… 제대로 된 부모였다면 나나미가 벌칙으로 고백했다는 말을 들은 단계에서 혼내고…… 그리고…… 바로 그런 관계를 멈추게 해야 했어. 그게 분명…… 제대로 된 행동이었겠지."

　토모코 씨는 그 상태에서 홍차를 아주 조금 입에 머금었다. 아주 조금…… 입술을 적시는 정도로. 그만큼 토모코 씨도 긴장하고 있다는 것일까.

　"머리로는 알고 있었단다, 그래야 한다는 걸. 하지만 그렇게 사랑스럽고 애틋하게…… 요신 군에 대해 이야기하는 나나미를 보고…… 나는 혼내야 한다는 것도 잊고 말았단다."

　토모코 씨는 홍차를 숟가락으로 가볍게 저었다. 아직 따뜻한 김을 내고는 있지만, 계속 저으면 식어버릴 텐데…… 하지만 그녀의 손은 멈추지 않았다.

　"남자애를 어려워하던 나나미가 그런 표정을 지었다고 생각하니까…… 나는 아무 말도 하지 못했어. 오히려 적극적으로 나서서…… 하츠미나 아유미에게 사정을 물어보고…… 요신 군이 나나미와 사귈 수 있도록…… 앞으로도 계속 사귈 수 있도록 움직였지."

홍차를 휘젓던 손이 멈췄다. 그리고…… 얼굴을 든 토모코 씨의 눈에는 눈물이 글썽이고 있었다.

"환멸을 느끼진 않았을까 모르겠구나……. 그래도…… 미안해, 요신 군. 그리고…… 다시 한번 고마워. 나나미를 용서해줘서."

다시 한번 토모코 씨가 내게 고개를 숙였다. 나는 아까 토모코 씨의 눈물…… 처음 본 그 눈물에 숨을 삼켰다. 어른의 눈물은 처음 본 게 아닐까.

옆에 있던 나나미도 눈에 눈물이 일렁이고 있다. 그 눈은 똑바로 자신의 엄마에게로 향하고 있었다. 눈을 떼지 않고, 자기 행동의 결과를 확인하겠다는 듯이.

그리고 나 역시 토모코 씨의 말 덕분에 내 안에 있던 의문 몇 가지가 해소되었다. 그 한 달 동안 토모코 씨가 여러모로 잘 챙겨주었던 것은 그런 이유 때문이었나…….

어쩌면 부채감을 느껴서 잘해준 부분도 있었겠지만, 그렇다 해도 여러 가지로 신세를 진 것은 사실이다.

나나미를 위해서라고 했지만 그건 분명…… 나를 위해서이기도 했던 거겠지.

그래서 나는 처음에는 말할 생각이 없었던 것을 토모코 씨에게 전하기로 했다.

"토모코 씨, 이건…… 토모코 씨한테는 말하지 않으려고 했는데…… 저, 사실 벌칙 고백이라는 걸 알고 있었어요."

"······응?"

토모코 씨가 고개를 들고 놀란 듯이 입을 벌리고 있었다. 이런 표정의 토모코 씨를 본 것도 처음일지도 모르겠네. 오늘은 처음인 일이 가득하다.

"뭐, 계기는 완전히 우연이었지만······ 들어주시겠어요?"

그리고 나는······ 나나미에게, 그리고 오토후케 씨와 카모에나이 씨에게 했던 설명을 토모코 씨에게 전했다.

내 설명을 듣고 벌어졌던 토모코 씨의 입이 점점 더 벌어진다. 오늘은 정말······ 의외의 표정을 많이 보는 날이다.

"······저와 나나미는 그렇게 서로를 용서했어요. 그러니 토모코 씨도 이제 신경 쓰지 마세요."

하고 싶은 말을 다 끝낸 나는 다시 홍차를 마셨다. 토모코 씨는 아직 입을 벌리고 있다. 말을 할 수 없는 상태인 듯했다.

홍차는 살짝 식긴 했지만 계속 말하느라 건조해진 목에는 딱 맞는 온도였기에 나는 그것을 꿀꺽꿀꺽 들이켰다.

침묵한 토모코 씨를 힐끔 바라보고는, 이제 혼나겠지 생각하며 조용히 각오를 다졌다.

어쨌든 이렇게까지 딸을 소중히 생각하는 이의 마음을 속이고 있었던 것이나 다름없다. 그 말을 들었을 때 부모로서 느낄 분노는 충분히 헤아릴 수 있다.

피차일반······ 이라고 말하기엔 조금 내키지 않는다. 나만이 전부 다 알고 있었던 거니까.

잠시 방 안에 침묵이 내려앉았다. 귀가 아플 정도의 정적이라는 표현을 볼 때가 있는데, 나는 솔직히 어떤 상황인지 전혀 이해하지 못했었다. 그런데 지금 내가 있는 이 상황이 딱 그런 것일지도 모른다.

그것은 나일까, 나나미일까, 토모코 씨일까……. 누군가의 것인지 모를 심장 소리가 방 안에 울려 퍼지는 듯한 착각이 들 정도다.

침묵을 깬 것은 간신히 흘러나온 토모코 씨의 목소리였다.

"버, 벌칙이었다는 걸 알면서도…… 그렇게 오붓하게 지냈던 거니? 어? 정말로? 너무 예상 밖이라 놀라운데……."

……아무래도 침묵하고 있었던 이유는 내가 벌칙 고백을 알고 있었던 것보다도, 알고 나서 한 행동 자체에 놀랐기 때문인 듯했다.

잠깐 멈춰보자……. 이게 그렇게 놀라운 일인가? 기분 탓인지 몰라도 토모코 씨, 뭔가 작게 떨고 있는 것 같은데? 그 정도야……?

아무래도 토모코 씨는 내가 벌칙을 알고 있을 거라고는 상상도 못 한 모양이었다. 그 놀란 모습이 고스란히 말해 주고 있었다.

"……그렇게까지 말할 정도였나요, 저희? 세상 커플의 평범한 수준이라고만…… 생각했는데요."

"아니, 전혀 평범하지 않단다. 음…… 무심코 나랑 그이가 당황했을 정도니까……. 그래서 분명…… 요신 군은 모르고 있을 줄 알았는데……."

확실히 내 안에서는 늘 내가 낼 수 있는 전력을 다하고 있었다. 그건 인정한다.

바론 씨에게도 우리가 빠르다는 식의 불평을 듣긴 했었지만, 나는 바론 씨가 다소 과장해서 말하는 줄 알았다.

연애 초보인 내가 내는 전력이니 간신히 세상의 '평범' 수준이 아닐까.

하지만 아무래도 달랐나 보다……. 아니, 바론 씨를 의심했던 건 아니지만, 결혼한 다른 사람에게도 평범하지 않다는 말을 들어 버리니 더더욱 와 닿는다고 해야 하나…….

그리고 동시에 조금 걱정이 들었다.

"나나미는…… 내 행동에 대해 어떻게 생각했어? 음…… 너무 늦었지만…… 싫지 않았어?"

"전혀 싫지 않았어……. 나도 세상의 커플에 대해 잘 아는 건 아니니까 내가 할 수 있는 최선을 다한 것뿐이지만…… 그게 평범한 수준이 아니었던 걸까……."

역시 나나미도 전력을 다하고 있었구나.

우리의 말에 토모코 씨는 조금 어이없다는 얼굴을 했지만, 그때야 겨우 미소를 지어주었다.

"어쩐지…… 너희는 계속 이대로가 좋을 것 같구나. 앞으로도…… 둘이 사이좋게 지내주렴. 다시 한번 나도 축복할 게……. 그리고 다시 한번…… 미안하구나."

"더는 사과하실 필요 없어요. 앞으로 토모코 씨와 다른 분들과도 오래 얼굴을 보게 될 테니까요. 이 주제는 여기서 끝내죠."

"그게 이미 평범한 고등학생이 할 대사가 아니라고 반박하고 싶긴 하지만……."

토모코 씨는 뺨에 손을 얹더니 난처한 미소를 지으며 한숨을 내쉬었다. 아무래도 이 말 역시 평범하지 않았나 보다. 아니, 여자친구의 가족과 친해지고 싶은 건 평범한 거 아닌가?

민망함에 얼버무리듯 웃자 토모코 씨도 나나미 씨도 씩 웃었다. 그 모습은 보는 나까지 행복해지는 미소였다. 하지만…… 거기서 약간 신경이 쓰이는 것이 있었다.

"만약에…… 정말 만약의 이야기인데요. 잘 안되면 어쩌시려고 했나요?"

우리는 계속 잘 될 거라는 것을 전제로만 이야기해왔다. 만일…… 정말 만일 나나미와 헤어져 버렸을 경우, 토모코 씨와 다른 분들은 어떻게 했을까.

헤어져도 바라토가와 교류한다거나, 헤어진 후에도 친구로서 함께한다는 것은 내 멘탈로는 절대 불가능하다. 당연히 헤어졌다면 관계는 완전히 사라졌을 것이다.

"그러게, 우선 고생했다고 말해주고, 함께 울고, 이렇게 케이크 같은 것도 많이 먹으면서…… 어쨌든 최대한 위로해 줬겠지."

아주 조금은 장난기를 담아 담백하게 말해주는 토모코 씨였지만…… 그 손이 조금 떨리는 것을 나는 놓치지 않았다.

아무래도 토모코 씨도 이 전개에 안도한 듯했다. 그건 나도 마찬가지다. 나도 나나미에게 거절당했다면 어떻게 됐을지 알 수 없으니까…….

일반적인 실연이라고 해도 몇 년 정도는 일어서지 못했을 것이다. 새로운 사랑을 발견하는 일이…… 가능했을까?

내가 어쩌면 있었을지도 모르는 비참한 미래를 떠올리기 시작한 순간, 토모코 씨가 공기를 바꾸듯 손뼉을 딱 쳤다. 나도 나나미도 토모코 씨의 다음 말을 기다렸다.

"기분도 전환할 겸 디저트를 다시 먹을까?"

"……그러게요, 잘 먹겠습니다."

"잘 먹을게요."

"그래, 어서 먹으렴."

거기에 있던 것은 평소의 모습을 한 토모코 씨였다.

그렇게 다 같이 '잘 먹겠습니다'라고 말할 수 있다는 사실에 행복감을 느끼며…… 나는 다시 홍차를, 나나미는 케이크에 포크를 꽂는다. 홍차의 향긋한 내음에 절로 마음이 가라앉았다.

그렇게나 긴장하고 있던 오늘의 모든 순간이 이것으로 보답받는 기분이었다. 그렇게 마음을 놓으며 홍차를 한 모금 머금었을 때……

"그래서 키스는 했니?"

불시에 엄청난 질문이 날아왔다.

나는 홍차를 뿜을 뻔한 것을 간신히 참았지만, 사레가 들렸고…… 옆에 있던 나나미는 포크 위에 올려져 있던 케이크를 접시 위로 툭 떨어뜨렸다.

"요신?! 괜찮아?!"

"어머나, 그럴 땐 참지 않는 게 좋단다. 마음 놓고 편하게 기침하렴."

"엄마가 이상한 소리를 하니까 그렇잖아?!"

나나미는 기침하는 내 등을 쓸어주며 토모코 씨에게 항의하듯 소리쳤다. 곁눈질로 힐끔 보니…… 그 얼굴은 케이크의 딸기만큼이나 새빨갛게 익어 있었다.

"그, 그게 둘 다 볼에 뽀뽀는 했지만 키스하는 건 본 적이 없어서…… 기념일에 했나 하고 물어본 거지."

드물게 당황한 기색으로 토모코 씨가 변명을 시작했다. 아무래도 토모코 씨 안에서는 뺨은 '뽀뽀'로, 입술은 '키스'로 호칭을 나눈듯했다.

아니, 아니지. 그런 냉정한 분석을 하고 있을 때가 아니다.

볼에 뽀뽀한 걸 어떻게 아시는 거죠?! 토모코 씨 앞에서 한 적이 없는 것 같은데…… 나나미도 얼굴을 붉히며 아래를 보고 있다. 내 등에 손을 얹고 쓸어주는 손길엔 변함이 없었지만.

그리고 마지막에…… 토모코 씨가 폭탄을 투하했다.

"이대로라면…… 어쩌면 내년엔 손자 얼굴을 보게 되는 걸까? 난 아직 할머니가 되고 싶진 않은데……."

"볼 수 없어! 엄마는 딸을 부추겨서 대체 어쩌고 싶은 거야?!"

"어머? 나나미는 요신 군과 그런 짓을…… 하고 싶지 않은 거니?"

"하고 싶냐 아니냐를 물어보면…… 그야…… 하고 싶은 것 같…… 아니, 무슨 말을 하게 하는 거야! 우린 이제 막 키스한 직후라고!"

"어머~ 역시 키스는 했구나~. 우후후~, 그래~……. 드디어 나나미도 첫 키스를 경험했구나~."

"소…… 속였구나, 엄마?!"

평소의 상태로 돌아온 토모코 씨는 역시 토모코 씨였다……. 나는 쓴웃음을 짓는 동시에 두 사람의 평소 대화를 볼 수 있다는 행복을 홀로 조용히 음미하고 있었다.

……아니, 음미할 때가 아니지. 나나미를 얼른 도와줘야지. 아아, 저렇게나 얼굴을 붉히고…… 정말 내 여자친구

는 귀엽다니까…….

"하여간에 엄마는 진짜…… 손주 얼굴이라니 얼마나 앞서간 거야……. 우리 아직 고등학생이라고!"

"음…… 진지하게 말해서 조금 걱정이긴 해. 알콩달콩한 상태가 이대로 이어져서 나나미가 결국 참지 못하고 요신 군을 덮치진 않을까 하고. 그러니 못을 박아두는 의미에서 말해본 거야."

"내가 덮치는 쪽이야?!"

"그야 내 딸인걸~?"

나나미를 도와주려고 했는데 살짝 흥미로운 이야기로 흘러가고 있었다. 나는 굳이 끼어들지 않고 두 사람의 대화를 주시했다. 토모코 씨, 엄청난 말씀을 쉽게 하시네.

그러고 나서 두 사람은 덮치느니 마느니 하는 이야기를 계속 이어갔다. 그리고 묘하게 나나미가 열세다. 뭐랄까…… 이런 이야기는 끼어들기 힘들다. 그렇게 생각하고 있었는데 토모코 씨가 내게 질문을 돌렸다.

"아, 그래도…… 나나미는 아빠를 닮았으니까 괜찮으려나? 요신 군은 나나미가 덮치면 어쩔 거니?"

"전력을 다해 응하겠습니다."

"요신?!"

무심코 즉답하고 말았다. 나나미는 뺨을 물들인 채 부릅뜬 눈으로 나를 바라보고 있다. 나는 살짝 실수했나 싶은 마음으로 나나미에게로 시선을 옮겼다.

그리고 나와 나나미의 시선이 교차했다. 그 순간, 마치 파지직 하고 전기가 통한 듯한 기분이 들었다. 나도 나나미도 눈을 몇 번이나 깜빡였지만 그래도 시선은 떼지 않았다.

"그…… 안 덮칠 거다? 게다가 할 때는 좀 더…… 이런, 분위기가 잡혔을 때나 이벤트가 있을 때 하는 게 좋을 것 같기도 하고 아닌 것 같기도 하고……."

쭈뼛쭈뼛 내 눈을 바라보며 나나미가 속삭이듯 중얼거린다. 아니, 각오가 너무 빠르잖아. 그렇게 무리하지 않아도 돼. 우리는 우리 페이스대로 가면 되니까.

"농담이야, 나나미. 아직은 그런 일이 생기지 않도록 조심해야겠지. 하지만 애정이 식지 않도록 계속 노력은 할게."

"아, 그…… 그런 거야? ……응, 그렇지…… 그렇겠지."

어라, 어쩐지 실망한 것 같은데…… 기분 탓이겠지……? 하지만 생각해 봐, 나도 아직 그런 걸 할 배짱은 없어…….

겁쟁이라고 부르고 싶다면 얼마든지 불러도 좋다. 지난 한 달 동안 전력을 다해 달려온 나에게는 약간의 휴식 기간이 필요하다. 하지만 동시에 상대의 애정이 식지 않도록 노력해야 한다.

잡은 물고기에겐 먹이를 주지 않는다는 말이 있다.

상대방과 사귀자마자 여친에게 차가워지는 남자에게 자주 쓰이는 말이라고 알고 있다. 가까운 사이가 돼서 그런 거라고 보는 관점도 있는 것 같지만 내 생각은 조금 다르다.

사귀었으니 사귀기 전보다 더 노력해야 한다.

……나나미가 첫 여자친구인 주제에 무슨 건방진 소리냐는 말을 들을지도 모르지만, 그 반대다. 나나미가 첫 여자친구이기 때문에 더더욱 어설프게 굴어서는 안 된다. 늘 배워야 한다.

그것은 곧 서로를 생각하고 상대방을 배려하는 것으로도 이어진다.

그럼 휴식 기간 따위 두지 말라는 말을 하고 싶겠지만…… 늘 전력을 다하면 지쳐버린다. 적당한 안배가 중요하지 않을까.

응, 뭐 선을 넘지 않기 위한 약간의 변명도 들어있지만. 대체로 본심이다.

"나도…… 요신의 애정이 식지 않도록 노력할게."

가슴 앞에서 작게 주먹 쥔 포즈를 취한 나나미는 무언가를 결심한 것인지 후 하고 숨을 한번 내쉬었다. 나나미에게 애정이 식는 일은 없을 텐데 생각하면서도 나도 늘 방심하지 말아야겠다며 홀로 조용히 결의했다.

문득 나나미가 무엇인가를 알아차린 듯 내게로 다가왔다. 무슨 일인가 했더니 나나미가 자신의 뺨을 가리키며 웃는다.

"요신, 멋진 소리 해 놓고 볼에 크림 묻었어. 떼 줄게."

"어머나, 그럴 땐 입으로 크림을 떼 주는 게 좋지 않을까?"

토모코 씨?!

"……그럼 그럴까?"

"네?! 나나미 씨?!"

마음속으로 토모코 씨를 부르고 있던 탓일까. 나는 정말 오랜만에 나나미를 존칭으로 불러버리고 말았다.

그리고 크림을 어떻게 떼주었는지에 대해서는…… 비밀이다.

"뭐……? 무슨 소리야? 그럼 형부가…… 언니랑 헤어지고 나랑 사귈 가능성도 있었다는 뜻이야?"

"왜 그렇게 되는데?! 사야, 우리 얘기 들은 거 맞아?!"

"뭐엇?! 사야, 요신을 좋아했어?!"

우리의 이야기를 듣고 있던 사야는 입을 열자마자 그런 엉뚱한 말을 꺼냈다. 나나미는 나나미대로 약간 창백해진 얼굴로 사야의 어깨를 잡고 있다.

그런 나나미에게 사야는 어처구니없다는 듯 눈을 게슴츠레하게 떠 보였다.

나와 나나미가 토모코 씨에게 모든 일을 소상하게 보고한 것이 며칠 전. 오늘은 나나미의 부모님뿐만 아니라……

우리 부모님도 바라토가에 모여 있었다. 서로의 가족이 모두 모인 것이다.

부모님의 장기 출장도 끝났고, 사후 처리 등도 마무리된 이 타이밍에 가족끼리 가볍게 뒤풀이 모임을 하자는 얘기가 나왔기 때문이다. 우리 부모님도 다시 한번 토모코 씨와 다른 분들에게 감사를 드리고 싶다고 했었고.

처음에는 우리 집에서 하자는 이야기가 나왔었지만, 나나미 집이 더 넓었기에 그쪽으로 초대를 받았다. 참고로 오늘의 요리는 엄마와 아빠, 그리고 토모코 씨와 겐이치로 씨가 만들고 있다.

우리가 할 일은 먹는 것뿐…… 그런 느낌이다. 우리 부모님은 가끔은 부모다운 일을 하게 해달라고 말씀하셨지만, 이미 충분히 부모다운 일을 하고 있다고 생각하는데.

이렇게 생각할 수 있게 된 것도 나나미 덕분인가.

다시 본론으로 돌아와서, 전원이 모이는 건 그때 여행 이후로 처음이다. 그래서 우리는 연회가 시작되기 전에…… 전원이 모인 시점에서 나와 나나미가 다시 사귀기 시작했다는 것을 보고했다.

이는 다시 말해…… 거짓말에서 비롯된 관계였다는 것을 우리 가족도 알게 된다는 것을 의미했다. 토모코 씨는 알고 있지만, 그 이외의 전원은 모르고 있던 사실이다.

겐이치로 씨도 사야도…… 우리 부모님도 말이다.

보고할지 말지에 대해 나나미와 나는 이야기를 나누었고, 토모코 씨와도 상의를 거친 끝에 모두에게도 알리기로 했다. 토모코 씨도 뭔가 하고 싶은 말이 있는 듯했다.

굳이 보고할 필요는 없지 않을까……. 굳이 쓸데없는 말을 할 필요는 없지 않을까 하는 생각도 있었지만…… 결국은 그런 결론에는 이르지 못했다.

나와 나나미가 더는 거짓말하는 것은 최대한 피하고 싶다고 생각했기 때문이었다.

물론 앞으로도…… 어떤 사정으로 거짓말을 하는 일이 있을지도 모른다.

서로를 생각해서 어떤 거짓말을 할 수도 있을 것이다.

서프라이즈도 일종의 거짓말이다.

하지만 거짓말을 함으로써 최종적으로 서로에게 상처를 주는 일만큼은 절대 하지 않겠노라 결심했다.

세상에는 작은 거짓말이 나비 효과를 일으켜 큰 화를 부르기도 한다. 그래서 결국 불행한 일이 일어난다.

드라마나 만화라면 거기서 다시 장애를 극복하고 서로의 유대가 깊어지겠지만, 현실은 한번 큰 골이 생기면 그 골을 메우기가 어렵다. 그리고 점점 소원해진다.

그래서 그런 일이 일어나지 않도록…… 서로 다양한 것들을 솔직하게 이야기하기로 했다.

가족에게 털어놓는 것도 그 일환이다. 마음의 짐은 만들고 싶지 않다는 이유에서 다시 한번 우리의 일을 보고하기로 한 것이다. 나도 나나미도 조마조마한 마음으로…… 서로의 손을 맞잡고 보고했다.

그 순간 사야의 그 한마디가 튀어나온 것이다.

겐이치로 씨나 나의 부모님이 무어라 말하는 것보다도 빨리…… 누구보다도 빨리 꺼낸 말이 그것이었다.

"아니, 딱히 형부를 좋아한다는 뜻은 아니야. 형부 같은 남자친구가 있었으면 좋겠다고 생각하던 참이니까 헤어졌다면 나랑 사귈래? 같은 결말이 됐을 수도 있다는 거지."

"어…… 그런 거야? 너무 가볍지 않나…… 요즘 중학생은 다 그런 느낌인가? 뭐, 우리들도 남 말할 처지는 아니지만……."

"딱히, 사귄 다음에 좋아지는 것도 흔한 일 아냐?"

무섭네, 요즘 중학생. 물론 사귄 뒤에 좋아하게 되는 경우도 있지만…… 우리들이 딱 그랬으니까.

사야가 어이없다는 얼굴로 말을 이었다.

"순정 만화에도 있지 않나? 헤어진 여친 여동생과 사귄다는 전개. 그런데 역시 서로를 잊지 못해 미련이 뻔히 다 보인다는 패턴."

"나는 순정 만화는 잘 모르지만…… 그런 게 있어? 정말 그런 거라면 난 엄청 최악의 인간이 되는 거 아닐까? 나나미는 그런 만화 본 적 있어?"

"음~? 딱히 그런 전개는 본 적 없는데……. 게다가 만약 그렇게 된다면 나는 사야와 요신이 연애하는 걸 봐야 한다는 거잖아? 아무리 벌이라고는 해도 그건 너무 잔인해……. 정신이 이상해질 거야……."

나나미는 두 뺨을 누르며 눈을 데굴데굴 굴리고 있다. 응, 나도 나나미 앞에서 다른 여자…… 그것도 사야와 연애하는 건 절대 싫다.

아니, 사야가 싫다는 뜻이 아니다. 설사 나나미와 헤어졌다고 해도…… 그 여동생과 연애를 한다니 너무 잔인한 전개가 아닌가. 고문 수준의 전개라고 해도 과언이 아니다.

뭐, 나나미와 헤어진다는 사실이 이미 고문이겠지만.

하지만 사야는 그런 것은 아무렇지도 않다는 듯 웃으며 말했다.

"그러니까 이야기로서 재미있는 거지. 게다가 봐, 그렇게 되면…… 만약의 경우 형부와 누나가 재결합하기도 쉽잖아? 헤어져도 가까이 있을 수 있다면 서로의 마음을 재확인할 수 있고…… 바로 다시 사귀지 않을까?"

그 한마디에 나는 새삼스럽게 사야가 그런 말을 한 의미를 이해했다. 아마 나나미도 눈치챘을 것이다.

사야가 빙글 몸을 돌리더니 겐이치로 씨와 다른 사람들에게로 돌아섰다.

"그런 거니까 아빠랑 엄마도…… 아, 엄마는 알고 있었구나. 뭐, 아무튼 아빠도 그렇게 복잡한 얼굴 하지 마. 두 사람은 결국 서로 이해하고 잘 납득한 거니까…… 잘됐잖아. 화내지 마."

겐이치로 씨는 팔짱을 끼고 복잡한 표정을 짓고 있었다. 팔에 힘이 들어가 있는 것인지 근육이 빵빵해진 것처럼 보이기도 했다.

……두세 대 정도 맞을 각오는 해두자. 각오를 다지고 이를 강하게 악물면 대부분의 타격은 견딜 수 있다고 어디선가 본 적이 있다.

"……나나미가 거짓말을 했다……. 토모코도 그걸 알고 있었다……. 그리고 요신 군도 알고 있었다고."

무겁지만 낮고, 강하지만 조용한 목소리다. 평소의 밝은 목소리와는 비교할 수 없을 정도로 작았는데도 그 목소리는 묘하게 온 집안을 울리는 듯했다.

무엇보다도 나는 겐이치로 씨가 토모코 씨를 이름으로 부르는 걸 처음 들었다. 토모코 씨가 겐이치로 씨에게 사과의 말을 다시 전했다.

"……그렇게 되네. 여보, 미안해요……. 화낼 거면 나한테 해……."

"아, 아니…… 화가 난 게 아니라…… 나만 몰랐다는 사실이 좀 서운했던 것뿐이야. 게다가 같은 처지였던 사야가 저런 말을 하니 화도 못 내겠군."

조금 쓴웃음을 지었지만, 겐이치로 씨는 곧바로 나나미에게 그 날카로운 시선을 향하며 입을 열었다. 꼬고 있던 팔을 풀고, 그 두 손으로 자신의 무릎을 힘껏 잡는다.

"비록 서로가 납득했더라도, 그래도…… 나나미, 넌 요신 군에게 깊은 상처를 줬다. 그걸 이해하고, 나아가 그걸 보상할 마음도 있는 거겠지?"

화를 내지는 않았지만…… 자신이 말해야 한다고 생각한 것을 나나미에게 전했다. 나는 그런 겐이치로 씨의 말에 무심코 끼어들고 말았다.

"그, 겐이치로 씨, 저는 그렇게까지 상처받지 않았는데요……."

"잘 들어라, 요신 군. 상처라는 건 자각하지 못하는 경우가 더 성가시지. 그러니 넌…… 그 상처를 이제부터 치유할 필요가 있어. 마음이란 미처 깨닫지 못한 부분이 더 중요하니까."

겐이치로 씨는 자신의 가슴에 손을 얹으면서 천천히, 상냥하게 나를 보며 미소 지었다. 상처…… 나는 상처받은 걸까?

오히려 나나미와의 생활로 치유받는 일은 있어도 상처받진 않았다고 생각하는데……. 하지만 겐이치로 씨는 진지한 표정으로 나나미를 보고 있다.

어쩌면 이건…… 겐이치로 씨가 부모로서 꼭 말해야 하

는 일일지도 모른다. 그렇다면 내가 방해할 수는 없지.

나는 입을 다물고 두 사람의 대화를 놓치지 않도록 주시했다.

"있어…… 있어. 나는 요신한테…… 평생 속죄할 생각이야, 아빠. 왜냐하면 나는 요신을 정말 많이 좋아하니까."

나나미가 겐이치로 씨를 똑바로 바라보며, 가족 전원 앞에서 확실하게 전했다.

평소처럼 얼굴이 빨개지지도 않았다. 진지한 얼굴 그대로 겐이치로 씨와 서로 노려보듯 시선을 마주하고 있다. 그런데 평생 속죄한다니…… 난 금시초문인데? 하지만 지금은 도저히 그 말을 입 밖에 낼 수 있는 분위기가 아니었다.

무언의 눈싸움이 계속되었고…… 그 침묵을 깬 것은 겐이치로 씨였다.

"그렇군……. 그럴 각오가 됐다면 더는 아무 말도 하지 않으마. 둘이서 행복해라."

겐이치로 씨는 작게 씩 웃으시고는 그다음으로 우리 부모님에게 고개를 숙였다. 토모코 씨도 같은 타이밍에 고개를 숙인다.

"시노부 씨, 아키라 씨, 죄송합니다. 제 딸이 댁의 아드님께 실례를 끼쳤습니다. 다시 한번 사과드립니다."

"죄송합니다. 원래라면 말렸어야 할 제가 더 부추기는 짓을 해 버려서……."

그 두 사람의 사과에 당황한 것은 우리 부모님이다.

"아뇨, 아뇨, 괜찮습니다. 고개 드세요. 우리 아들이 갑자기 여자친구가 생겼다기에 이상하다고 생각했는데, 이제야 이해가 좀 가는군요."

"오히려 저는 그게 벌칙으로 이어진 연인 관계였다는 게 믿기지 않네요. 지금도 믿을 수가 없어요. 저렇게 달달한 분위기로 설탕을 흩뿌리고 있는데 믿으라는 게 더 어렵죠. 안 그래요, 아키라 씨?"

우리 부모님은 서로 고개를 끄덕였고, 크게 신경 쓰는 기색도 없이 도리어 어이없다는 표정을 짓고 있었다. 뭐야, 그게. 우리 부모님이지만 좀 심한 거 아냐? 라고 말할 수 없다는 게 괴롭군. 사실 나로서도 아빠와 엄마의 마음은 이해한다.

그리고 엄마, 나도 남녀 교제 경험이 없어서 여러모로 시행착오를 거친 거야. 그리고 필사적으로 좋아하게 만들려고 노력한 거니까 거긴 좀 넘어가.

그렇게 생각하고 있는데…… 엄마가 내 쪽으로 시선을 돌렸다.

"요신, 너도 나나미 양을 속이고 있었다는 자각은 있니?"

"있어. 나도 나나미를…… 모두를 속였다는 자각은 하고 있어."

"그래……."

내게 딱 그것만 묻고는, 이번에는 엄마와 아빠가 나란히 겐이치로 씨에게 고개를 숙였다. 나는 그 모습을 보고 죄송스러운 마음이 들었다.

"저희야말로 아들이 댁의 따님께 실례를 끼친 것 같아 정말 죄송합니다."

"부모로서 감독이 소홀했습니다……. 저희야말로 사과드립니다."

고개를 숙이는 두 사람에게 겐이치로 씨 일동은 당황했다. 서로의 부모님이 사과하는 모습을 보고 나도 나나미도 가슴이 아팠다. 나나미가 잡은 손에 힘을 주고 있다는 것을 알 수 있었다.

엄마와 아빠는 고개를 들더니 다시 나에게 전했다.

"네 잘못은 널 교육해 온 우리의 잘못이기도 해. 부모로서 아들을 위해서라면 얼마든지 고개를 숙이겠지만…… 그것에 안주해서는 안 된다."

"그래, 그건 나도 동감이야. 그리고 이건 내 생각인데…… 좋은 남자는 자기 행동을 책임질 수 있어야 한다. 앞으로는 그걸 명심하고…… 나나미 양과 사이좋게 지내려무나."

결코 언성을 높이지는 않았지만 그 말은 내 가슴속에 스며들었다.

나나미도 같은 마음이었는지 눈동자가 살짝 촉촉하게 젖어 있다. 정신을 차리고 보니 우리는 누가 먼저랄 것 없이 둘 다 부모님을 향해 고개를 숙이고 있었다. 부모님의 가르침을 처음으로 있는 그대로 받아들인 기분이었다.

정말…… 앞으로 열심히 하자. 그렇게 생각하던 나에게 엄마가 말을 이었다.

"그리고…… 요신에게 물어보고 싶은 게 있어. 아키라 씨도 아마 같은 마음이라고 생각하지만……."

엄마는 한숨 돌리더니 자세를 바로잡고 나에게 다시 물어왔다.

"요신, 넌 확실히…… 나나미 양을 좋아하는 거지? 우리 눈앞에서…… 확실하게 말을 전해주렴."

……그렇구나, 나나미의 마음을 들었는데, 나는 아직 아무 말도 하지 않았다.

그 말을 들은 나는 자세를 바로잡고 엄마를 향해…… 아니, 이 자리의 모두에게 선언했다.

"나도 나나미를 사랑해. 장래에…… 결혼하고 싶다고 생각할 정도로는."

그 한마디에…… 모두가 숨을 삼키는 것이 느껴졌다.

……어라? 왜 다들 그런 반응을…… 나나미가 사랑한다고 했을 땐 그런 리액션 안 했잖아? 어, 왜지?

나나미는 얼굴을 붉히고 있고, 사야는 눈을 빛내며 기뻐했다. 겐이치로 씨와 토모코 씨는 눈을 휘둥그레 뜬 채 놀라고 있다.

엄마와 아빠는…… 체념한 듯한 모습으로 고개를 흔들고 있었다.

"요신…… 누가 그렇게까지 말하라고 했니. 좋아하는지를 물었을 뿐인데……. 정말이지 성급하다니까."

"뭐…… 이런 부분의 말투는 완전히 시노부 씨 판박이랄까, 나랑 시노부 씨 아들답네."

오오…… 실수했다. 드물게 이번엔 내가 자폭해 버렸다. 아니, 나나미가 먼저 말해줬으니까 그 정도는 말해야겠다는 생각이 들었다고.

그리고 내 말을 기점으로 주위 사람들이 멋대로 이야기를 진행하기 시작했다.

"이거…… 이미 부부의 모습이 벌써 보이기 시작했어요. 장래를 걱정할 필요도 없겠군요. 방심했다간 고등학교 졸업 직후 곧바로 손자 얼굴을 볼 수도 있을 것 같은데……."

"대학생 결혼이라. 그럴 가능성도 충분히 있겠네요. 그럼 도와줘야겠죠."

"아니, 반대로 연인인 기간이 길지 않나요? 추측이지만 두 사람 다 이제부터 본격적인 연애를 시작할 텐데……."

"지금까지는 진심이 아니었다……? 그것참 무섭네요."

"뭐야~. 고등학생으로 이모가 되긴 싫은데~. 그래도 조카라. 조카는 엄청 보고 싶을지도. 무조건 귀엽겠지. 해달라는 거 다 해줄 것 같아."

멋대로 떠들어대는 그들의 발언에 나와 나나미는 얼굴이 뜨거워지고 말았다. 옆에 있던 나나미가 조용히 나에게 다가왔다. 이야기에 푹 빠진 사람들이 눈치 못 채도록 살짝.

모두가 저마다 이야기로 달아오르는 가운데, 나에게만 들리도록 나나미가 귓가에 속삭여 왔다.

"……모두에게 말하길 잘했네. ……행복해지자."

"……아니…… 우리 둘이라면 행복할 거야, 반드시."

작은 소리로 속삭인 우리는 얼굴을 마주 보며 미소 지었다.

정말로, 모두에게 이야기해서 다행이다. 말하기 전에는 조마조마했지만, 지금은 완전히 마음도 진정됐다.

정신을 차리고 보니…… 자기들끼리 멋대로 떠들고 있던 주위가 어느새 조용해지고, 우리를 히죽거리며 보고 있다. 그 모습에 우리는 휙 고개를 돌려버렸다.

"자~, 오늘은 요신 군과 나나미의 정식 교제 기념과 시노부 씨와 아키라 씨의 출장을 위로하는 의미에서 데마키 초밥*을 만들어봤어요~."

어색한 공기를 날려버리듯 자리에서 일어선 토모코 씨가 요리를 테이블로 옮겨왔다.

"기합 넣고 열심히 만들어봤어. 성게도 있고, 대뱃살도 있고, 가재도 있고, 시노부 씨랑 아키라 씨가 선물로 사다

---

*김에 말아서 먹는 초밥.

주신 것도 많으니까 많이 먹으렴."

우리는 어쩔 줄 몰라 하며 수많은 접시를 나르는 토모코 씨를 도왔다. 요리를 돕는 것은 완강하게 거절했지만, 이 정도라면 괜찮다는 듯 토모코 씨도 받아 주었다.

그러던 중 토모코 씨가 나에게 한 가지 제안을 해왔다.

"아, 그렇지. 요신 군, 오늘은 자고 가겠니? 나나미와 같은 방에서 자는 거…… 오늘이라면 허락해줄게. 뭐, 두 사람에게는 그런 얘기도 새삼스럽지만 말이야."

"아뇨……. 오늘은 반대로 돌아가겠습니다. 여러모로…… 마음 정리 같은 것도 하고 싶고…… 게다가……."

"게다가?"

"마음이 너무 들떠서, 오늘의 전 무슨 짓을 할지 모르니까요……. 아무리 그래도 그런 건 안 되잖아요?"

"어머나, 대담해라."

농담처럼 받아친 말이었지만…… 나나미에게는 어느 정도 진심으로 들려버린 것인지…… 그녀에게 등을 퍽퍽 맞고 말았다.

"그나저나 벌칙 게임으로 고백이라…… 그런 만화 같은 일이 정말 있구나. 언니가 그런 걸 했다니 완전히 상상 초월이야……."

"네……. 반성하고 있습니다……."

나나미가 사야에게 진심 어린 한마디를 전했다. 무척이

나 무게가 느껴지는 한마디다. 경험자의 말이라는 건가. 나나미가 축 처져버린 모습에 나는 애써 화제를 돌렸다.

"사야는 고백하고 싶은 남자 없어?"

이 말은 약간의 분위기 전환을 위한 것이었는데…… 사야는 망설임 없이 없다고 답했고, 이어서…… 예상 밖의 사람이 달려들었다.

"사야에게 아직 연애는 일러! ……라고 말하고 싶은 마음은 굴뚝 같지만, 그 부분은 사야의 자유이니 말릴 순 없겠지……. 하지만 아빠로서…… 딸이 둘 다 연애하는 건 솔직히 쓰라리구나……."

"어머나, 당신…… 그럼…… 한 명 더 만들래요?"

"요신도 손이 많이 안 가게 됐고, 아키라 씨…… 우리 요신에게 동생이 있었어도 좋았겠네요."

"그러게……. 두 사람이 결혼하면 외로워지겠지……. 지금부터는 좀 힘들까?"

"엥~? 내 얘길 하고 있었는데 언제 부모님 화제로 넘어간 거야?"

나도 나나미도 거기서 식사하던 손을 잠시 멈추고 말았다. 반쯤 말린 김초밥이 풀리고 속 재료가 접시 위로 뚝 떨어졌다.

예상을 초월한 그들의 말에 온몸이 떨리기 시작했다.

"아들 앞에서 적나라한 얘기 그만해!"

"그래! 아빠도 엄마도 그만 좀 해! 왜 얘기가 그렇게 되는 건데?!"

우리의 항의는 들은 척도 하지 않고…… 아니, 그보단 무슨 소리를 하는 거냐는 듯한 눈빛으로 우리들을 바라보는 부모님들의 모습에 나도 나나미도 말문이 막혔다.

"어머나…… 몰랐니? 두 사람이 연애하는 걸 보고 있으니까 우리도 감화된 거란다……."

"어…… 우리 탓이야?"

"뭐…… 손자가 생긴다면 외롭지 않을 테니 괜찮을까?"

"아니, 너무 앞서갔어, 아빠…… 지나치게 앞서갔으니까…… 이제 그만 좀 해줘……."

그런 식으로 전원이 모인 식사 모임은 화목하게 진행되는 것이었다.

◇ ◇ ◇ ◇ ◇ ◇ ◇ ◇ ◇ ◇

빠르게도 정신을 차리고 보니 재고백일로부터 3주 이상이 지나 있었다. 3주 차라고 하면, 나와 나나미가 사귄 뒤 가족 여행을 다녀왔을 정도의 일수가 지난 것이다.

눈 깜짝할 새에 지나갔다……. 정말 눈 깜짝할 새에. 그때는 한 주, 한 주가 묘하게 충실한 느낌이 들었는데, 요즘은 그게 약간 느슨해진 느낌이기도 하다.

……아니, 그렇지도 않은가. 지난 3주간 우리는 나나미의 친구들에게 보고하거나 서로의 가족에게 사정을 설명하는 식으로 남겨두고 있던 응어리 같은 것들을 해소해 나갔다.

특히 가족들에게 털어놓을 때 상당히 긴장됐지만…… 다들 우리가 생각했던 것보다 제대로 받아줘서 너무 감사했다.

앙금이나 꺼림칙함, 그런 것이 남아 있으면 앞으로도 좋지 않을 테니 하루빨리 해소하고 싶다고 생각했는데, 역시 하길 잘했다.

이런 것도 사후 처리라고 할 수 있을까? 좀 의미는 다른 것 같지만. 뭐, 지나고 보니 이것도 즐거운 추억이 되었다.

추억이라고 표현하기엔 너무 최근이지만.

"……어쩐지 다시 떠올려 봐도 충실한 한 달이었지."

나는 그런 혼잣말을 중얼거렸다.

당연하게도 교제하는 것은 나나미가 처음이었기 때문에 다른 사람의 교제 상황에 대해서는 지식이 없어 잘 모르겠지만…… 세상의 남녀 교제와 비교했을 때 우리의 경우는 아무래도 평범하지 않은 듯했다.

주위에서도 평범하지 않다는 말을 계속 들어오긴 했는데…… 같은 또래의 의견은 없어서 그 부분을 물어보고 싶은 마음은 있다.

뭐, 됐나. 이걸로 우리 사이에는 아무 걱정거리도 없다. 지금은 그 사실을 솔직하게 기뻐하자.

전에도 말했지만, 부모님이 출장에서 돌아와서 함께 나나미의 집에 돌아가는 빈도는 예전보다 줄어들었다.

하지만 그만큼 자주 서로의 집에 오가게 되었다. 다시 말해 돌아오는 길에 우리 집으로 가느냐, 나나미의 집으로 가느냐의 차이다. 가끔 나나미가 우리 집에서 밥을 먹기도 했다.

돌아오는 길에 누군가의 집에 들러 함께 공부하거나, 함께 요리하거나, 하굣길에 군것질하거나, 쇼핑 데이트를 하면서…… 우리는 매우 평온한 나날을 보내고 있었다.

오늘은 과자를 사서 우리 집에서 공부하면서 둘이서 조금 노닥거리고 있었다. 아니, 실은 숙제에 모르는 부분이 있어서 나나미에게 배우고 있다.

나나미 쪽이 성적도 더 좋고, 무엇보다 선생님을 목표로 하는 만큼 무척 알기 쉽게 알려주고 있다.

"요신, 공부할 때는 공부에 집중해야지. 손이 멈춰 있어. 물론 요즘은 느긋하게 지내고 있으니까 그때를 떠올리는 마음을 모르는 건 아니지만…… 그건 나중에 하자?"

이런, 내가 중얼거린 한마디를 들어버렸나 보다.

"네, 죄송합니다, 나나미 선생님~."

"좋아요. 그럼 공부 열심히 합시다…… 요신 군?"

나는 가볍게 사과를 하고 난 후 공부를 재개했다.

참고로 이 선생님이라는 호칭은 공부를 배울 때 나나미가 내건 조건이기도 했다. 지금부터 그런 호칭에 익숙해지고 싶다고.

음…… 가정 교사 아르바이트 같은 걸 해도 괜찮지 않을까?

물론 여자 한정으로.

건전한 남자를 대상으로 나나미가 과외를 한다면 공부에 집중할 수 없을 테니 이건 내 나름의 배려다. 거짓말이다. 여러 이유가 있지만, 무엇보다 내가 싫다.

이게 독점욕이 강하다는 건가? 너무 속박해도 안 되고, 그렇다고 내버려 두는 것도 안 되고…… 딱 중간의 느낌을 잘 모르겠다.

혼자 생각해 봐야 이상한 결론만 날 뿐이니 나나미랑 상의하면서 조금씩 감을 잡아갈 수밖에 없으려나.

솔직히 나나미는 인기가 많아서 걱정이란 말이지. 사건 뒤에 그 인기도 가라앉을 줄 알았는데, 풍문으로 듣기엔 예전보다 더 인기가 많아졌다고 들었다.

그런 일이 어떻게 가능한가 했더니…… 아무래도 나나미가 전보다 남자들에게 거부감을 덜 느끼게 된 것이 원인인 듯했다.

분위기가 부드러워지고…… 그러니까…… 다시 말해 전

보다 색기가 더해졌다는 얘기다. 이전 모습을 잘 모르는 내가 봤을 때는 지금도 충분히 요염한 것 같지만, 아무래도 늘었나 보다.

그래서 더 걱정이다……. 심지어는 나와 헤어졌을 때를 호시탐탐 노리고 있는 무리도 있다던데…… 말도 안 되는 이야기다. 빼앗기는 것은 사양이다. 이건 플래그가 아니다.

내가 인기가 많아지는 건 불가능한 일이니까 괜히 더 그런 생각이 들었다.

아니, 또 이야기가 빗나갔다……. 지금은 공부에 집중해야지. 집중하자, 집중.

……아까 난 모든 걱정거리가 사라졌다고 말했지만…… 사실 한 가지 아쉬움이 있긴 하다. 아쉬움이라고 할까 찜찜함이라고 할까.

그건 나 혼자의 판단으로는 해결할 수 없는 데다…… 애초에 해결할 필요가 있는 일일까? 하는 의문마저 든다. 이대로도 좋지 않겠냐는.

요 며칠 불현듯 그런 것을 생각하고 있는데…….

"?"

내가 나나미의 얼굴을 보자 그녀가 고개를 갸웃하며 나를 돌아보았다.

또 내가 집중하지 않은 것을 알아차린 것인지 난처한 미소를 지으며 내 이마를 가볍게 쿡 찌른다. 나는 그것을 웃는 얼굴로 받아넘기며 홀로 조용히 결론을 내렸다.

음…… 역시 그렇지. 혼자 정하면 안 돼. 제대로 나나미와도 얘기해야 한다.

그렇게 결심한 나는 우선 다시 공부에 집중했다. 나나미와 함께할 미래를 생각하면 지금은 조금이라도 성적을 올려둬야겠지…….

그 마음가짐이 도움이 된 것인지 숙제는 얼마 지나지 않아 끝났고 휴식이 찾아왔다.

"나나미, 상담할 게 좀 있는데…… 괜찮을까?"

"상담? 괜찮긴 한데…… 그래서 아까 집중 못 한 거야? 정말! 그럼 안 돼! 공부할 땐 제대로 집중해야지."

"미안, 미안, 생각이 좀 많아져서."

"……나랑 단둘이 있어서 공부에 집중할 수 없었다든가, 그런 말을 해줬다면 더 좋았을 텐데~?"

나나미는 그렇게 말하더니 벌렁 드러누워 내 무릎에 머리를 얹어왔다.

일부러인지 아니면 추진력을 얻기 위함인지…… 누울 때 다리를 한껏 높이 치켜든 탓에 치마가 크게 말려 올라갔다.

내 쪽에서는 치마 속이 보이지 않게 했기 때문에 분명 일부러 그런 것이겠지만…… 그 대신 허벅지는 훤히 보였다. 오히려 그것이 더 눈에 해로운 것 같았다.

"요신, 슬슬 휴식일까 싶어서 차를 끓여왔는데……."

그리고 타이밍 좋게 내 방문이 열렸고, 다리를 번쩍 든 나나미를 엄마가 정면에서 포착했다.

저 각도라면 분명 치마 속이 훤히 들여다보였겠지……. 뒤늦게 정신을 차린 나나미가 벌떡 일어나 치마를 눌렀다.

얼굴이 붉어졌다는 것을 뒤에서 봐도 알 수 있었다. 귀가 새빨갰으니까.

엄마…… 노크해줘. 아니, 아니다. 손 모양이 노크하는 모양이다. 이건…… 우리가 눈치채지 못한 것뿐인가, 혹시?

이제 와서는 알 수 없는 일이다. 다만 엄마가 나나미의 치마 속을 똑똑히 들여다봤다는 사실만이 남았을 뿐이다. 나도 그렇게 제대로 본 적 없는데. 엄마가 왜 로맨틱 코미디 주인공 같은 해프닝을 겪는 거야.

"어…… 차…… 여기 둘게……."

"아…… 감사합니다."

엄마는 안경을 휙 올리고는 공부하던 테이블 위에 차를 놓고 갔다.

그냥 방을 나가려고 하기에 넘어갔나 생각했는데…… 나가기 직전에 불쑥 중얼거린다.

"요, 요즘 고등학생들은…… 굉장한 걸 입는구나……. 저게 요즘의 보통인 건가……? 아니면 승부 속옷……? 요신은 이미 봤을까……? 아니…… 봤다면 무조건 이것저것 시작될 텐데…… 당분간은 가까이 가지 않는 편이 좋을까?"

혼잣말이었겠지만…… 공교롭게도 방 안의 우리에게는 확실하게 들리고 말았다.

크게 동요하지 않는 사람이다 보니 이럴 때 어떻게 조절하는지 잘 모르는 걸 수도 있다. 엄마는 그렇게 중얼거리며 그대로 방을 빠져나갔다.

으음…… 그런 굉장한 걸 입고 있는 거야?

나는 무심코 새빨갛게 달아오른 나나미가 누르고 있는 치마 쪽으로 시선을 주고 말았다. 딱히 바라본다고 해서 보이는 것은 아니지만 나나미는 내 시선에서 벗어나기 위해 몸을 비틀었다.

"……펴…… 평범하거든?! 귀여운 걸 입긴 했지만…… 아주 평범한 거야! 보…… 볼래?! 보면 얼마나 평범한지 알 수 있을 테니까!"

"진정해, 나나미! 게다가 나는 봐도 평범한지 아닌지 판단할 수 없어!"

내 시선을 느낀 나나미가 당황하며 변명했지만…… 아니, 안 볼 거야! 그러니까 나나미, 치마에서 손을 떼! 성급히 굴지 마!

솔직히 말해서 보고 싶다! 하지만 엄마의 말이 진실이라면…… 그, 봤을 때…… 참을 수 없을지도 모르잖아. 게다가 방에서 여친의 속옷을 본다니…… 어? 그건 별로 상관없나? 아니, 안 되잖아. 뭔가 뒤죽박죽 꼬이기 시작했다.

그 후 나는 나나미를 달래 다시 내 무릎 위로 이끌었다. 마음이 진정됐는지 나나미는 천천히…… 조용히 내 무릎 위에 머리를 올려놓았다. 물론 속옷은 보이지 않는다.

……안 돼, 엄마가 그런 말을 하니까 시선이 아무래도 그쪽으로 가고 만다. 속옷은 안 보여도 하얗고 예쁜 허벅지는 눈에 들어오니까.

그런 생각을 하고 있는데, 아래에서 찌르는 듯한 시선이 느껴졌다.

내려다보니 나나미가 뚱한 눈빛으로 나를 노려보고 있었다.

"……엉큼해."

"아냐, 나나미……. 이건 사전 정보가 머리에 들어온 탓에 나온 행동이라 불가항력이라고."

두 손을 들고 그녀에게 변명하는데, 그녀는 "보고 싶으면 보고 싶다고 말하면 될 텐데……" 하며 다른 방향의 불만을 표출했다.

……보고 싶다고 말할 걸 그랬나? 아니. 아니지, 아냐. 속옷 얘기를 일단 그만하자. 아까 생각한 아쉬움에 대해 나나미와 상의해야지.

"……나나미, 다시 한번…… 상담할 게 있어."

"뭐야? 역시 속옷…… 보고 싶어졌어?"

"아냐, 아냐! 속옷에서 떨어져!"

"음, 하지만 어떤 걸 좋아하느냐 하는 건 중요하지 않아?"

그리고 어째선지 우리는 속옷에 대해 한동안…… 논쟁을 벌였다. 최종적으로는 자연스럽게 내가 어떤 수영복을 좋아하는지에 대한 이야기까지 나와 버려서…… 나는 그쯤에서 이야기를 중단했다.

"그게 아니라 상담. 상담 말이야. 속옷이 아니라…… 우리의 일로 상담할 게 있어."

"치이…… 뭐, 요신이 좋아하는 수영복이 비키니라는 건 들었으니까 괜찮아. 속옷은 역시 난이도가 높았나……."

"나─나─미─씨?"

"미안, 미안. 알았어~. 상담이라니 뭐야? 비키니는 바다에 갈 때 요신에게 보여주는 용과 놀이용 두 벌 살 테니까 걱정하지 마?"

……나한테 보여주는 용?!

아니야, 안 돼. 또 얘기가 빗나갔다. 지금은 상담이다.

"상담이라는 건 시베츠 선배에 관한 거야. 선배에게만큼은…… 벌칙 게임으로 한 고백을 이야기할까 하는데…… 괜찮을까?"

"응? 요신이 정했다면 딱히 얘기해도 상관없는데…… 참고로 요신은 비키니 완전 섹시한 거랑 귀여운 거 어느 쪽이 좋아?"

음, 섹시한 거······. 아니, 귀여운 수영복에서 오는 갭도 버리기 아까운데····· 안 되지, 안 돼. 무심코 말할 뻔했다.

그보다 뭐?! 상담은 이걸로 끝?! 해결이야?!

"아니, 난····· 당연히 나나미가 반대할 줄 알고 계속 그것 때문에 고민하고 있었는데."

"요신은 선배한테 말하고 싶었던 거지? 그럼 나는 좋아. 요신이 날 용서해줬다. 그게 내 전부야. 그러니까 선배에게 무슨 말을 듣든, 뭐라고 생각하든······ 그건 내 책임이지."

"그래도····· 정말 괜찮아?"

거리낌 없이 말하는 나나미의 모습에 반대로 불안해진 내가 무심코 그렇게 물어버렸다. 나나미는 그런 나에게 미간을 좁히며 웃어 보였다.

"그거 아냐? 요신은 선배와 앞으로도 친구 관계를 이어갈 건데, 벌칙에 대해 말하지 않아서 마음에 걸리는 거잖아?"

"으, 응······. 선배에겐 여러모로 신세를 많이 졌는데, 선배만 모른다는 게 뭔가 좀 마음이 불편해서······."

시작은 나나미의 벌칙 게임에 의한 고백이었다······. 하지만 나는 그것을 알면서도 나나미를 속이는 형태로 그녀와의 거리를 좁혀갔다.

그리고 지금은 정식으로 연인 관계가 됐지만, 그것을 모르는 상황에서도 선배는 나를 친구라고 부르며 나나미와의 일에 아낌없는 조언을 해주었다.

지금도 여러 부분에서 신세를 지고 있는 나의 소중한 선배이자…… 친구다.

"그걸로…… 선배가 친구가 아니게 돼도?"

"……그건 엄청 슬프겠지만…… 그렇기 때문에 더더욱 친구이기도 한 선배에겐 모든 걸 털어놓고 싶어."

이건…… 내 자기만족일지도 모르지만…… 선배를 단순히 슬프게 하고 끝날지도 모르지만…… 나나미와 정식으로 연인이 되었으니 나나미와 나의 관계처럼, 시베츠 선배와의 관계 역시 다시 쌓아나가고 싶다고 생각한 것이다.

같은 여자를 좋아하게 된 사람에 대해 그것이 최소한의 예의가 아닐까 하는 생각도 들었다.

"음……. 요신이 결정했다면 나는 말리지 않아. 나도 같이 선배한테 가줄게."

그렇게 말한 나나미는 내 뺨에 내 두 손을 얹고 그대로 내 얼굴을 자신의 얼굴에 가져갔다.

나는 나나미에게 이끌리는 대로 얼굴을 가까이 가져갔고…… 나나미는 그대로 내 뺨에 키스했다.

"요신이 슬프면 내가 확실하게 위로해 줄게. 그리고 선배라면…… 분명 괜찮을 거야. 그 사람 요신을 엄청 좋아하잖아."

"……든든하네. 그보다…… 선배가 그렇게나 날 좋아해?"

"가끔 내가 질투 날 정도로는 사이가 좋아 보여."

그런가……. 정말 그런 거라면 좋겠다.

내가 결의를 다지고 있을 때, 얼굴을 가까이한 나나미가 내게 장난스럽게 미소를 지었다.

"그보다 요신 군? 나나미 선생님은 가정 교사를 한 과외비를 받지 못했는데요?"

"……네, 네. 선생님. 이걸로 됐나요?"

나는 그대로 나나미의 볼에 키스했다.

만족스러운 나나미의 미소를 보고…… 나도 조금 수줍은 듯 웃었다

그리고 얼마 지나지 않아 나나미는 귀가했다. 아빠가 바래다주었기 때문에 함께 차를 타고 집까지 데려다주었다. 나도 면허를 따면 이렇게 픽업 같은 거 해보고 싶다. 면허에 관심은 없었지만…… 따는 것도 괜찮겠네.

그 후 저녁 식사를 마치고 거실에서 TV를 보고 있는데, 엄마가 조심스레 물어왔다.

"……그래서 말인데, 요신……. 저기…… 나나미 양의 속옷은…… 결국 봤니?"

"아니, 엄마……. 볼 리가 없잖아…… 그 상황에서 보는 짓은 난 못 해."

"내 아들이지만 정말 겁쟁이라니까……. 그래도 정말 안 봐도 괜찮았어? 굉장하던데?"

……엄마와 이런 이야기를 해야 하는 나도 좀 생각해줘.

아빠랑 하는 것도 힘든데. 그냥 놔두고 방으로 돌아갈까 하고 일어섰을 때, 엄마가 내 등을 향해 말을 걸어왔다.

"요신…… 애정 표현을 너무 안 하면…… 나나미 양을 다른 사람에게 빼앗길지도 몰라."

"그런 쓸데없는 말로 부추기는 거…… 그냥 재밌어서 그러는 거지?"

"어머, 눈치챘니? 그래도 진심이야. 나나미 양을 소중히 대해주렴. 남자의 소중함과 여자의 소중함은 그 의미가 다르니까 말이야."

나는 그 말에 별 대꾸를 하지 않고 방으로 돌아갔다.

솔직히 엄마랑 그런 얘기를 하는 건 어렵다. 하지만 이 것은 한 명의 여성의 충고로서 마음속에 담아두자…….

◇ ◇ ◇ ◇ ◇ ◇ ◇ ◇ ◇ ◇

시베츠 선배에게 우리의 관계를 숨김없이 이야기한다.

나나미는 반대할 줄 알았는데 너무 쉽게 동의해서 솔직히 맥이 빠졌다. 이건 나를 신뢰해준다는 증거라고 생각해도 되는 걸까.

그보다 나와 시베츠 선배가 사이좋게 지내는 것에 나나미가 질투심을 느낀다는 것이 더 문제다.

아니, 질투를 받고 있다는 건 조금 기쁘긴 한데……. 시베츠 선배와 나누는 대화로 질투할 필요는 없지 않나 하는 생각도 든다.

그래도 질투는 질투다.

그에 대해서는 제대로 나나미에게 태도와 말로 보여주고 괜찮다는 것을 확실하게 납득시켰기 때문에 괜찮을 거다.

엄마도 강조했었다. 여성의 소중함과 남성의 소중함은 다르다고. 즉, 그것은 늘 태도로 보여 오해를 없애라는 뜻이었다.

들어본 적은 있지만 그렇게나 다른 걸까. 나는 그와 함께 들었던 엄마 말을 떠올렸다.

"절대로 나나미 양을 놓쳐선 안 돼, 알겠니? 뭐, 요신이라면 괜찮겠지만. 아, 바람피우는 건 말할 가치도 없는 일이야. 만약 피우면 부모와 자식의 연을 끊어버릴 거란다."

몸이 떨릴 정도로 차가운 시선으로 그렇게 못을 박고 간 것이다. 그런 말을 들으면 자연히 기합이 들어가는 법이다. 바람피우는 것이 논외라는 건 동감이고.

하지만 첫 질투 상대가 연애 대상이 아닌 남성 친구라는 건 어떻게 받아들여야 할까……? 쉽게 이해하기 어려운 상황이다.

"음…… 그만큼 사랑받는다고 생각할까?"

"응? 뭐라고 했어?"

"아무것도 아냐, 나나미."

"그래? 분명 내 사랑의 깊이에 좀 어이없어하면서도 기뻐하고 있는 줄 알았는데."

나보다 한발 앞서가던 그녀가 히죽 미소를 띠더니 내 쪽으로 고개만 돌려 시선을 던졌다. 다 들었네.

"그러는 나나미는 내 사랑의 깊이를 알아?"

"충~분히 알고 있지. 요신은 나를 정말 많이 좋아하지? 하지만 어쩌겠어, 질투심과 여심은 뗄 수가 없는걸. 상대가 아무리 사이좋은 친구라 해도…… 어쩔 수 없이 질투가 나."

"음…… 나는 나나미가 오토후케 씨나 카모에나이 씨와 사이좋게 지내는 모습을 봐도 질투가 나진 않는데……. 여자들끼리 깔깔거리는 모습은 보기 좋으니까."

"흠, 남자는 그런 걸까?"

글쎄, 남자라고 하면 범위가 너무 큰 것 같기는 하지만, 그 부분은 부정하지 말자. 언급하면 여러모로 긁어 부스럼이 될 것 같다.

"그럼 이제 시베츠 선배한테 가볼까. 오늘도 농구부 연습 중일 테니까……."

"요즘은 거의 못 봤는데, 아마 여름 대회를 앞두고 맹연습 중일 거야. ……같이 응원하러 가도 좋겠다."

오! 나나미가 그런 말을 하다니 신선하다!

이건 남자 거부증을 극복해 가고 있다는 뜻일까, 아니면 평소 신세를 지고 있는 선배에게 보답하는 마음일까. 아니, 신세를 지고 있는 건 내 쪽이지만.

전자라면 기쁘긴 하지만 조금 걱정도 든다. 아까 질투하지 않겠다고 말한 직후에 곧바로 내가 질투하는 사태가 벌어지지 않기만을 바랄 뿐이다.

"하지만 요신은 어차피 응원하러 갈 생각이잖아? 그러면 스포츠 관람 데이트를 해도 재밌을 것 같아서. 선배 농구 하는 모습도 보고 싶고."

그런 걱정을 없애주듯 그녀가 내 코끝을 검지로 톡 건드렸다.

……알겠다. 나나미 입장에서는 그것도 데이트의 일환이라는 뜻이구나. 선배한테는 살짝 실례일지도 모르지만, 확실히 그런 데이트도 재미있을 것 같다.

그래도 말이지…….

"응원하러 온 나나미를 보고 선배가 어떤 반응을 할지…… 너무 의욕이 앞설까 걱정이네."

"괜찮을 거야. 시베츠 선배도 이제 나한테는 미련이 없어 보이고."

"그리고 나나미가 선배 멋있다! 라고 하지 않을까도 걱정이야."

"괜찮아, 뭘 봐도 요신이 제일 멋있다는 걸 난 아니까."

장난스러운 미소도 짓지 않고, 실로 당연한 사실을 전하듯이 나나미는 말했지만…… 너무 높이 사는 거 아닐까? 불시의 공격을 맞고 말았군. 저절로 뺨이 느슨해져 버린다. 내가 봐도 좀 징그럽지 않을까.

안 되지, 이제부터 선배에게 보고하러 갈 건데 웃으면 실례다. 정신 바짝 차리자.

"그럼 갈까?"

"응."

그녀가 내가 내민 손을 잡고, 우리는 방과 후 체육관을 향해 걷기 시작했다. 이제는 손잡기도 완전히 익숙해졌지만, 처음에는 손을 잡는 것만으로도 두근거렸었지…….

아니, 솔직하게 말해서 지금도 의식하면 두근두근하지만 말이야.

"농구 연습이라~. 어떤 걸 하고 있을까? 역시 필살기 같은 걸 연습하고 있으려나?"

"필살기라니, 어떻게 하면 그런 발상이 나오는……. 설마 나 때문이야?"

"응. 요전에 요신의 방에서 읽은 만화에 나와 있었거든. 재미있었지, 그 만화."

"뭐…… 현실은 필살기가 아니라 꾸준한 기초 훈련이나 반복 연습이지 않을까."

애초에 일반 농구에서 필살기 같은 것은 없다. 필살기란 말 자체도 좀 살벌하고. 기본적으로 현실에서는 불가능한 기술뿐이니까…….

그런 생각을 하며 우리는 농구부가 연습하고 있는 체육관에 도착했다.

"필사아아아알!"

체육관 문을 열고 들어서자마자 그렇게 소리치며 화려한 덩크슛을 터뜨리는 시베츠 선배가 시야에 들어왔다. 훌륭한 원핸드 덩크다. 시합 형식으로 연습하고 있었는지 아무도 시베츠 선배를 말리지 못하고…… 그보다는 좀 어이없다는 표정을 짓고 있다.

선배…… 필살이라고 했어. 진짜인가.

"주장, 매번 덩크 할 때마다 필살이라는 말을 꼭 외쳐야 하는 건가요……?"

"시베츠, 그거 하지 말라고 몇 번을 말해. 너는 즐거울지 몰라도, 보는 우리는 부끄럽단 말이다. 연습 중에도 다들 이쪽만 보잖아……."

주위 부원들에게선 평이 좋지 않은 듯하다. 하지만 시베츠 선배는 조금도 개의치 않고 쾌활하게 웃어넘겼다.

"무슨 소리냐! 이런 외침이 힘을 끌어내는 원동력이 되는 거라고. 그러니까 자, 너희도 부끄러워하지 말고…… 음? 요신 군이랑 바라토 군?"

시베츠 선배가 먼저 우리를 알아차렸고, 이어서 농구부 사람들도 우리 쪽으로 시선을 돌렸다. 시베츠 선배도 크긴 하지만…… 다들 키가 크구나.

우리의 모습을 발견한 선배는 모두에게 휴식을 알리고 우리에게 종종걸음으로 달려왔다.

"죄송합니다, 선배. 저희가 오는 바람에 연습이 중단돼서……."

"아니, 이제 막 쉬려던 참이다. 마침 잘 왔어. 그래서, 무슨 일이지? 뭔가 오랜만인데. 드디어 농구부에 들어올 마음이 생겼나?"

"아뇨, 그건 나나미와 보내는 시간이 줄어드니까 거절할 게요. 어중간한 시기에 입부하면 발목만 잡을 테고요."

나의 말에 시베츠 선배는 잠시 무언가 생각하더니 매니저에게 수건을 건네받았다. 햇볕에 건강하게 그을린 모습이 인상적인 단발머리 여성이었다.

내가 매니저에게 가볍게 인사하자 그녀도 나에게 인사를 돌려주었다. 전에 나나미와의 약속 때 선배와 함께 있었던 매니저였다.

거의 안면은 없지만, 인사는 중요하다.

그렇게 생각하는데, 나나미는 평범하게 말을 걸어 인사하고 있다. 이것이 나와 나나미의 차이인가.

"고마워, 매니저. 아, 난 잠깐 요신 군과 할 얘기가 있으니까 적당히 휴식을 취하고 나면 연습을 재개해줘."

시베츠 선배가 상쾌한 미소를 매니저에게 향하자 그녀는

아주 살짝 못마땅한 시선을 보내는가 싶더니, 곧 한숨과 함께 승낙의 말을 남기고 다른 부원의 곁으로 돌아갔다.

……어? 선배 인기 많지 않았나?

선배가 상쾌한 미소를 지으면 보통은 뺨을 물들이거나 기쁜 반응을 보이지 않나……? 왠지 노려보는 듯한 느낌이 들었는데…….

"그녀는 매니저로서 무척 우수하지만…… 아무래도 난 미움을 받는 모양이야. 꾸중을 많이 듣고 있다. 여자애들의 성원에 화답했을 때도 집중하라면서 화를 내더군."

"그렇군요. 선배는 인기가 많다고 들었는데, 모두가 좋아하는 건 또 아닌 모양이네요."

뭐, 그건 나나미를 통해 이미 증명이 끝난 건가? 아니, 그것보다도…….

"선배, 저희는 훈련이 끝날 때까지 견학하면서 기다릴게요. 오늘 온 건 연습이 끝나고 시간을 내주실 수 없을지 물어보러 온 거라."

"요신 군…… 최근에 무슨 일이 있었지?"

내가 오늘 온 목적을 설명하는데, 선배가 의미심장한 말을 나에게 던졌다. 마치 꿰뚫어 보듯 나를 쏘아보는 시선에 나는 살짝 기가 눌렸다.

"으음…… 무슨 뜻이죠……?"

"아아, 오해하지 마. 요신 군의 얼굴이랄까…… 눈이 아주 좋은 눈빛을 하고 있기에 무슨 일이 있었구나 싶었다."

"좋은 눈빛이요……?"

"음. 전에도 눈빛은 좋긴 했지만 약간 망설임이 보였거든. 하지만 지금은 그 망설임이 완전히 사라진 것처럼 보인다. 그런 상대는 경기에서도 만만치 않지……. 방심할 수 없는 선수의 눈을 하고 있구나."

……그렇게나 달라진 걸까?

나나미에게서도, 가족에게서도 받지 못했던 지적에 나는 조금 당황하고 말았다. 그런 나를 안심시키듯 시베츠 선배가 그 커다란 두 손으로 내 어깨를 툭툭 쳤다.

"하하하! 그렇게 불안한 표정 지을 필요 없어. 기껏 생긴 남자다움이 사라지잖나! 그래, 바라토 군. 네 남자친구는 정말 좋은 남자로 성장한 것 같구나. 그러니 빨리 본론을 듣지 않으면 연습에 집중하지 못해서 매니저에게 혼날 거야. 그렇게 됐으니 본론은 지금 듣는 걸로 할까."

"좋은 남자라는 말에 이론은 없지만…… 시베츠 선배는 요신의 친척인가요……? 어떤 입장인 거죠?"

"음? 나는 요신 군의 절친이다. 안심하도록 해. 바라토 군에게서 빼앗지는 않을 테니까. 그러니까 가끔 그런 질투 섞인 시선을 보내지 않아도…… 걱정할 필요 없어."

예상 밖의 그 말에 나나미가 눈을 크게 뜨며 놀랐다. 설마 시베츠 선배에게 그런 말을 들을 수 있을 거라고는 생각하지 못했을 것이다.

그렇다기보단 농구에 특화되어 있어서 기본적으로는 그…… 머리가 좋진 않을 것 같다는 느낌이었는데…… 너무 날카롭잖아요, 선배. 역시 원래 머리가 좋은 거 아닐까?

아니면 동물적 본능이라는 걸까.

"선배에겐 늘 신세를 지고 있고 저도 친구라고 생각하긴 하지만……. 선배, 원래는 저한테서 나나미를 빼앗으려 했었잖아요……?"

"승부가 끝나면 노 사이드! 그게 바로 스포츠맨십이지. 그러니 절친이라고 불러줘도 괜찮아, 요신 군! 그리고 말도 놓고! 참고로 나는 가까운 사람에게 존댓말을 들으면 좀 쓸쓸함을 느끼는 타입이야!"

아니, 하지만 말을 놓을 순 없잖아요.

여러 가지로 하고 싶은 말은 많았지만, 본론을 먼저 끝내두는 편이 좋을 것 같다. 매니저가 살짝 노려보는 것 같으니까.

"그럼 지금 말할게요. 장소를 좀 옮겨도 될까요?"

"흠, 비밀 이야기인가……. 부실에 가서 자물쇠를 걸고 할까? 거긴 늘 청소를 해둬서 땀 냄새가 날 걱정은 안 해도 돼. ……일단 묻겠는데 두 사람이 농구부에 들어온다는 상담은 아니겠지……?"

"아쉽지만 그건 아니에요."

"그렇군. 그건 정말 아쉬워. 만약 요신 군이 들어와 준다면 내가 직접 단련해 주고, 바라토 군이 와 준다면 매니저의 부담을 덜 수 있을 텐데 말이지."

진심으로 안타까워하는 선배와 함께…… 우리는 체육관을 떠났다.

나와 나나미가 시베츠 선배와 함께 들어간 농구부 부실은 의외로 깔끔했다.

군데군데 벗은 셔츠들이 아무렇게나 놓여 있거나 농구 관련 책들이 놓여 있기는 했지만, 그런데도 '남자 운동부'가 가질 법한 흔한 지저분함과는 무관해 보였다.

그것도 일종의 편견이나 갖는 이미지의 문제일지도 모르지만.

그 매니저가 평소에 청소하는 걸까. 아니면 부원들이 깔끔한 걸 좋아하는 걸까…….

뭔가 실내에서 플로럴 향도 나고 있다.

"생각보다 깔끔하지? 부실의 어지러움은 곧 마음의 어지러움이니까 평소 깨끗하게 하려고 노력하고 있어. 뭐, 솔직히 말해 부실이 더러워지면 매니저에게 엄청나게 깨지거든, 내가."

아무래도 우리 생각이 얼굴에 드러난 것인지, 선배가 그런 설명을 해주었다. 이야기 끝에 살짝 진심이 섞여 있긴 했지만…… 그보다 시베츠 선배도 혼나는구나.

"뭐, 나는 이래 봬도 부장이니까. 말하자면 부의 모든 권한을 가진 동시에 그 모든 책임 역시 나에게 있는 셈이지. 혼나는 건 당연해."

내 마음을 읽은 것처럼 시베츠 선배가 말을 이었다.

나도 나나미도 그 말에 놀라고 있자, 시베츠 선배가 부실 문을 잠그더니 우리에게 미소를 보냈다.

"음? 요신 군, 꽤 놀란 얼굴이네. 내가 방금 한 말이 의외였나?"

"으음…… 네. 뭐랄까, 나나미를 걸고 저와 대결하려던 사람이랑 매치가 안 될까요……."

"하하하! 그건 잊어버려. 뭐, 거기엔 사정이라고 할지, 내나름대로 생각하던 게 있었거든. 뭐, 내 이야기는 지금은 아무래도 상관없지. 너의…… 너희들의 이야기를 들려줘."

그렇게 말한 시베츠 선배는 우리에게 파이프 의자를 준비해 주었다. 체육관에서는 자주 보는 의자인데 운동부 부실에도 있구나.

우리는 그 의자에 나란히 앉았고 그 맞은편에 시베츠 선배가 앉았다.

시베츠 선배와의 사이에 테이블은 없었다. 바로 손이 닿을 위치였다.

이건 만일의 일을 생각해서 굳이 그렇게 한 것이다.

만약, 정말 만약의 이야기지만, 내 이야기를 듣고 선배가 화를 낼 경우, 나는 한 대…… 아니, 몇 대 정도는 맞을 각오를 하고 있었다. 요즘 맞을 각오를 너무 많이 하는 것 같긴 하지만 어쩔 수 없다.

시베츠 선배가 그런 짓을 할 사람이 아니라는 건 잘 알고 있고, 신뢰하고 있지만…… 혹시 모를 일이라는 것도 있다.

내가 앞으로 하는 말이 선배의 마음에 얼마나 충격을 줄지는 알 수 없다.

나나미는 그렇다면 차라리 원인이 된 자신이 말하겠다고 나서 주었지만, 여기선 역시 내가 가설차례라고 생각한다.

남자친구인 내가 나설 차례…….

게다가 남자란 생물은 단순해서 한 대 때리고 화해하면 친구가 되는 경우도 있다. 만화 속 이야기지만.

가장 최악은…… 나나미를 정면에 세워서 시베츠 선배가 화를 냈을 때 분노의 화살이 향할 곳이 사라져 버리는 일이다.

분명 선배는 나나미에겐 분노의 화살을 향할 수 없을 것이다.

나는 천천히 입을 열었다. 선배에게 나와 나나미의 관계를 솔직하게 전하려고 한 것이다.

전하려고 했는데…….

입이 잘 안 움직인다.

나오는 것은 숨소리뿐, 소리는 조금도 나오지 않았다.

몇 번 심호흡해도 결과는 똑같았고…… 설상가상으로 몸도 조금 떨리고 있는 것이 느껴졌다.

……확실히 나는…… 두려워하고 있다.

스스로 결심한 일인데, 시베츠 선배에게 말하기로 한 이 순간에 겁을 먹어버린 것이다.

애초부터 혼자라도 아무렇지 않았다……. 지금이야 반의 남자애들과 그럭저럭 이야기는 나누지만, 아직 그들과의 접점은 그렇게 강하지 않다. 학교 밖에서 노는 일 같은 건 전혀 없고, 내가 먼저 말을 꺼내지도 않는다. 딱 그만한 접점밖에 없는 것이다.

……그 와중에 친해진 것이 시베츠 선배다.

계기야 어떻든 간에 나를 친구라고…… 절친이라고까지 불러준 선배. 그 사람이 내가 한 말 한마디에 내 앞에서 사라질 가능성에, 확실하게 두려워하고 있었다.

다 털어놓기로 마음먹은 주제에, 자신이 너무 한심해서 자기혐오에 빠져버렸다. 오히려 가족 때보다도 더 긴장감이 들었다.

아마도 가족은 떠나지 않겠지만, 친구는 떠나기 때문이겠지. 아주 사소한 계기로도 친구는 사라질 수 있다. 그것이 무섭다.

그렇게 생각하고 있는데, 갑자기 내 손이 부드럽고 따뜻한 것에 감싸였다.

시선을 돌리자, 나나미가 내 손을 다정하게 잡고 있었다.

그리고 아무 말도 하지 않고 그저 옆에서 미소 지어주고 있다. 괜찮다는 듯이 미소를 짓고 있다. 눈앞의 시베츠 선배도 미소를 짓고 있었다. 내가 말을 시작하기를 묵묵히 기다려주고 있다.

나나미가 주는 따뜻함과 시베츠 선배의 그 모습에 내 안에 용기가 샘솟았다.

그래……. 우선은 이야기하지 않으면 아무것도 시작되지 않아.

그 순간, 내 입에서 간신히 말이 나왔다.

"시베츠 선배, 선배는 저와 나나미의 관계를 어떻게 생각하고 있었나요?"

"글쎄…… 솔직히 말하면 처음에는…… 왜 내가 아니라 너일까 생각했다. 농구부 주장인데다 비교적 여자들에게 인기도 많다고 자부하던 내가 아니라, 네가 그녀에게 고백을 받았다는 소식을 듣고, 솔직한 심정으로는 질투가 났지."

선배는 표정을 크게 바꾸지 않은 채 조용히, 그리고 솔직히 나에게 마음을 전해주었다.

"뭐, 너희도 알다시피 그 질투에 사로잡혀 바보 같은 행동을 했고, 너희들의 강한 유대감을 보면서, 뭐랄까…… 그제야 포기할 수 있었어. 그리고 질투한 나를 부끄러워했지."

"……그 유대감이…… 사실은 거짓된, 왜곡된 것이었다면…… 선배는 어떨 것 같나요?"

나의 그 말에 선배는 잠시 생각에 잠기더니…… 곧이어 난처한 듯 미소를 지었다.

"미안해, 요신 군……. 사실 여기서만 하는 얘기지만 난 머리가 별로 좋지 않은 편이야. 직접적인 표현으로 말해주면 안 될까? 딱히 부추기는 건 아니니까 부담 갖지는 말고."

……듣고 보니 좀 추상적이고 비겁한 말투였을지도 모르겠다.

나는 심호흡을 한번 하고, 나나미의 손을 아주 조금 세게 잡고…… 우리 관계에 대한 진실을 시베츠 선배에게 전했다.

"나나미가 제게 고백한 건 벌칙의 일환으로…… 저는 그 고백이 벌칙이라는 걸 알면서도 나나미를 제 진짜 여자친구로 만들기 위해, 저를 위해 그녀에게 호감을 얻으려고 움직이고 있었습니다."

그 말에 시베츠 선배는 놀란 표정을 지었다.

그렇겠지, 자신이 좋아했던 여성과 나의 관계가 거짓으로 성립되어 있었던 거니까. 그건 화를 내고 질책해 마땅한 부분이라고 생각한다.

무엇보다도 나는 나나미의 마음과 상황을 이용한 것이다.

선배가 그것에 대해 화를 낸다면 달게 받아들이겠다고

각오를 다졌는데, 선배는 잠시 놀라더니 어딘가 생각에 잠긴 듯한 표정을 짓고 있었다.

그리고 무언가 납득이 가는지 자신의 턱을 만지며 눈을 감았다.

"과연…… 그런 거였구나. 벌칙이라서 바라토 군이 너에게 고백했다는 도식이 완성된 거로군."

"맞아요……. 그리고 반복해서 말씀드리지만, 저는 벌칙이라는 걸 알면서도 그녀의 마음이 저에게 향하도록 움직였습니다."

"요신……. 선배, 아니에요. 따지고 보면 제가 벌칙 게임으로 고백한 게 잘못이고…… 게다가 요신이 알게 된 것도 우연이었어요."

나나미가 선배에게 설명했지만, 선배는 그 말을 듣지 못한 채 중얼중얼하며 생각에 잠겼다.

"그렇군. 내 쓸데없는 걱정…… 아니, 쓸데없는 참견이었던 셈인가. 괜히 지레짐작한 거였군."

"선배……?"

그렇게 한동안 생각에 잠겨 있던 선배는 이윽고 진지한 표정을 지으며 고개를 들었다.

"흠, 하지만 지금 나에게 이렇게 이야기하고 있다는 건, 서로 다 알게 된 거라고 받아들이면 될까? 그걸 아는 상황에서 계속 사귀기로 한 거지?"

"네…… 뭐…… 그렇죠."

나와 나나미는 선배의 말을 긍정했다.

그리고 선배는 또 한동안 생각에 잠겼다.

이번에는 금세 생각에서 빠져나온 선배가 건넨 한마디는…… 우리에게는 예상 밖의 말이었다.

"과연……. 정말 멋진 일이야!"

손뼉을 친 선배가 우리를 향해 반짝이는 미소를 지었다.

근심이나 그늘 한 조각 느껴지지 않는, 무척이나 밝은 표정이었다.

아니, 멋지다니……?

나도 나나미도 시베츠 선배의 그 한마디에 어안이 벙벙해졌다. 두 사람 다 바보같이 입이 헤 벌어졌다.

"선배, 화나지 않아요? 그…… 제가 선배한테 승부를 걸었을 때, 저희는 벌칙으로 사귀고 있었는데요?"

"음? 내가 화낼 이유가 없는 것 같은데? 보아하니 두 사람은 지금 서로를 소중하게 생각하고 있는 거지?"

"그건 뭐…… 그렇긴 하죠……."

"그럼 아무 문제 없잖아. 끝이 좋으면 다 좋은 거니까! 승부의 결과, 너희들은 승리를 손에 거머쥔 거다."

정말이지 심플한 그 대답에 우리는 더욱 얼이 나가 버렸다.

아니, 대체 무슨 승부죠, 선배.

"게다가 벌칙은 어디까지나 둘 사이의 문제…… 아니, 이 경우는 밀당이라고 해야 맞는 걸까? 그 정도의 비밀이나 속임수는 연애에서는 흔히 일어나는 일 중 하나지. 오히려 끼어든 내가 눈치가 없었던 셈이야. 몰랐다고는 하지만 정말 미안한 짓을 했어."

그리고 반대로 사과를 받고 말았다.

시베츠 선배의 생각을 잘 이해하지 못한 나는 고개를 갸웃했다.

나나미도 마찬가지인 듯 의아한 얼굴로 고개를 갸웃거리고 있다.

우리의 그런 비슷한 반응에 선배는 흐뭇한 시선을 보내며 미소를 지어 보였다.

"요신 군. 애초에 남녀 교제의 계기는…… 뭐든 상관없다고 나는 생각한다."

"뭐든지 상관없다고요?"

"뭐, 그렇다고 벌칙 게임으로 고백하는 걸 긍정하는 건 아니지만, 그래도 그걸 계기로 너희들은 시작된 거잖아."

선배가 상냥하게 미소 지었다.

"애초에 벌칙이 아니라 평범하게 고백을 하고 사귀어도 헤어지는 남녀는 많아. 가치관의 차이라든가, 애정이 식었다든가, 이유는 다양하겠지만."

그건…… 생각해 본 적도 없었다. 하지만 맞는 말이다.

선배의 말을 듣고 우리는 그 사실을 처음 깨달았다. 애초에 우리도 그렇게 될 가능성이 있었다는 것에 대해.

"그걸 생각하면 너희들의 관계는 그야말로 기적이라고 할 수 있지."

선배는 나와 나나미를 번갈아 가리켰다.

"어떻게 보면 서로가 무관계인 상태에서, 벌칙이라는 것을 알게 된 뒤에도 교제를 계속할 정도로 친밀한 상태를 유지하고 있다. 이걸 멋지다는 말 외에 뭐라고 표현할 수 있겠어?"

"그럼 선배는 저를…… 용서해 주는 건가요?"

"용서하고 말고 할 일도 아니다만…… 그래, 그럼 굳이 말해주마. 난 너희들의 관계가 잘못됐다고 생각하지 않는다. ……나는 너희들을 용서하마. 친구의 잘못을 용서하는 것 또한 친구의 의무겠지."

약간…… 아니, 정말 울컥했다.

부모님께 인정받았을 때와는 또 다른 감동이 거기에는 있었다.

내 손을 잡은 나나미의 힘도 강해져서, 정신을 차리고 보니 우리는 말없이 선배를 향해 고개를 숙이고 있었다.

"게다가 이제 나도 어깨에 지고 있던 짐을 덜었다고 할까……. 바라토 군이 더는 남자를 어려워하지 않게 됐다면 그보다 더 좋은 일은 없지."

그 한마디에 숙이고 있던 두 사람의 머리가 동시에 쑥 올라갔다.

"네?"

"선배, 제가 남자를 어려워하는 거 알고 있었어요?"

나나미의 한마디에 선배가 난처한 기색으로 뺨을 긁으며 쓴웃음을 지었다.

"내가 바라토 군에게 고백한 건 사실…… 부끄러운 이야기지만, 여자들에게 인기가 많은 내가 나서서 남자를 어려워하는 마음을 극복하게 해주자, 뭐 그런 오만한 생각 때문이었어."

아니, 그것보다도…… 나나미가 남자를 어려워한다는 걸 알고 있었다는 사실에 놀랐다.

나나미도 그런 것인지 눈을 동그랗게 뜨고 있다. 우리의 반응이 재미있다는 듯 선배가 쓴웃음을 지으며 이야기를 이어갔다.

"이래 봬도 농구부 주장이라 사람 보는 눈은 좀 있어. 바라토 군의 행동을 보고 눈치껏 알아차렸지."

"그런데 고백할 때는 왜 제 가슴만 쳐다본 거예요?"

"난 자신의 욕망에 아주 솔직하거든! 여자애의 가슴은 정말 좋아해! 게다가 고백을 거절당할 거라고는 조금도 생각하지 않았고 말이야."

그렇구나……. 선배도 선배 나름대로 나나미를 생각해

주고 있었구나…….

"그 일은…… 요신 군과의 만남도 포함해서 오만했던 나에게 좋은 약이 돼 주었어. 좀 쓰긴 했지만. 뭐, 좋은 약은 원래 입에 쓴 법이지."

그리고 선배는 나에게 천천히 손을 내밀었다.

"요신 군, 다시 한번 나와 절친이 되어주지 않겠나? 그동안 이 이야기가 애매했잖아."

용서해 주었을 뿐만 아니라, 선배는 나에게 그런 기쁜 말을 들려주었다.

그리고 나는 흐려지는 시야를 무시하면서 그 손을 잡고 목소리를 간신히 짜냈다.

"저야말로…… 잘 부탁드립니다. 쇼이치 선배."

나의 그 말에 선배는 무척 환한 얼굴로…… 웃어주었던 것 같다.

이날, 친구를 잃을 줄 알았던 나는 잃기는커녕…… 인생에서 처음으로 절친이라고 부를 수 있는 사람이 생겼다.

생겼는데…….

"내 이름을 기억하고 있었다니 기쁘다! 자, 요신 군, 그 기세로 말을 놓는 거야!"

"죄송합니다, 쇼이치 선배, 역시 그건 못하겠어요. 존경하는 사람에게 반말은 못 해요."

"……들었나, 바라토 군?! 요신 군이 나를 존경하는 사람이라고 했어! 정말 멋진 날이군! 존경받는 내가 되기 위해 더 열심히 해야겠지, 오늘은 덩크 축제다!"

한껏 달아오른 선배는 호들갑을 떨며 신나게 몸을 일으켰다. 이쪽은 앉아 있어서 그런지 선배가 숨 막히게 높은 산처럼 느껴졌다. 선배가 이렇게 컸나.

남자인 나도 위압감을 느끼니 옆에 있는 나나미는 어떨까 싶어 흘깃 바라보는데, 어느새 나나미는 선배의 눈앞에 서 있었다.

"선배, 선배는 요신의 절친 포지션이지만, 저는 애인이니까요. 그 부분은 잘 구분해 주세요."

이어서 나나미가 가슴을 펴고 선배에게 대항하는 듯한 말을 꺼낸다. 무슨 소릴 하는 거지.

"음?! 바라토 군, 그런 소리 말고. 우리는 절친 사이니까 가끔은 남자들끼리 노는 날을 만들어줄 순 없을까?"

"쉬는 날에는 저는 요신이랑 데이트하고 싶은데요……."

"……한 달에 한 번은 어때? 바라토 군이 함께 있어도 괜찮으니까!"

어? 왠지 이야기가 이상하게 흐르는 것 같은데?

이후에도 나나미는 시베츠 선배에게 지지 않고 열띤 논쟁을 벌였다. 남자를 어려워하던 나나미가 겁먹지 않고 선배와 대화하는 광경을 보고 나는 그 성장에 감회가 깊었…….

아니, 감회가 깊다는 소릴 할 때가 아니야.

"잠깐! 대체 왜 갑자기 나를 두고 싸우게 된 건데?!"

내 반박은 대화를 이어가는 두 사람의 귀에는 닿지 못했다.

"요신, 미안해. 어쩌다 보니 이렇게 되어버려서……."

방 안에서 나는 요신의 무릎 위에 엎드린 채 그에게 두 손 모아 사과했다. 오늘은 평소의 무릎베개가 아니라 자세를 좀 바꿔봤다.

무릎베개만 하면 매너리즘에 빠질 수도 있으니까. 뭐, 매너리즘에 빠져도 난 전혀 상관없지만.

좀 단단한 그의 무릎 위에서 내가 꼼지락대며 움직이자 요신은 간지러운지 살짝 몸을 비틀었다. 나는 손을 모은 채 아래에서 그를 올려다보았다.

"뭐, 딱히 괜찮지 않을까? 나도 한번 가보고 싶긴 했고. 게다가…… 나나미도 보고 싶다고 했잖아."

"음, 그렇긴 한데. 설마 말한 당일에 이뤄질 줄은 몰랐어."

요신은 그대로 내 이마에 손을 얹고 머리를 쓰다듬어 주었다. 상냥한 손길이 너무 기분이 좋아서 노곤해진다.

이대로 자면 기분 좋겠지. 안 잘 거지만.

나와 요신이 무슨 말을 하고 있는가 하면, 선배에 대해서다.

요신은 선배에게 벌칙에 대해 말하고 제대로 화해했다. 아니, 애초에 화해라는 표현조차 좀 어폐가 있을지도 모르지만. 어쨌든 선배와 요신의 사이가 나빠지는 일은 없었고 오히려 더 좋아졌다.

동시에 선배가 내 걱정을 많이 해줬다는 사실도 알았다. 지금에서는 솔직하게 고맙다는 생각마저 든다.

……아니, 뭐. 가슴만 봤던 이유가 생각보다 단순해서 그런 생각이 드는 걸지도 모르지만. 전에 요신도 무심코 보게 된다고 했었나?

옛날 같으면 혐오감만 느꼈겠지만, 지금이라면 뭐, 그럴 수도 있겠다며 이해하고 넘길 수 있었다. 그리고 그건 요신의 존재 덕분이기도 했다.

무슨 일이 있어도 꼭 지켜줄 테니까. 그런 사람이 옆에 있는 것만으로도 상상 이상으로 용기 같은 것이 생겨난다. 가슴 얘기 하나로 너무 거창한가 싶기도 하지만, 내 생각이 그러니 어쩔 수 없지.

다시 본론으로 돌아와서, 선배에 대한 이야기다.

그 후로 선배와 나는 약간의 배틀을 하게 됐다. 아니, 설마하니 남자친구를 두고 선배랑 겨룰 줄은 몰랐는데. 그 배틀의 상세한 내용은 여기선 생략하기로 하고…….

결론을 먼저 말하자면 다음 휴일에 나와 요신은 선배의 연습 경기를 보러 가기로 했다. 스포츠 관람 데이트인 셈이다.

요신은 내가 정말 싫으면 거절한다고 했지만, 선배에게 요신이 신세를 많이 지기도 했고…… 나도 시합이 어떻게 될지 좀 궁금했기 때문에 다음 데이트는 그것으로 정해졌다.

나랑 요신이 연습 경기를 응원하러 간다는 말을 전하자 선배는 크게 기뻐했다. 회장이 다른 학교라면 보러 가기 어려웠겠지만, 우리 체육관에서 하는 데다 학생들은 자유롭게 볼 수 있다고 한다.

그건 그렇고 선배가 그렇게까지 요신을 좋아하게 될 줄이야……

"질 수 없어……!"

"잠깐만, 나나미, 잠깐."

내가 힘차게 두 주먹을 쥐자, 요신이 그 손을 부드럽게 감싸고는 약간 피곤한 표정을 지었다.

"선배는 친구, 나나미는 연인."

"알고 있지만 그래도 여자에겐 질 수 없는 싸움이라는 게 있는 법이야. 잘은 모르겠지만."

내가 혼자 조용히 불타고 있자 요신이 못 말린다는 표정을 짓나 싶더니, 갑자기 풉 하고 웃음을 터뜨렸다. 무슨 일이지?

그대로 요신은 키득거리며 웃기 시작했다. 내 반응에서 재미있는 부분이 있었던 걸까 했는데, 어떤 의미로는 그것이 맞았다. 다만 지금의 나를 보고 웃은 것은 아니다.

"그건 그렇고, 오늘의 나나미는 강했지."

나는 그 말에 움찔 몸을 떨었다. 요신은 내 머리를 쓰다듬으면서도 어깨를 떨며 조용히 웃더니 감회에 젖은 얼굴로 말을 이었다.

"설마 선배한테 그렇게 대항할 줄은 꿈에도 몰랐어."

떨리는 목소리와는 달리 내 머리를 천천히 다정하게 쓰다듬는다. 그런데 몸이 떨려서 그런 걸까, 그 쓰다듬는 손도 조금 떨리고 있었다. 그 진동이 머리끝에서 발끝까지 저릿저릿 흘러드는 기분이었다.

어딘가 기묘한 저릿함을 느끼면서도 나는 그가 내게 질리진 않았을까, 실망하진 않았을까 걱정했지만, 그런 걱정은 할 필요가 없었다.

반대로 좀 기뻐 보이는 것 같은데…… . 내 기분 탓일까?

나는 살짝 민망해진 나머지 그 민망함을 속이듯 크게 기지개를 켰다. 역시 몸이 살짝 저릿했던 감각은 자세가 굳어 있어서 그랬던 걸까?

무릎 위에서 움직이니 그의 몸의 감촉이 내 몸으로 전해져 온다.

"하지만 선배가 요신을 뺏어가려고 했는걸."

"아니, 아니, 뺏어간 게 아니라 놀러 가자고 초대한 것뿐이지. 나랑 노는 게 뭐가 즐거운 건지는 모르겠지만…… ."

어쩐지 오랜만에 자기비하적인 말을 꺼내는 요신의 모습에, 나는 무릎 위에서 몸을 반만 돌려 위를 향했다. 그대로 손을 뻗어 요신의 뺨을 꾹 잡는다.

"……왜으애?"

"나는 요신이랑 데이트하거나 함께 있으면 즐거워. 그러니까 분명 선배도 요신과 놀면 그것만으로도 즐거운 거 아닐까?"

"그런가? 근데 데이트나 나나미와 같이 있을 때랑은 다르지 않아? 나도 나나미랑 함께 있으면 그것만으로 즐겁지만."

어쩐지 드물게 소극적이네…… 아니, 회의적이라고 할까? 하지만 마지막에 나와 함께라면 그것만으로 즐겁다는 말에 단순하게도 기쁨을 느꼈다.

민망함을 감추기 위해, 그리고 걱정을 드러내듯이 나는 한 손을 양손으로 바꿔 그의 뺨을 양방향에서 꾹꾹 주물러댔다. 묘하게 부드러운데 약간 단단해서 마치 떡 같은 감촉이다. 중독될 것 같아.

……혹시 가슴을 향한 남자의 집착은 이런 느낌인 걸까?

"선배는 나쁜 사람도 아니니까 분명 요신이 잘 모르는 곳도 데려가 주지 않을까? 그래서 같이 즐거우면 그걸로 된 거잖아."

어느샌가 나는 시베츠 선배를 옹호하는 듯한 말을 하고

있었다. 왜 내가 이런 소릴 하고 있지……? 그래도 뭐, 친해지고 싶은 사람과 놀고 싶은 마음은 어느 정도 이해하니까.

그래서 그 절충안으로 선배의 연습 경기를 보러 가는 데이트를 하기로 한 것이다.

그리고 나에게 뺨을 괴롭혀지던 요신은…… 그 무거운 입을 천천히 열었다.

"사실은, 솔직히 말하면…… 나이가 비슷한 또래 남자애들이랑 노는 건 초등학교 이후로 처음이라 불안해. 뭘 하면 좋을까 싶어서……."

"하지만 나랑 데이트할 때는 최선을 다해주지?"

"그건 나나미를 위해서니까."

그 한마디에 심장이 요동쳤다. 그런 특별 대우를 받는다고 하니 기뻐서 날아갈 것만 같아.

그와 동시에 요신이 무엇을 두려워하는지도 이해할 수 있었다. 줄곧 해오지 않았던 일이라면 확실히 무섭겠지. 진정한 여자친구라면 여기서 등을 밀어줘야 한다.

"그럼 이번 데이트는 동성 친구와 노는 연습을 한다고 생각하고 열심히 응원하자. 선배도 기뻐할 테고 그것도 분명 즐거울 거야."

"……응, 듣고 보니 그러네. 선배라면 분명 멋지게 활약할 테니까. 스포츠 관람은 거의 안 해봐서 기대된다."

"응응. 다음 데이트도 기대된다~."

"나나미가 설마 선배를 옹호하는 말을 할 줄은 몰랐는데. 그래도 뭐, 이것도 좋은 기회라고 생각하고 선배와도 놀러 가볼까?"

결의를 다지듯 손을 쥐고 주먹을 만든 요신의 손을 나는 부드럽게 감싸주었다. 그러자 그가 내 쪽으로 시선을 옮기더니 상냥하게 미소 지으며 선언했다.

"하지만 내가 제일 좋아하는 사람은 나나미야."

그 말과 함께 그의 상냥한 미소가 더욱 깊어졌다. 그 말이 무엇보다도 가슴 벅차서 나도 미소를 돌려주었다.

"나한테 있어 첫 번째도, 요신이야."

내 말을 들은 요신은 나와 마찬가지로 환하게 웃고 있었다.

　무사히 선배에게도 털어놓고…… 나는 방에 혼자 남았다.
오랜만에 게임을 하면서 바론 씨와 다른 사람들에게 오늘
까지 있었던 일들을 보고했다.

　최근에 전혀 보고를 하지 못했으니까.

『그래, 그래. 선배한테도 전부 털어놨으니 이걸로 이제
캐니언 군 주변에는 아무 걱정이 없어졌겠네. 야아, 청춘
이야. 잘됐어, 정말.』

　스마트폰에서 바론 씨의 안심한 목소리가 들려왔다. 그
목소리에 나도 모든 게 끝났음을 실감하며 안도의 한숨을
내쉬었다. 이 대화도 평소와 같은 일상이라는 느낌이다.

　"네, 덕분에 걱정은 없어졌어요. 다만 좀 다른 문제가 생
겼다고 할지……."

『다른 문제?』

　"여자친구와 선배가 저를 두고 싸웠어요."

　순간 바론 씨가 풉 하고 뿜은 것 같은 소리가 들려왔다.

　그 마음은 충분히 이해한다. 이런 의미를 알 수 없는 상
황, 나도 같은 상황이었다면 웃음을 참지 못했을 거다.

참고로 피치 씨와도 연결되어 있다. 피치 씨도 끅끅거리며 웃고 있는 것 같았다. 기묘한 고음이 들려온다. 피치 씨가 저렇게 폭소하는 건 처음 들어본 것 같아.

『캐…… 캐니언 군이 여주인공 포지션…….』

『왜…… 왜 얘기가 그렇게 된 거죠……? 애초에 선배는 시치미짱을 좋아했잖아요?』

둘 다 목소리가 엄청나게 떨린다. 웃음을 참느라 그런 거겠지. 그냥 차라리 사양 말고 크게 웃어줬으면 좋겠는데.

정말 바론 씨의 말대로 내가 여주인공 취급을 받고 있었다.

뭐, 그래도 나나미도 마지막엔 선배를 옹호해줬으니까, 그에 관한 대립은 문제없다고 봐도 좋겠지. 다음 데이트 땐 선배의 연습 경기를 보러 갈 예정이기도 하고.

들어보니 선배도 놀고 싶은 마음은 굴뚝같지만, 요즘은 연습하는 날이 많아 나와 놀러 갈 여유는 아쉽게도 없다고 한다. 그래서 아르바이트도 적게 받는다고. 무슨 아르바이트를 하는 걸까?

선배는 전국 대회에는 문제없이 갈 수 있겠지만 그래도 방심할 생각은 없다고 힘차게 선언했고, 우리와의 대화를 마친 뒤엔 곧바로 훈련에 들어갔다.

『그 선배라는 사람과도 한번 만나보고 싶네. 나한테도 대항심을 불태울지도 몰라. 아니면 반대로 감사를 표하려나?

절친이 신세를 지고 있다면서.』

바론 씨가 장난기 섞인 목소리로 그렇게 말했다.

지금의 선배라면 후자가 아닐까?

저 기세라면 조만간 우리 부모님도 만나겠다며 오지 않을까. 우리 부모님이 선배를 만나면 어떤 반응을 보일지…….

……뭔가 친구가 생겼다는 사실에 엄청 감격할 것 같다. 우와…… 선배에겐 미안하지만 만나게 하고 싶지 않아.

"남의 일이라고 그러기예요? ……뭐, 선배한테는 이전에도 옷에 관해서나 여러모로 신세 진 일이 많긴 했으니까요. 마침 좋은 기회이니 상황이 진정되면 같이 놀 시간을 내볼게요."

『선배와의 관계가 좋아진 건 다행이긴 한데요. 캐니언 씨, 시치미짱과는 요즘 어때요? 좀 더 뭔가 진전됐다거나 하는 건 없나요? 그러니까…… 저기…… 키스 이상이라든가?』

"피치 씨, 한창 들뜬 와중에 미안한데 키스에서 딱 멈춘 상태야. 그건 그렇고 피치 씨 중학생이지? 그 이상은 역시 너무 빠르지 않아?"

『뭐, 어때요~. 연애 이야길 듣고 싶다고요. 고등학생의 어른 연애담을!』

여자 쪽이 어른스럽다는 말을 들은 적은 있지만, 나와 나나미는 어떻게 보면 연애에 관해서는 1학년…… 초보자 같은 거니까. 늦깎이 동지다.

아직 키스에서 멈춰 있다.

그렇다기보단 키스를 '아직'이라고 말하고 있는 시점에서 이미 엄청난 성과라고 생각해줬으면 좋겠다. 그조차도 뺨은 익숙해졌는데 입술에는 아직 익숙해지지 않았다.

그 이상으로 갈 일은 고등학교 졸업하기 전까지는 절대 없겠지……. 너무 심장이 뛰어서 나도 행동으로 못 옮길 테고, 솔직히 말해 심장에 해롭다. 심장이 빨리 뛰어서 아픈 일은 풀마라톤이라도 뛰지 않는 한 없지 않을까. 뛰어본 적은 없으니 상상이지만.

"뭐, 몇 번이나 말했지만, 아직 키스 이상은 안 했어. 이건 진짜야. 만약 간다고 해도…… 역시 보고하긴 좀 어렵지 않을까."

『그렇군요. 뭐, 그 부분에 대해서는 시치미짱에게 자세히 물어보기로 하고. 그럼 최근에는 변화가 없었나요?』

"가장 큰 변화가 지난 지 얼마 안 됐으니까. 당분간은 둘이서 느긋하게 보낼 생각이야."

최근 한 달은 격동의 연속이었다. 정말 밀도 높은 한 달이었다고 해도 과언이 아니다. 어쩔 수 없었다고는 하지만, 나로서는 상당한 하이 페이스였다. 어쩌면 세상에는 더 빠른 사람이 있을지 모르지만, 나는 솔직히 숨이 벅차다.

여기서부턴 여유롭게, 천천히 슬로 페이스로 가고 싶다.

『그래, 느긋하게 있는다고 누가 잡아가는 것도 아니니까.

다만 느긋한 것도 좋지만 해야 할 일을 틀리면 안 된다, 캐니언 군.』

"해야 할 일이라니요?"

갑자기 바론 씨가 약간 낮은 목소리로 말한다. 조금 전까지 즐거워하던 그의 갑작스러운 변화에 나는 조금 당황했다.

『너는 친구, 절친이 생겼어. 이건 축하할 일이지. 그리고 이걸 시작으로 차츰 더 인간관계가 넓어질 거야.』

"그런가요?"

『그래. 내 생각에는…… 아마 갈수록 인기가 많아질 거다. 남자에게도, 당연히 여자에게도.』

으음……? 내가 인기가 많아진다? 뭔가 조금도 감이 오지 않는다. 왜 내가 인기가 많아지지? 인기가 많다는 말은 선배나 나나미에게 어울릴 것 같은데.

나와는 연이 없는 말이다.

『뭐, 연장자의 쓸데없는 참견이라고 생각해둬. 너 자신은 모르겠지만, 넌 아주 좋은 남자가 됐다.』

『캐니언 씨는 원래부터 좋은 남자 아니었나요?』

피치 씨가 작은 항의를 담아 반박했다. 바론 씨가 그것을 차분히 달래주고는 말을 이었다. 뭔가, 칭찬을 듣는다는 건 간지러운 일이다.

나나미도 가끔 말해주긴 하지만…… 아직 그런 건 잘 모르겠다. 오히려 그걸 알고 나는 좋은 남자라고 말하기 시작한다면 그거야말로 최악이 아닐까.

『좋은 남자가 된 네 주변엔 뭐라고 할까…… 흔히 말하는 인싸들이 많지? 그걸 이용하려는 인간이 생겨도 이상하지 않고, 그게 아니더라도 널 보는 눈은 달라질 거야.』

"그런가요? 딱히 실감은 안 나는데요."

『뭐, 갑자기 달라지는 게 아니니까. 하지만 지난 한 달만 봐도 너의 인간관계는 많이 달라졌겠지?』

확실히 최근의 변화는 크다.

나 자신은 거의 나나미하고만 있고, 단둘이 아닐 때는 오토후케 씨나 카모에나이 씨가 함께다. 눈에 띄기 때문에 그 세 사람은 그냥 서 있기만 해도 시선을 사로잡는다.

게다가…… 쇼이치 선배는 내 절친이 되었다.

생각해 보니 이는 아주 큰 변화다.

『뭐, 그러니까 내가 하고 싶은 말은, 친구가 늘어나는 건 좋은 일이지만, 들떠서 친구들하고만 어울리다가 여친을 소홀히 하면 안 된다는 뜻이야.』

"소홀히 해요……?"

『그래. 너에게 최우선이 누구인가를 늘 생각하라는 거지. 그 우선순위를 틀리면…… 돌이킬 수 없을지도 몰라.』

어쩐지 그 말에서 무게감이 느껴졌다.

피치 씨도 스마트폰 너머로 침을 삼키고 있는 것인지 아무런 말도 꺼내지 못했다.

　이것은 음성이기 때문에 느낄 수 있는 것이었다. 글로만 주고받았다면 이 정도의 긴장감은 느낄 수 없었겠지.

　"선배와 절친이 됐어도 나나미가 제일이라는 말은 전해 뒀지만……. 바론 씨, 꽤 현실감이 드는 말이네요."

　『그래, 그렇다면 굳이 말할 필요도 없었으려나? 뭐, 현실감이 있는 건…… 경험자니까. 자백하자면 나는 아내와 딱 한 번 헤어졌었어.』

　가볍게 흘러나온 충격적인 내용에 나는 숨을 삼켰다.

　잠시 무거운 침묵이 내 방에 찾아왔다.

　바론 씨는 그걸 느꼈는지 조금 밝은 톤으로 말을 이었다.

　『아, 결혼 전 얘기야. 학창 시절, 아내는 인기가 많았거든. 나도 그녀와 사귄 뒤로 친구가 생기기 시작했지……. 그리고 거기에 들떠버린 거야.』

　침묵을 날려버리듯 바론 씨가 웃으며 당시의 추억을 이야기해 준다.

　『그러다 보니 내가 친구를 사귀는 게 내 생각 이상으로 서툴다는 걸 알게 됐고, 그녀도 나랑 친구가 놀러 가는 걸 용인해 줬어. 그래서 나는 아무런 문제도 없는 줄 알았지…….』

　"그런데요……?"

　『어느 날 갑자기 그녀의 불만이 폭발했어. 뭐, 그녀에게는 갑자기가 아니었겠지. 징후가 있었는데 내가 놓치고 질질 끌다가 폭발시키고 말았어.』

흠…….

바론 씨는 일부러 표현을 바꿔 말했다. 폭발시킨 사람이 누구인지, 원인이 누구인지…… 내게 정확히 짚어주려는 듯이.

『슬퍼서 우는 아내를 본 건 그게 처음이자 마지막이야. 늘 당당하고 밝고, 조금 수줍음이 많은 그녀의 눈물을…… 그때 처음 봤어.』

"그건 정말 괴로웠겠어요. 그때 무슨 말을 들었나요?"

『늘 친구들하고만 어울리고 나랑 있지 않아서 외로워. 더는 싫어. 이럴 바엔 헤어지고 친구로 돌아갈래……. 그런 말을 들었어. 평소엔 어른스러웠던 그녀가 그 나이대의 여자라는 걸, 그때 처음으로 깨달았지.』

『친구로 돌아가면…… 어울려줄지도 모른다고 생각한 거네요…….』

피치 씨의 말에 바론 씨가 자조하듯 웃었다.

"바론 씨는 그래서 어떻게 했나요?"

『물론 진심으로 사과했지. 잘못한 건 나였으니까. 말만으로는 부족하니까…… 우리는 다시 한번 친구부터 시작했어.』

『네? 친구부터요? 화해한 게 아니라?』

『그래, 친구부터. 한번 헤어진 거지. 좀…… 아니 아주 괴로웠어. 호칭 같은 것도 바뀌고, 거리감도 바뀌고, 헤어지자마자 꼬이는 다른 남자들에게도 지지 않도록 다시 한번 노력했지.』

나는 나를 바론 씨의 입장으로 바꿔서 생각해 봤다.

만약 내가 나나미를 버리고 친구를 우선시하고, 그리고 나나미가 그것으로 인해 상처를 입었다면.

참고 참다가, 그걸 내가 눈치채주지도 못해서 결국 터져버렸다면.

상상만으로도 괴롭다.

나나미가 나를 떠나는 것도 괴롭지만, 무엇보다 그녀를 슬프게 했다는 것이 괴롭다.

『사실을 말하자면 난 행운이었어. 거기서 아내가 불만을 터뜨려준 덕분에 그나마 늦지 않을 수 있었지.』

"그래요?"

『거기서 다른 남자가 위로해줬다거나, 아내의 마음이 힘든 순간을 파고들었다면…… 완전히 헤어졌겠지. 정말 아슬했다고 생각해.』

그 목소리는 비통함으로 가득 차 있었다. 어둡고 낮아서…… 평소 어른의 모습을 한 바론 씨가 하는 말 같지 않았다. 마치 지금만 학창 시절로 돌아간 것 같다.

그만큼 그 추억이 아프다는 거겠지.

『결국 얼마 후 무사히 다시 사귈 수 있었지만. 아내도 나한테 사과했어. 계속 참기만 하고 태연한 얼굴로 신경 쓰지 않는 척해서 미안하다고.』

"부인께서도……?"

『젊었던 거지. 결국은 대화가 없었다고 할까, 서로 말이 부족했던 거야. 아직 학생이었으니 어쩔 수 없다고는 하지만, 엇갈린다는 건 정말 어려운 문제야.』

『그래도 잘됐잖아요. 화해하고 결혼까지 하고. 그 부분의 이야기도 자세히 듣고 싶어요.』

『으음……. 그 시절의 이야기는 아직 피치에겐 좀 이른데……?』

『네? 무슨 일이 있었던 거죠? 엄청나게 궁금한데요…….』

피치 씨는 바론 씨의 말에 안심하고 결혼했을 때의 이야기를 재촉했고, 둘 사이에 한동안 실랑이가 이어졌다.

하지만 내겐 바론 씨가 말했던 '엇갈림'이라는 말이 유난히 귀에 남아 있었다. 지금 말하고 있는 두 사람의 목소리는 나에게 닿지 않았고, 머릿속에서 바론 씨의 말이 되풀이되었다.

『캐니언 군? 무슨 일 있어?』

걱정이 담긴 바론 씨의 한마디에 나는 뒤늦게 정신을 차렸다. 피치 씨도 나를 걱정하고 있는 것이 느껴졌다.

"아, 아니요……. 바론 씨의 그 말을 듣고 우리는 대화가 충분한 걸까 생각했어요. 조금 불안해져서요."

『미안해. 겁을 줄 생각은 아니었는데. 그래도 그럴 수도 있다는 걸 알았으면 했어. 연장자의 쓸데없는 참견이다. 너는 너답게 온 힘을 다해 부딪혀보는 게 좋지 않을까.』

『첫 번째라는 말을 이미 전해줬기도 하고…… 저는, 두 사람이라면 괜찮다고 생각해요. 하지만 그렇죠, 할 수 있는 일은 해두는 편이 좋겠죠.』

『뭐, 너무 과하면 속박이 될 수도 있으니까, 조절해야겠지만.』

『괜찮지 않을까요? 이 두 사람은 설탕 제조기잖아요.』

어디서 그런 말을 배운 거야, 피치 씨?

하지만 두 사람의 그 말에…… 내 마음에는 용기가 샘솟았다.

"두 사람 다 오늘은 감사했습니다. 저는 이제 끊을게요."

『응, 건투를 빌게.』

『힘내세요.』

두 사람의 응원을 받고 나는 두 사람과의 통화를 끊었다. 그리고 곧바로 나나미에게 전화를 걸었다.

신호음이 한동안 계속 울리며 나나미가 받기까지 얼마간의 시간이 걸렸다. 잠들었을까? 기다리는 동안 난 뭘 먼저 말할지에 대해 고민하고 있었다.

이런 늦은 밤에 미안해? 아니면 오늘은 고마웠어? 아니,

그보다도 가장 먼저 전하고 싶은 건…….

그리고 신호음이 멎고, 내가 듣고 싶었던 목소리가 들려왔다.

『여보세요, 요신? 미안해, 지금 목욕하고 있었어. 무슨 일이야, 이런 시간에?』

"나나미. 아니, 그냥 목소리가 듣고 싶어서……. 폐가 됐을까?"

『조금 놀라긴 했지만 폐는 아니야. 목소리를 듣고 싶다니 혹시…… 외로워졌어?』

약간 놀리는 듯한 나나미의 말투에 쓴웃음을 지었지만, 나는 그 말을 부정하지는 않았다.

"맞아, 못 만날 때는 정말 외로워. 그리고 저기…… 나는 나나미가 제일 소중하고 제일 좋아."

『가, 갑자기 뭐야?! 나도 정말 좋아해! 아니, 그게 아니라…… 무슨 일 있었어? 고민이라도 있는 거야?』

"아니…… 그건 아닌데. 들어줄래? 실은 바론 씨랑 이런 얘기를 했거든."

그리고 나는 바론 씨와 나눴던 이야기를 나나미에게 전했다.

그녀는 어떨 땐 놀라고, 어떨 땐 슬퍼했고, 그리고 마지막에는 해피 엔딩이라는 것에 기뻐했다.

"우리도 앞으로 많은 일들이 있겠지. 그러니 그럴 때마다 괜히 숨기지 않고 꼭 대화하자."

『그래…… 응, 우리 둘이라면 분명 괜찮을 거야.』

"사랑해."

『응, 나도 사랑흐…… 엣취!』

서로 사랑한다고 말하던 끝에 나나미가 사랑스럽게 재채기를 했다.

『미안해, 요신. 나 지금 목욕이 끝나서 홀딱 벗은 채로 수건만 감은 상태거든.』

"음…… 바로 나왔네. 서로 대화해야 할 게 있었구나."

『사진 찍어서 보내달라는 거야? 요신, 엉큼하긴…….』

"아니거든?! 감기 걸리니까 빨리 옷 입으라는 거지!"

그리고 우리는 서로 웃고…… 잘 자라고 말하고 통화를 종료했다.

아주 잠시…… 스마트폰으로 사진을 보내진 않을까 걱정돼서 안절부절못했다는 것은 비밀이다.

요신에게 잘 자라고 말한 후, 스마트폰의 화면을 껐다.

나는 지금 알몸에 목욕 수건만 감은 상태다. 그런 상태에서 요신과 계속 대화를 이어간 탓인지 조금 쌀쌀하다. 목욕을 한 번 더 할까?

예고 없이 전화해준 것이 기뻤고, 바론 씨 일행과 이야기한 내용을 알려준 것도 기뻤다. 그런 대화를 나눴었구나…….

그런데 설마, 바론 씨가 한번 헤어졌을 줄은 몰랐는데, 의외였어. 잠깐 애기했을 뿐이지만 무척 다정해 보이는 목소리였는데. 그런 사람도 여친과 헤어진다니 슬픈 기분이 들었다.

인성을 전부 다 파악할 수는 없겠지만, 그를 도와준 사람이 나쁜 사람은 아니라고 생각했다.

뭐, 결국엔 다시 만나서 결혼까지 했으니 해피 엔딩이다.

나도 한 번 요신과 헤어지는 일이…… 있을까?

그것을 상상하자 이번에는 조금 전과는 다른 떨림이 나를 덮쳤다. 손가락 끝에서 핏기가 가시고 유난히 차갑고 기분 나쁜 땀도 났다. 기껏 목욕했는데…….

다시 한번 들어가서 데우자. 그렇게 결심한 나는 다시 스마트폰에 시선을 떨어뜨렸다.

"요신은 필요 없다고 했지만…… 살짝만……."

정말 내 사진, 필요 없을까? 사랑한다고 했으면서? 그런 생각을 하면서 나는 스마트폰을 조작했다.

순수한 호기심…… 호기심이다. 악의나 다른 마음은 전혀 없다.

아주 살짝 도발적인 사진을 찍어서 스스로 그걸 보면 어떤 느낌일지……. 실험을 해보는 것뿐이다. 절대로 사랑한다는 말을 듣고 마음이 들떠서 이성이 흔들리는 것은 아니다. 아마도.

그 과정에서 실수로 잘못 조작해서 사진을 보내면 그건 사고지, 사고.

……아니, 보내는 건 안 되겠지. 변태 레벨이 너무 높다. 그건 그만두자. 얼마 남지 않은 이성이 그 사악한 마음을 지워버렸다.

찍는 것은 어디까지나 실험이다. 남자가 어떻게 생각하는지 그 마음을 알기 위한 실험. 나는 여자지만 마음속의 남심을 불러일으키는 거야. 여자에게도 그런 부분이 있다고 하니까.

아마 그건 본인이 아니라 다른 애를 봤을 때 생기는 반응이라는 걸 어렴풋이 이해하면서도…… 나는 스마트폰을 내게로 향했다.

음…… 목욕 수건을 누르면서 하려니까 어렵네……. 이런 느낌인가? 안 돼, 이러면 흘러넘쳐. 어디까지나 섹시한 느낌을 유지해야지. 다 보이면 안 돼.

음, 어렵네……. 그러면서 내가 고군분투하고 있는데.

"언니! 잠옷 챙기는 거 잊어버렸지? 뭔가 목소리 들리던데 계속 홀딱 벗은 채로 뭐 하는 거야. 내가 잠옷 갖고 왔는……데……."

사야에게 딱 발각되고 말았다.

목욕 수건 한 장만 걸친 채로 스마트폰을 자신에게 향하고 있는 나. 들어온 사야는 그 손에 내 잠옷을 들고 있다. 분홍색의 좋은 촉감을 가진 잠옷이다.

나는 목욕 직후엔 기본적으로 속옷을 입지 않고, 몸의 열기가 다 빠진 후 자기 전에 속옷을 입는 파다. 그게 옛날부터 정해진 내 루틴이다.

그걸 알고 있었기에 사야의 손에는 잠옷만 들려 있……

아니, 이런 세세한 걸 설명할 때가 아니지.

내가 정신을 차린 순간, 사야는 재미있는 것을 봤다는 듯 그 작은 입을 초승달 모양으로 바꿨다. 하얀 치아가 반짝 빛난 것처럼 보인 것은 착각일까.

나는 수치심으로 얼굴을 붉혔다. 덕분에 행동이 한 박자 늦어지고 말았다. 그 틈을 놓칠 사야가 아니다. 몸을 휙 돌리고는 빠르게 이동한다.

"엄마~ ♪ 언니가 재밌는 거 해~ ♪."

"기다려, 사야! 대화 좀 할까?! 사야?! 사야~?!"

나는 목욕 수건만 두른 상태로 사야를 쫓아갔다. 아니, 사야가 내 잠옷을 갖고 있으니까. 쫓아갈 수밖에 없잖아.

그리고…… 나는 그 모습 그대로 거실로 나가버렸다.

"어머나."

"나나미…… 그건 좀 숙녀답지 못한 것 같은데?"

차를 마시던 아빠와 엄마가 내 모습을 보고 어이없다는 표정을 지었다. 이미 사야가 내 행동을 보고한 뒤인 걸까…….

"……대화 좀 할까?"

이 말도 덧없이, 이후 나는 엄마에게 호된 설교를 들었고…… 그리고 나서 다시 목욕해야 했다…….

목욕한 후의 사진을 찍어서 보내는 건 아무리 교제하는 사이라고 해도 안 된다는 말을 들으면 할 말이 없다. 아빠도 같은 의견이었다.

요신을 믿지 않는 건 아니지만 혹시 실수로 전송해버릴 수도 있지 않냐고.

전부 옳은 말이다. 하지만 문제는 그 후였다.

"이왕 할 거면 목욕 수건 차림으로 요신 군에게 직접 다가가렴."

"엄마?!"

"여보?!"

엄마의 말에 훌륭하게 나와 아빠의 외침이 겹쳤다. 사야는 혼자 폭소했다. 사진은 안 되는데 직접 하는 건 된다니…… 엄마의 기준은 어떻게 되어 있는 거지?

다만 사진은 안 된다는 건 정론 중의 정론이었기에 그 부분은 나도 많이 반성했다. 경솔했어. 너무 들떴다는 것을 인정하지 않을 수 없다.

그 후 다시 몸을 데운 나는 욕실을 나와 잠옷 차림으로 셀카를 찍었다.

그리고…….

요신, 이걸로도 기뻐할까?

몸을 움직이는 건 아주 중요한 일이다. 적당한 운동은 건강에도 좋고 심신의 성장으로도 이어진다. 게다가 무엇보다 체력이란 여차할 때 없으면 곤란하다.

쉬운 예를 들자면 재해 같은 게 가장 상상하기 쉬울까? 무슨 일이 있을 때, 소중한 사람을 지키고 싶을 때 체력이 없으면 지킬 수 없다. 이러니저러니 해도 몸이 자본이라는 말은 세상사를 단적으로 표현한 말이 아닐까.

나도 취미로 근력 운동을 하고 있어서 비교적 체력은 좋은 편이라 생각했는데, 오늘 실제 운동부 활동을 보고 그 생각은 머릿속에서 날아갔다.

"어, 뭐야 지금 움직임. 선배 저쪽에 있지 않았나? 어느 틈에 골 앞을 날고 있는 거야?"

"빨라! 코트 끝에 있었는데 상대 코트까지 순식간에! 우와, 날고 있어!"

나도 나나미도 각각 표현은 다르지만 쇼이치 선배의 움직임에 압도당해 버렸다. 아니, 대체 저 순발력은 뭐야. 그리고 하늘을 나는 듯한 저 도약력은 뭐냐고.

체육관에서 선배의 덩크를 봤을 때는 이미 골을 넣고 있을 때라 감이 잘 안 왔는데, 지금은 처음부터 끝까지 본 상황이다.

우와, 골을 넣었나 했더니 엄청난 속도로 돌아갔어. 농구 시합은 처음 봤는데 원래 이렇게 속도가 빠른가? 와아, 상대 공격도 빨라.

"오오, 선배가 공을 잡았어. 어, 잠깐만. 지금 어떻게 잡은 거야?"

"전혀 모르겠지만 어느 틈엔가 공을 갖고 있었지. 어? 어떻게?"

나나미가 조금만 흥분한 듯 내 어깨 근처를 팡팡 친다. 통증은 없었지만, 그 충격으로 몸이 살짝 움직였다. 그것을 신경 쓸 겨를도 없을 정도로 시합에서 눈을 뗄 수 없었다.

오늘은 전부터 약속했던 선배의 연습 시합을 나나미와 둘이서 보러 왔다.

연습 경기라고 해서 가볍게 하는 건 줄 알았는데 그게 아니다. 정말 시합이 아닐까 싶을 정도로 둘 다 전력을 다하고 있어서 정말 흥미진진한 시합이 펼쳐지고 있었다.

흥분해서 깍깍거리는 나나미는 경기에 이끌리듯 몸을 좌우로 움직이거나 폴짝폴짝 뛰거나 했다. 아무래도 나나미는 스포츠를 관람할 때 몸이 움직이는 타입인 것 같다.

혹시 오늘 복장도 그것을 감안해서 입은 걸까? 오늘의 나나미는 긴 바지 차림이다. 위는 몸에 딱 달라붙은 흰색 셔츠에 약간 통이 넓은 상의를 매치하고 있다.

꽤 움직이기 편해 보이는 복장이다. 뛸 때마다 겉옷이나 머리, 여러 가지 것들이 흔들리고 있다.

내 어휘력으로 이걸 뭐라고 표현해야 할지 모르겠지만, 셔츠는 신체 라인이 꽤 드러나니까, 그 라인을 가리는 겉옷이 있어서 그나마 안심이랄까…….

뭐, 실제로 겉옷을 입고 있음에도 나나미는 주목을 받고 있었지만.

스포츠 데이트라는 생각에 나도 간단하게 움직이기 편한 옷을 입고 왔는데 다행이다. 학교에서 사복을 입으려니 이상한 느낌이지만…….

주위를 둘러보니 교복을 입은 사람도 있지만, 사복을 입은 학생이 더 많다. 아는 사람은…… 응, 적어도 이 주위에는 없다.

나랑 나나미가 사귀고 있다는 건 모두가 아는 사실이지만, 사복으로 학교에 단둘이 있는 모습을 보이면 괜한 소동이 나지 않을까 생각한 것이다.

모처럼 하는 데이트니까 별로 이런 자리에서는 마주치고 싶지 않다. ……이런, 잠깐 눈을 뗀 사이에 또 흐름이 바뀌었다. 이럼 안 되지, 집중해서 보자.

그런데도 주위가 신경 쓰인 나머지 내 시선은 자꾸만 힐 끔힐끔 코트를 벗어났다.

오늘은 쉬는 날인데 체육관에는 비교적 사람들이 많이 몰려 있다. 거의 여학생인가. 선배의 활약에 꺄악 하는 소리가 들려온다.

처음에는 모든 사람이 쇼이치 선배의 팬인가 생각했는데, 선배 이외의 선수에게도 열띤 성원이 들리고 있다.

뭐, 그럴 만도 한가······. 나는 코트 안의 선수들에게 시선을 보냈다. 지금까지는 신경 쓴 적 없었는데 농구부는 꽃미남이 많았다. 오히려 웬만한 아이돌보다 더 멋있는 것 같기도 하다.

특히 인기가 많은 사람이 쇼이치 선배다.

선배의 유달리 큰 외침 소리가 들려왔다. 그에 맞추듯 주위도 환호성을 내질렀다.

공기마저 찌릿찌릿 떨리게 하는 역동적이고 힘찬 슛이 상대의 골에 훌륭하게 들어갔다.

"······굉장하네."

평소에 보던 선배와의 갭에 나는 압도당했다. 코트에 있는 것은 언제나 자신만만하게 웃고 있는 선배가 아닌, 진지한 표정으로 승부에 임하는 한 명의 남자였다.

남자인 내가 봐도 멋있다. 인기 많은 게 납득이 가는 활약이었다.

나는 힐끔 옆에 있는 나나미를 보았다. 나나미는 순수하게 스포츠 관람을 즐기고 있었다. 그 모습에 조금, 아주 조금 스포츠를 했으면 좋았을걸, 하는 생각이 들었다. 내가 생각해도 참 단순하다.

나나미는 용케 이 멋진 선배의 고백을 거절했구나.

나도 모르게 생각한다. 아니, 이건 비교해서 자존감이 떨어졌다거나 그런 게 아니라, 이런 진지한 눈빛을 받으면 여자는 꽤 두근거리지 않을까?

어쨌든 남자인 나조차도 심장이 두근거릴 것 같은 시선이다. 다시 한번 객관적 사실로서, 어떻게 거절할 수 있었을까 감탄했다.

"선배도 저렇게 진지한 얼굴을 할 수 있었구나."

"그러게. 내가 봐도 멋있네."

"그래? 요신도…… 멋있어. 진지한 표정을 보면 심장이 두근거리니까, 조금도 지지 않아. 아니, 그걸 떠나 내 안에서는 우승이야."

우승했다.

아니, 우승은 그렇다 쳐도 예고 없이 나나미에게 칭찬을 받아 버린 나는 시합 관전 중임에도 불구하고 무심코 고개를 돌려버렸다. 뺨에 열기가 느껴지는 걸 보니 분명 얼굴이 빨개졌을 것이다.

그러자 아주 가벼운 충격과 함께 몸이 흔들린다. 충격이 생긴 방향으로 고개를 돌리자 나나미가 나에게 딱 달라붙은 채 눈짓으로 웃고 있었다.

"부끄러워?"

내가 침묵한 채 천천히 고개를 끄덕이자, 나나미가 무척 만족스럽다는 듯 치아를 드러내고 웃는다. 그리고 내게서 다시 떨어진다.

잘 생각해 보니 여긴 학교고, 다들 시합에 주목하고 있느라 우리 쪽은 신경 쓰지 않는 눈치였다. 이런 곳에서 시합 중에 둘이 너무 꽁냥거리는 것도 좀 실례일 테고……

그 후엔 나도 나나미도 선배를 응원하며 경기를 관전했다.

연습 경기는 선배들의 승리로 끝났고…… "감사합니다"라는 목소리가 체육관에 울려 퍼지자 주위의 박수가 쏟아졌다. 연습 경기인데도 엄청난 박진감이었다.

선배는 상대 선수와 악수하거나 껴안고 있었고, 그때마다 약간의 새된 함성이 또 터져 나왔다.

주위의 학생들은 아직 돌아갈 기미를 보이지 않았다. 우리도 선배들의 모습을 둘이서 바라보며 시합의 감상을 서로 교환했다.

"농구 경기는 처음 봤는데 박진감 넘치더라. 숨조차 못 쉴 정도의 속도감이랄까, 너무 경지가 높아서 뭘 하고 있는지 모를 때도 있었지만."

"나도 야구나 축구 경기는 본 적 있는데 농구도 이렇게 보니까 재미있다."

"그래? 난 야구나 축구도 본 적 없어. 참고로 누구랑 갔어?"

"야구는 아빠랑, 축구는 오토 오빠랑. 그럼 다음에 같이 가볼래? 축구라면 가끔 오토 오빠가 경기 티켓을 받아오거든."

티켓을 받는 일이 실제로도 있구나. 그렇지만 스포츠 관람 데이트도 재밌다는 걸 이번 일로 잘 알았다. 둘이 함께 있는데 굳이 볼 필요가 있나 싶었는데, 따지고 보면 영화와 별반 다르지 않다.

새로운 선택지의 등장에 나나미도 나도 조금 마음이 들떴다. 다시 체육관을 보니 상대 선수들은 모두 돌아갔고 농구부 사람들도 전부 부실로 돌아간 모양이었다.

"그건 그렇고, 요신도 이 농구부에 들어오지 않겠냐는 권유를 받았었지⋯⋯."

"어림도 없는 이야기였어."

나나미는 약간 전율을 느낀 것인지 낮은 목소리로 그렇게 중얼거렸고, 나도 거기에 동조했다. 선배는 중간에 들어와도 괜찮다고 했지만, 말도 안 되는 소리였다. 다른 선수들의 발목만 잡을 뿐이다.

"나는 개인적으로 오늘 시합 보면서 요신과 함께 들어가도 즐겁겠다는 생각이 들긴 했어."

"그건 안 돼. 충동적인 마음으로 입부하는 건 다른 사람들에게도 실례니까."

오늘 경기를 보고 느낀 것이지만 다들 농구에 진지하게 임하고 있다. 시베츠 선배는 평소에는 장난기가 많은 것처럼 보이지만, 그건 분명 그 자리의 분위기를 부드럽게 풀어주기 위한 거겠지.

그런 곳에 내가 나나미와…… 나나미에게 멋진 모습을 보여주고 싶다는 이유만으로 들어간다면 어떻게 될까.

분명 다른 선수들의 사기가 떨어질 것이다. 그렇게 되면 선배에게도 폐가 될 거고, 무엇보다…… 나나미에게도 분명 악의가 향할 것이다. 나에게 향하는 건 상관없지만 그것만은 피해야 해.

뭐, 오늘 경기를 보니 난 연습도 따라가지 못했을 것 같다만.

"요신, 이제 슬슬 가도 되지 않을까?"

"아, 그래."

나나미의 재촉을 받아 우리는 체육관에서 이동했다. 귀가가 아니라 이전에 선배가 데려가 주었던 농구부의 부실로.

아무런 인사도 없이 체육관을 떠나는 건 의리 없는 짓이기도 하고, 쇼이치 선배에게도 괜찮다면 시합이 끝난 뒤에 놀러 오라는 말을 들었으니까. 예의상 한 말은 아니었겠지?

아주 약간 그런 가능성도 떠올리며 노크를 했다. 부실

안에서 약간 허스키한 목소리가 들려오며 부실 문이 천천히 열렸다.

"죄송합니다……. 시베츠 선배는 시합 직후라 같이 사진 찍으시는 건…… 어?"

열린 문으로 얼굴을 비춘 것은 한 운동복 차림의 키 큰 여성이었다. 짧게 자른 검은 머리에 무척 단정한 얼굴을 하고 있다. 얼핏 보기에는 잘생겨 보이지만, 이전에도 그녀와 만난 적이 있기 때문에 여자라는 것을 알고 있었다.

확실하게…… 매니저다. 연습할 때도 만났지만 역시 잘생겼다. 그녀는 우리들을 보는 순간 눈을 조금 뜨며 놀랐다. 기억해준 걸까?

하지만 눈을 크게 뜬 그녀는 우리들을 가만히 지켜보았다. 음…… 기억하고 있겠지? 우리는 서로 얼굴을 마주한 상태에서 침묵했다.

잠시 어색한 침묵이 흐른다.

그러고 보니 아까 같이 사진이 어떻다고 했었는데, 선배에게 그런 팬서비스 요구도 들어오는 건가? 정말 연예인이나 프로 같다.

침묵은 한동안 계속되었고, 그녀의 키가 큰 덕분에 나와 나나미를 내려다보는 구도가 되고 있었다. 관찰당하듯이 빤히 바라봐오는 시선에 나는 살짝 나나미 앞으로 이동해 간신히 목소리를 짜냈다.

"그, 쇼이치 선배한테 인사를⋯⋯."

"주장, 후배가 왔어요."

목소리를 낸 것은 거의 동시였다.

불쑥 그렇게 중얼거린 매니저가 천천히 몸을 돌려 시베츠 선배에게 말을 걸었다. 낮고 허스키한 목소리인데 신기하게도 그 목소리는 잘 전해졌다. 그대로 우리는 "들어와⋯⋯"라는 권유를 받아 부실로 들어갔다.

⋯⋯으음⋯⋯ 어쩐지 나도 나나미도 엄청난 시선을 받는 것 같은데, 기분 탓은 아니지, 이거? 전에 분명 선배가 그녀에게 미움을 받은 것 같다고 했었는데, 혹시 우리들도 그런 걸까.

지금이야 쇼이치 선배와 친구로 지내고 있지만, 나는 선배를 비겁한 수를 써서 지게 만든 전과가 있다. 혹시 그래서인가⋯⋯?

"오! 요신 군, 바라토 군. 와줬구나. 어땠어, 우리 팀의 활약은?"

"진부한 표현일지도 모르겠지만 굉장했어요. 선배도 그런 진지한 표정을 지을 수 있군요."

"하하하! 평소 안 짓는 표정을 짓느라 경기 후엔 얼굴이 아프다."

농담인지 진담인지 모르겠지만, 선배는 자신의 얼굴을 그 커다란 손으로 꾹꾹 마사지하듯 주무르고 있었다. 설마, 진담인가?

그렇게 넓지 않은 부실 안에서는 아무래도 경기의 반성회가 열리고 있는 듯했다. 책상 위에는 간식거리가 있고 화이트보드에는 여러…… 농구 전문 용어가 가득했다.

"미팅을 방해해서 죄송해요. 이거…… 별거 아니지만, 간식을 좀 가져왔어요. 다 같이 드세요."

"이런, 신경 쓸 필요 없는데. 사양하는 것도 실례겠지. 고맙게 받을게."

"아니에요……. 직접 만든 거니까 오늘 안으로 드세요."

내가 직접 만들었다고 말한 순간 책상에 앉아 있던 다른 부원들이 몸을 쭉 내민 것이 보였다. 나나미는 깜짝 놀랐는지 무심결에 작게 비명을 지른다. 나는 그런 그녀를 숨기듯이 앞에 섰지만, 같은 타이밍에 매니저도 사이에 끼어들어 거들어 주었다.

시베츠 선배가 몸을 돌리더니 다른 부원들에게 보란 듯이 간식을 내보였다.

"이 녀석들, 여자를 무섭게 하는 녀석에겐 이 수제 과자를 줄 수 없다. 농구 선수는 언제나 신사로 있어야 해."

음? 신사의 스포츠는 골프 아닌가? 혹시 농구도 신사의 스포츠인가? 돌아가면 알아보자. 근데 따지고 보면 어떤 스포츠든 신사적이라서 나쁠 건 없지.

나나미는 내 뒤에서 빼꼼 얼굴을 내밀어 매니저에게 감

사의 인사를 하고 있었다. 나도 고맙다고 하자 매니저가 휙 시선을 돌렸다.

어라, 화나게 했나……. 그런 생각에 조금 불안해하는데, 선배가 이쪽으로 돌아섰다.

"우리 매니저는 이래 봬도 낯을 좀 가리거든. 아직 두 사람한테는 긴장해서 얼굴이 굳어 있는 것 같으니까 너무 섭섭하게 생각하지 말아줘."

아아, 그런 거였구나.

어쩐지 아까부터 계속 노려보고 있다고 생각했는데, 엉뚱한 오해를 한 것 같다. 실례되는 생각을 했네, 반성해야지.

……이런, 시베츠 선배 너머에서는 부원들이 수제 과자를 빨리 먹게 해달라며 저주와도 비슷한 소리를 내고 있다. 하지만 그 안에 여자애가 만든 과자, 라는 말이 섞여 있는 것을 알아차렸다.

"하지만 괜찮겠어? 바라토 군이 직접 만든 음식은 남자친구의 특권 아닌가."

시베츠 선배도 같은 착각을 하고 있었다. 그렇구나, 그래서 몸을 내밀고 있었구나. 내가 오해를 불러일으키게 말했나 보다……. 이건 진실을 말해두는 편이 좋겠지.

"아니요, 그거 만든 건 저예요. 나나미도 도와줬지만요."

그 즉시 부실에 있던 전원의 움직임이 멈췄다.

매니저는 아까까지의 표정이 거짓말처럼 느껴질 정도로

놀란 표정을 짓고 있었다. 왜 그렇게 놀라는 거지……?

그 후부터 하나같이 훌륭하게 짜 맞춘 듯이 움직였다.

책상 위에서 물건이 사라지고, 시베츠 선배는 내가 만든 과자를 테이블 위에 놓고 개봉한다. 매니저는 함께 내 과자를 응시했다.

……그렇게 보면 좀 민망한데.

개봉된 그것을 보고 시베츠 선배가 중얼거렸다.

"오, 맛있어 보이는 파운드케이크구나."

"네. 바나나 파운드케이크요. 알아보니까 부활동 후에는 이런 게 영양 보충에 좋다고 나오길래……."

모두가 케이크에 감탄을 쏟아내서 나는 더더욱 민망해졌다.

개중에는 "그렇군…… 지금은 역시 요리 잘하는 남자가 대세인 건가……!"라고 엉뚱한 방향으로 해석하는 사람도 있다.

"이거…… 정말 고마워. 괜히 수고를 끼친 거 아닌가?"

"아, 아뇨. 섞어서 굽기만 하는 거라. 중간중간 나나미의 도움을 받았으니 맛도 문제없을 거예요."

"그래, 두 사람은 그런 식으로 요리 데이트도 하고 있구나. 사이가 좋아서 다행이야."

시베츠 선배가 딱 하고 크게 손뼉을 쳤고, 부원들은 어딘가 질투 섞인 시선을 내게 보내오고 있었다. 아니, 요리 데이트라고 할 정도로 거창한 건 아닌데……. 물론 요리는 배우고 있지만 말이다.

그러자 이번에는 매니저까지 중얼거린다.

"……다음에…… 요리 알려주세요……. 저도…… 이런 거 만들어보고 싶어요."

"오, 그거 멋진데. 그럼 나도 배워보고 싶어."

쭈뼛쭈뼛 수줍은 얼굴로 그렇게 말한 매니저는 고개를 휙 돌렸다. 덩치 큰 여자가 그런 행동을 하니 갭이 커서 더 사랑스럽게 보인다. 주위 부원들도 매니저에게 어딘가 따뜻한 시선을 보내고 있었다.

시베츠 선배는 그대로 말없이 케이크를 조금 자르더니 그것을 입안에 쏙 집어넣었다. 이렇게 다른 사람이 자신이 만든 것을 먹어주는 것은 긴장된다. 첫 상대라면 더더욱 그렇다.

잠시 말없이 씹는 선배를 나와 나나미는 침을 꿀꺽 삼키고 지켜보았다. 다른 사람들도 말없이 선배의 움직임을 지켜보고 있었다.

그리고 꿀꺽 소리와 함께 선배가 입 안의 케이크를 넘기고는…… 크게 손뼉을 쳤다.

"응, 맛있어!"

그 한마디에 나는 마음이 놓였다. 선배가 마음에 들어서 다행이다. 나나미는 내 뒤에서 귓가에 잘됐다고 속삭여주었다. 뒤돌아본 나는 그녀에게 미소를 지으며 작게 브이 사인을 보냈다.

그 한마디를 시작으로 다른 부원분들도 먹기 시작했다. 다들 하나같이 맛있다는 찬사를 해주니 뿌듯한 마음이 들었다. 내가 만든 음식을 남이 먹어준다는 건 좋은 거구나.

응, 이걸로 선배한테 줄 것도 줬으니 이 이상 있으면 방해가 되겠지.

"그럼 선배, 저희는 이만 가볼게요. 실례했습니다."

"오, 그래. 요신 군, 오늘 일부러 와줘서 고마워. 이제부터 바라토 군과 데이트인가?"

"네, 이제 둘이서 나가려고요……."

"그렇군. 만약 가능하다면 여기에 한번 가봐. 가끔 연습으로 쓰고 있는데, 분명 평소와는 다른 데이트를 즐길 수 있을 거다."

선배는 어디선가 꺼낸 티켓을 우리에게 건네주었다. 연습에 쓴다……? 농구 코트나, 뭐 그런 곳인가? 그러고 보니 연습 시합을 견학한 후라 몸을 움직이는 것도 나쁘지 않을까 싶었는데, 마침 타이밍이 좋다.

장소는…… 여기서 그리 멀지 않다. 하지만 들어본 적 없는 시설 이름이다. 나나미에게 시선으로 물어보았지만, 그녀는 고개만 작게 흔들 뿐이었다.

"감사합니다. 참고로 여긴 무슨 시설이죠?"

"후후후…… 그건 말이지……."

선배가 살짝 멋들어진 포즈를 취하며 과장되게 두 팔을 벌렸다.

그 포즈 그대로 그 자리에서 시합 때처럼 점프하자…… 키가 커서인지 부실 천장에 머리를 부딪혀 버렸다.

우리는 놀랐지만, 주위의 부원들은 갑작스러운 선배의 그 행동을 보면서도 또 저러네, 하는 정도의 반응밖에 없었다. 어, 맨날 이러는 건가, 이 사람?

부딪친 머리가 아픈지 잠시 얼굴을 찡그리던 선배는 금세 평정을 가장하며 크게 대답했다.

"트램펄린이다!"

"트램펄린?"

나도 나나미도 선배가 꺼낸 단어에 고개를 갸웃거릴 수밖에 없었다.

트램펄린.

내 이미지에 의하면 그것은 매트가 쳐진 원형 기구를 말하는 것으로, 그 위에서 날거나 뛸 수 있는 것이다. 매트는 반발성이 매우 높아 그 위에서 점프하면 매우 높이 뛸 수 있다……. 딱 그 정도의 지식밖에 없다.

그래서 나는 트램펄린은 기구 명칭일 뿐만 아니라 그 명칭 자체가 경기 종목을 뜻한다는 것도, 그 트램펄린을 할 수 있는 시설이 존재하는 것도 몰랐다.

어쨌든 내 인생과는 인연이 없는 것이다…… 아니, 어렸을 때 비슷한 놀이는 했던 것 같기도 하다. 뭔가 부드러운 공이 가득 담긴 상자 안에서 날기도 하고 뛰기도 했던 것 같아. 그건 트램펄린이랑은 좀 다른가?

그렇게 생각하면 날거나 튀거나 하는 건 의외로 즐거울지도 모른다.

"오늘 움직이기 편한 옷을 입고 와서 다행이다."

"그러게. 근데 나나미, 용케 몸을 움직일 수도 있겠다고 생각했네."

"그야 스포츠를 관람한 후에는 비교적 그렇게 되니까."

경험에서 나온 말이었나? 나는 스포츠 관람을 제대로 해본 적이 없어서 미처 생각하지 못했다. 봤던 건 TV에서 하는…… 야구 중계 정도인가? 그것도 식사 중에 잠깐 보는 정도고.

월드컵이나 올림픽조차 전혀 관심이 없어서 안 보니까. 주위에선 그 주제로 달아오르기도 했지만…… 그보단 차라리 게임을 하는 편이 좋았다.

뭐, 내 이야기는 됐다. 우리는 지금 학교를 뒤로하고 시베츠 선배에게 소개받은 시설로 향하고 있었다. 트램펄린을 부담 없이 즐길 수 있는 시설이 몇 년 전에 생겼다고 한다.

트램펄린 전문이라는 말을 듣고 별나다고 생각했는데, 그런 시설이 최근 몇 년 사이에 서서히 늘고 있다고 선배는 말했다. 비교적 인기가 많은 것인지 가족 서비스나 커플 데이트로도 평이 좋단다.

어떻게 선배가 그런 걸 아느냐 하면, 선배가 그 시설을 쓰고 있을 때 눈에 띈 것이라고 했다.

뛰는 감각이나 공중에서의 감각 같은 것을 기르기 위해서 뭔가 좋은 게 없을까 조사하고 있던 와중 트램펄린을 발견했고, 시도해 보니 의외로 괜찮았기 때문에 가게 됐다고.

내 다리로 뛰는 것보다 훨씬 높이 뛸 수 있고, 무릎에 가는 부담도 적고 무엇보다 즐겁기 때문에 그런 이유로 부활동이 활동이 쉬는 날 가끔 온다고 했다.

그리고 몇 번 다니면서 눈치를 챈 것이다. 비교적 커플이나 가족 단위가 많다는 것을.

그래서 기회가 되면…… 자신에게 여자친구가 생겼을 때 함께 가려고 했다는 것 같다. 그 말은 나나미의 고백에 성공했다면 가보고 싶은 곳이었다는 뜻이기도 하다.

지금은 가끔 동아리 친구들이랑 매니저랑 같이 다닌다고 했다.

매니저와 함께라면 그게 데이트 아니냐고 물었더니, 선배는 동아리 활동의 일환으로, 매니저도 효과를 확인하고 싶어서 간 것뿐이라고 말했었나?

그 말을 하는 순간 어딘가 부실 안의 공기가 단번에 차가워진 느낌이었달까. 다들 손을 멈추고 어딘가 어이없다는 눈빛을 한 것 같은데, 내 기분 탓일까?

"매니저…… 시베츠 선배를 좋아하는 거겠지."

"어?! 그런 거야?!"

"음…… 아마도. 나도 연애에 민감한 편은 아니지만, 그래도 시선이나 분위기 같은 걸 보면서 왠지 모르게 그런 느낌이 들었어."

나나미의 그 말에 나는 놀라고 말았다. 어, 전에 미움받는 것 같다는 식의 말을 들어서 전혀 눈치 못 챘는데……. 여자의 감인 걸까? 나는 시선이나 분위기로도 눈치채지 못했지만.

혹시 아까 공기가 차가워진 건 시베츠 선배도 눈치채지 못했기 때문인 건가……?

나는 그런 걸 잘 읽지 못한다. 사람과의 교제를 오래 해오지 않아서인지, 어떤 상황에서 어떤 분위기가 되는지 잘 알 수 없었다.

그래서 나는 직접 말하지 않으면 전달할 수 없고, 돌려서 말하면 진의를 잘 이해하지 못한다. 나나미에 관해서는 좀 더 눈치 있게 알아차리고 싶은데…….

"이것도 연습이 필요한 건가?"

"갑자기 뭐야? 요신은 늘 열심히 하잖아. 오늘만 해도 과자 만들어왔고."

"아니, 분위기를 읽는 능력이나 분위기를 살피는 능력 같은…… 그런 걸 단련할까 해서. 그러면 나나미에 대해서도 더 잘 이해할 수 있을 테니까."

나나미는 나의 말을 듣고 그대로 살짝 미소 짓더니 나에게 달라붙었다. 살짝 걷기 힘들긴 하지만, 그래도 전보다는 잘 걷게 된 것 같다.

"딱히 괜찮지 않아? 분위기 같은 걸 눈치채고 말을 꺼내지 않는 것보단, 조금 통하지 않더라도 난 요신과 대화를 많이 하고 싶어. 말하지 않아도 아는 것보다 난 말해서 아는 편이 더 좋아."

아아, 그렇군. 하긴 그럴 수도 있겠다.

왠지 전에도 같은 생각을 한 적이 있었는데, 말하지 않아도 알 수 있다는 건, 결국 상대방에게 마음을 전하지 않는 것이다.

그렇다면 확실히 나나미와 많은 이야기를 나누는 편이…… 아니, 잠깐만.

"애초에 마음을 이해했다 해도 이야기를 하면 그만인가?"

"아, 그것도 그렇겠다. 딱히 눈치챘다고 해서 말하면 안 된다는 법은 없으니까."

깔깔거리며 나나미가 즐겁다는 듯 웃었다. 그렇지. 잘

생각하면 딱히 말하지 않아도 아는 상황에서도 말로 하면 그만이다. 이해하는 것과 이야기하는 것. 왠지 모르게 둘 중 하나라고만 생각했다.

"아, 여기인가?"

그런 얘기를 하다 보니 목적지에 도착했다. 매번 있는 일이지만 역에서 목적지까지 이야기를 나누다 보니 순식간이다.

눈앞에는 언뜻 보기에 스포츠를 하는 시설이 아니라 어딘가 창고 같은 분위기를 띤 건물이 서 있었다. 다만 창고와는 어울리지 않는 아이가 그 건물 안으로 들어가고 있다.

시베츠 선배 말대로 가족 단위가 많은 것 같다. 커플로 보이는 사람들은 별로 없는 것 같은데.

트램펄린 전문 시설이라……. 어떤 곳일까? 나는 처음 시설에 들어갈 때 특유의 긴장감을 느끼며 건물 안으로 들어갔다.

접수를 마치고 트램펄린이 있는 곳으로 이동하니 그곳에는 내 이미지와는 다른 네모난 모양의 기구가 놓여 있었다. 동그랗지 않다.

아무래도 오늘은 별로 사람이 없는 모양이었다. 뛰고 있는 아이가 몇 명 있는 정도다. 주위에서는 부모들이 지켜보고 있다. 꽤 높이 뛰네.

우리는 시설 사람에게 규칙과 간단한 요령을 배우고 자

신들의 차례를 기다렸다. 기본적으로 한 사람이 한 매트에서 뛰지만, 타이밍을 맞춰서 함께 뛸 수도 있는 것 같다.

그래도 일단 연습도 할 겸 한 명씩 뛰기로 했다. 좀 무섭기도 하고.

"그럼 한 번 해볼까. 일단 내가……."

"히, 힘내……!"

긴장하고 있는 나에게 나나미도 긴장된 표정으로 두 손을 꼭 잡고 나를 응원해 주었다. 그 모습을 보니 살짝 긴장이 풀렸다.

기본적으로 한 사람이 한 개씩이고, 보통은 뛰는 사람이 없어지면 본인이 원하는 타이밍으로 뛴다고 한다. 지금은 다행히 빈 트램펄린이 하나 있어서 문제없을 듯했다.

갑자기 뛰어드는 건 용기가 필요했기에…… 아주 평범하게 첫발을 내디뎠다. 바닥과는 달리 움직일 때마다 반동이 발에 와 닿아 둥둥 떠 있는 기분이었다……. 실제로도 떠 있지만……. 그렇게 트램펄린의 중앙을 목표로 나아갔다.

이거, 그냥 걷기도 어렵네.

균형을 약간 잃으면서 비틀거린 나는 가까스로 중앙까지 이동했다. 일단 천천히 중앙에서 가볍게 뛰었다. 내가 뛸 때마다 펑펑 하는 강한 소리가 주위에 울려 퍼졌다. 그런 식으로 서서히, 높이 점프한다.

……아니, 그냥 똑바로 뛰기만 하면 되는 건데, 너무 어

렵다.

바닥이 가까워지는가 싶더니 이내 멀리 떨어져 나간다. 배운 대로 손을 써보기도 했지만, 균형을 잃지 않도록 조심스럽게 뛰면서 주위를 신경 쓰는 건 익숙해질 때까지 시간이 조금 걸릴 것 같다.

인당 2분 정도라고 했으니까, 지금은 우선 감각에 익숙해지는 것부터 시작하자.

나나미의 목소리가 간간이 들렸지만 잘 알아들을 수 없었기 때문에 나는 손으로만 그녀에게 답했다. 아마 이쪽에 있을 거다.

그리고 나는 똑바로 뛰는 데만 2분을 소비했다. 다만 내 안에서는 똑바로 뛰고 있다고 생각했는데, 멈춰보니 처음의 방향과는 정반대로 되어 있었다. 뒤에서 나나미가 말을 걸어와 깜짝 놀랐다. 아니, 언제 뒤로 돌아간 거지.

트램펄린에서 내리자 이번에는 다른 사람이 뛰기 시작했다. 나나미가 다음에 뛰는 줄 알았는데 아닌가 보다.

"요신, 수고했어~. 자, 수건 받아."

"아, 고마워……. 그러고 보니 내가 수건을 잊어버렸구나. 일부러 가져온 거야?"

내가 수건을 받아들자 나나미가 에헴, 하며 의기양양하게 가슴을 폈다. 상의 너머로 언뜻언뜻 들여다보이는 흰 셔츠가 아주 살짝 눈이 부셨다.

하지만 의기양양하던 나나미는 아차 하는 얼굴을 하더니 곧 후회가 가득한 표정이 되어 눈썹을 늘어뜨렸다. 나는 무심코 땀을 닦는 손을 멈추고 말았다.

"무슨 일이야?"

"생각이 짧았어……. 수건을 줄 게 아니라 내가 땀을 닦아줘야 했는데……!"

전혀 생각 못 한 이유였다. 하지만 밖에서 땀을 닦아주는 건…… 어린아이 정도가 아닐까.

그렇게 땀이 많이 난 건 아니었기에 나는 금방 닦아냈다. 나나미는 어깨를 축 늘어뜨렸지만, 곧 회복했다. 전환이 빠르네.

"좋아, 다음에는 반드시 닦아줄게!"

"아니, 밖이니까 그건 좀 부끄럽지 않을……."

"그럼 요신이 내 땀 닦아줄래?"

"어……?"

내가 나나미의 땀을 닦아준다? 어, 그래도 되나?

왜일까, 지금까지 손을 잡거나, 함께 온천에 가거나, 키스까지 했는데…… 땀을 닦아준다는 행위가 지금까지 해왔던 것들 이상으로, 굉장히 해서는 안 되는 행동처럼 느껴졌다.

평소에 하지 않는 행위이기 때문일까, 아니면 그녀의 몸에서 흘러나온 땀을 내가 닦는다는 행위 자체에 내가 뭔가 그런…… 말할 수 없는 무언가를 느끼고 있기 때문일까.

몸이 굳은 나에게 나나미가 자신의 수건을 건네왔다.

"그럼 보고 있어."

가볍게 윙크를 보낸 나나미에게 나는 '응'이라는 맥없는 한마디를 돌려주며 그녀를 배웅했다. 입던 상의도 수건과 함께 맡기고 왔기 때문에 위에는 셔츠만 입고 있다.

나나미도 나와 마찬가지로 천천히 트램펄린 중앙까지 이동하고는, 거기서 천천히 힘을 주듯 뛰기 시작했다. 퐁 하고 곱고 깔끔하게 뛰는 모습에 나는 약간 조마조마한 마음으로 그녀를 바라보았다.

어느새 머리를 뒤에서 하나로 묶고 있어서 뛸 때마다 그 머리가 흔들리고 있었다. 머리가 길면 저렇게 휘날리는 건가? 나나미는 즐거운 미소를 짓고 있다.

원래 운동 신경이 좋은 건지 나나미는 똑바로 뛸 뿐만 아니라 다리를 벌려 뛰기도 하고 약간 비틀기도 하면서 다양한 움직임을 추가하고 있었다. 실력 느는 게 빠르네.

문득 떠올라서 스마트폰을 꺼내 나나미를 촬영하고 있는데, 그녀는 그것을 알아차렸는지 이쪽으로 브이 사인과 함께 미소를 지어 왔다. 주위도 잘 보이는 듯했다.

스마트폰 화면은 그녀를 향한 채로 나는 나나미를 눈에 담았다. 스마트폰은 추억을 위해서 찍고 있을 뿐, 어디까지나 그녀는 내 두 눈으로 직접 보고 있었다. 화면 너머로 보는 짓은 하지 않았다.

그래서일까……. 나는 그때서야 비로소 위화감을 느꼈다.

무슨 위화감인지는 모르겠다. 하지만 아주 조금…… 평소와는 뭔가가 달랐다. 뭘까? 기분 탓인가?

나는 위화감이 무엇인가를 확인하듯 지그시 나나미를 관찰했다. 그리고 수십 초 정도 봤을 때…… 위화감의 정체를 깨달았다.

"헛……."

뭐랄까…… 최악의 깨달음이다. 아니, 최악인지 어떤지는 모르겠지만 어쨌든 위화감의 정체는 알았다.

가슴이다.

나나미의 가슴, 저렇게나 트램펄린에서 뛰는데 전혀 흔들리지 않는다.

정말이지 어이없는 발견이다. 게다가 거기에 위화감을 느꼈다니, 난 얼마나 나나미의 가슴을 좋아하는 거지? 아니, 물론 가슴뿐만 아니라 나나미는 다 좋아하는데. 아니, 그게 아니라…….

정신을 차려보니 시선이 자꾸만 가슴 쪽으로 힐끔힐끔 가버린다. 즐거워 보이는 나나미를 보고 싶은데, 그 부분을 깨달아서 그런지 눈이 무의식적으로 움직인다고 할까…….

차라리 끝까지 모르고 싶었다. 그러나 이미 알아버린 것은 어쩔 수 없다. 여자 가슴이 흔들리지 않는 일도 있겠지. 진정해라.

내가 사념을 떨쳐내기 위해 갈등하고 있는 와중 2분은 순식간에 지났고 곧 나나미가 돌아왔다.

나 때도 그랬지만 2분만 했는데도 땀이 꽤 났다. 가볍게 숨을 헐떡이는 나나미는 무척 즐거워 보였다.

"수고했어. 자, 수건."

"고마워. 운동하는 게 오랜만이라 숨이 많이 차네……. 하아. 나도 좀 더 운동해야 하나?"

나에게서 수건을 받아든 나나미는 살짝 배어 나온 땀을 정성껏 닦아냈다. 팔이나 이마를 가볍게 쓸듯이 닦고는 다음으로 목덜미로 옮겨가려는데, 그 움직임이 딱 멈춘다.

무슨 일인가 하고 고개를 갸웃하는데, 내게 수건을 내민 나나미가…… 씨익 치아를 드러내며 웃었다.

"목 뒤쪽 좀 닦아주지 않을래~? 봐, 손이 안 닿아서~."

조금 전까지 손쉽게 닿을 것처럼 하고서는, 나나미는 비치된 의자에 걸터앉더니 일부러 보란 듯이 나에게 등을 향했다.

뒤로는 하나로 묶은 나나미의 머리카락이 목에서 어깨에 걸쳐 흘러내리고 있었다. 평소에는 보이지 않는 목덜미가 또렷하게 보였다. 거기에 살짝 걸쳐진 머리가 건강해 보였음에도 어딘가 묘한 색기를 풍기고 있었다.

무심코 내민 수건을 받은 나는 꿀꺽 침을 삼키고 말았다. 뭐, 받았으니 해야겠지.

"얼른~."

나나미가 몸을 가볍게 흔들며 나를 기다렸다. 빨리 땀을 닦아주지 않으면 몸이 차가워져서 감기에 걸릴지도 모른다. 그런데 정말 해도 되는 걸까?

……아니, 이건 변명이다. 심지어 안 하려는 핑계가 아니라 해도 된다는 변명이다. 자신의 마음을 속이고 있다.

받았다는 건 즉 해보고 싶다고 생각했다는 거겠지. 해야 한다는, 해도 문제가 없다는 핑계를 필사적으로 머릿속에서 찾고 있다.

그러니까 변명하지 마라.

하고 싶으니까 하는 거야.

"그럼…… 닦을게."

"응♪."

신이 나서 통통거리는 소리를 내는 나나미와는 대조적으로 나는 긴장감을 느끼면서도 그녀의 피부에 수건을 든 손을 천천히 가져갔다.

손을 뻗기만 하면 쉽게 닿을 수 있는 거리인데, 만지기까지의 시간이 너무 길게 느껴졌다. 그동안 나에겐 아까 닦았던 것과는 다른 땀이 흘러나왔다. 호흡은 정상이지만 심장만은 미친 듯이 뛰고 있었다.

그리고 내 손이 그녀의 피부에 닿았다. 정확히는 푹신한 수건 너머로 닿은 것이지만, 나나미의 부드러운 피부의 감촉이 전해져 왔다.

마치 긴 거리를 여행해서 마침내 그 목적지에 도착한 기분이다.

오아시스를 발견한 나그네가 이런 기분일까? 겨우겨우 도착했다는 느낌이다……. 여행을 해본 적이 없으니 언젠가 해봐도 좋겠다.

"음…….."

내가 만지자 나나미가 움찔하고 아주 조금 몸을 떨며 반응했다. 한숨과 함께 저도 모르게 희미한 목소리가 새어 나온 것 같았다.

나는 나나미가 불쾌해하지 않도록 수건으로 조심스럽게 천천히 쓰다듬어 나갔다. 옛날에 학교 행사에서였나? 유리 세공을 해본 적이 있는데, 그때보다도 더 신중하게 움직였다.

수건은 무척 부드럽긴 하지만, 그 부드러운 수건으로도 나나미의 피부는 상하지 않을까, 그런 바보 같은 생각을 하고 있다. 수건으로 상처받는 피부라니 얼마나 약한 걸까.

그래도 상하지 않도록, 미끄러지듯, 쓰다듬듯 나나미의 피부에 수건을 갖다 댔다.

땀을 닦는 건 목 뒤쪽, 피부가 노출된 부분뿐인데 뭔가 굉장히 넓게 느껴졌다.

"아……. 홋…… 응…….."

"나나미…… 이상한 소리 내지 마……."

"하지만 기분 좋은걸. 요신, 잘 닦네."

기분 좋아? 게다가 잘 닦는다니, 태어나서 처음으로 들은 말이다. 평범하게 생활하다 보면 거의 들을 일이 없는 말……. 아, 청소할 때 들을 수 있으려나.

나나미의 그 말에 동요해서 손에 힘을 주지 못한 자신을 칭찬하고 싶었다.

그리고 나는 수건을 그녀의 피부에서 천천히 떼어냈다. 수건은 땀을 닦아서 그런지 약간 젖어 있다. 아니, 신경 쓰지 마. 거길 신경 쓰니까 진짜 좀 변태 같잖아.

"자, 끝."

"고마워. 그럼 다음에 요신이 땀이 날 땐 내가 닦아줄게."

"아니, 난……."

"나한테 해준 보답이니까 사양하지 마, 사양하지 마~. 아, 슬슬 다음 차례에 뛰어볼래?"

그런가. 뭐, 감사하다고 하면 거절하기도 어렵고, 닦아달라고 하는 것도 나쁘지 않을지도 모르겠다. 나는 수건을 나나미에게 돌려주며 멍하니 그런 생각을 했다. 게다가 닦아주는 것도 생각보다 평범했어, 응.

……거짓말입니다. 엄청 긴장했어요. 아직 나나미와 관

련된 일에서는 낯선 것들이 많다. 오늘처럼 땀을 닦아주는 건 뭔가…… 너무 특수하다.

"그럼…… 부탁할까?"

그렇게 대답한 순간, 나나미가 실로 훌륭한 승리 포즈를 취했다. 그렇게 거창한 반응이라니…… 아니, 보통은 반대 아닌가? 반대라도 이상한가?

"왜 그렇게 땀을 닦고 싶어 하는 거야……?"

너무 강한 집착을 보이는 모습에 나는 나나미에게 의문을 제기해 보았다. 아니, 뭐 해주는 게 싫은 건 아니지만, 그래도 그렇게 좋아할 일인가 싶다.

그러자 나나미는 두 손을 모아 꾹꾹 누르며 수줍게 입가를 가렸다.

"그, 아까 경기를 견학했잖아. 그랬더니 뭔가 좀…… 요신이 동아리에 들어가 있고 내가 매니저라면 어떨까 하는 생각이 들었거든. 그래서 구색만이라도 그럴싸하게 해보고 싶어서……."

"나나미는 행동부터 들어가는 스타일이구나. 그보다 애초에 땀을 닦아주는 건 매니저 일이 아닌 것 같은데……."

"뭐, 어때! 하고 싶어져서 한 거야!"

나나미가 입을 삐죽 내밀더니 양손을 과장되게 축 늘어뜨렸다. 어쩐지 그 몸짓이 우스워서 나는 나도 모르게 웃음을 터뜨렸다.

처음엔 조금 화가 난 것처럼 삐친 표정을 짓던 나나미도, 이윽고 내 웃음소리에 이끌렸는지 똑같이 웃음이 터졌다.

"그럼 좋은 기회니까 매니저한테 땀을 닦아달라고 부탁해 볼까?"

"정말! 지금 놀리는 거지!"

"안 놀렸어. 그럼 다시 뛰어볼까?"

그러고 나서 우리는 둘이서 함께 트램펄린에서 뛰는 것을 재개했다.

몇 번 교대로 뛰다가, 금세 익숙해져서 타이밍을 맞춰 옆에서 함께 뛰기도 했다. 의외로 좋은 운동이다, 이거.

다른 사람들은 우리들보다 더 베테랑인지, 백 텀블링이나 공중회전 등 어려워 보이는 기술을 구사했지만, 나에게는 무리였다. 나나미는 뭔가 평범하게 엉덩이로 뛰고 있다. 굉장하네. 담력이 있다.

그래서…… 그래, 그래서다. 다시 한번 얘기해서 미안하지만, 진정되니까 또다시 그것이 신경 쓰였다. 그래, 나나미의 가슴 말이다.

함께 뛰고 있자 조금 더 확실하게 알게 됐는데…… 역시 전혀 흔들리지 않는다. 아니, 흔들렸다면 이 시설에 와 있는 남자의 성벽을 왜곡시킬 위험이 있었을 테니 다행이라면 다행이지만…… 애초에 나나미는 꽤 주목을 받고 있어서 이미 늦은 것 같기도 했다.

아무튼 다시 신경을 쓰기 시작하자 아무래도 힐끔힐끔 시선이 가고 만다.

"정말! 가슴 너무 보잖아!"

결국 혼났다.

휴식을 위해 자판기에서 차를 산 뒤 땀을 닦으며 마시고 있을 때, 생각보다 호되게 혼나고 말았다. 볼을 부풀리며 화를 내고 있다.

음, 당연한가. 반대로 휴식 때까지 용케도 혼나지 않았네. 나로서는 이제부터 진심으로 사과할 수밖에 없다. 겉옷을 입고 가슴을 가린 나나미가 화를 내면서도 고개를 갸우뚱한다.

"왜 그래? 오늘 무슨 일 있어? 계속 가슴만 보고…… 온천 갔을 때보다 더 보는 것 같은데?"

"아니, 저…… 그게…….."

뚱한 눈빛으로 바라봐오자 약간 식은땀이 흘렀다. 어쩌지. 솔직히 말하면 성희롱이 되지 않을까, 이건? 아니, 하지만…… 아무것도 아니라며 둘러댈 수 있는 수준은 이미 넘어섰다.

이전에 난 움직이는 것에 무심코 시선이 가버린다고 말했던 기억이 있는데, 설마 움직이지 않는 것에 시선이 가게 될 줄은 생각도 못 했다.

"오늘은 가슴이 전혀 흔들리지 않는구나 싶어서…….."

나는 생각했던 것을 솔직하게 전했다.

그러자 팔로 가슴을 가리고 있던 나나미가 한 번 팔을 풀고 자신의 가슴을 내려다본다. 그리고 한쪽을 만지며 가볍게 들어 올리고는 손을 뗀다.

어, 뭐 하는 거야?

그리고 몸을 조금씩 떨기 시작한다.

그렇지, 당연히 화낼 만하다. 그렇게 생각하며 안절부절 못하고 있는데…… 나나미는 딱히 화가 난 기색이 아니었다. 희미한 목소리가 나나미에게서 들려왔다.

"나, 나나미?"

몸의 흔들림은 서서히 커졌고, 나나미는 마침내 어깨마저 떨고 있었다. 그리고는 고개를 드는데…… 그녀는 웃고 있었다.

"가, 가슴이 흔들리지 않는다니…… 흔들리지 않아서 보고 있었다니…….

소리는 내지 않았지만, 어깨를 떨며 키득키득 웃고 있다. 목소리를 죽이고 있어서일까, 아니면 너무 웃어서일까. 배를 누른 채로 눈물짓고 있다. 한 번 크게 숨을 들이마시고는 휴우 하는 호흡소리가 들려왔다.

"나…… 나나미 씨……?"

"후후…… 요신…… 그, 그렇게…… 흔들리는 가슴이 보고 싶었어……? 큭큭…… 어떡해, 배 아파……! 그런 이유로 시선을 받은 적은 처음이야……!"

나나미는 그 자리에서 계속 웃었다. 아무래도 내가 가슴을 보고 있던 이유가 나나미의 웃음 포인트를 건드린 듯했다. 그렇게 웃을 일인가?

한참을 웃어대는 나나미를 나는 얌전히 곁에서 지켜보았다. 이럴 때는 진정되기까지 꽤 시간이 걸린다. 그리고 나는 나나미가 진정된 것을 확인하고 자판기에서 산 차를 건넸다.

"하, 아하하…… 안 돼, 아직도 조금 웃겨."

아직도 어깨를 살짝 떨면서도 나나미는 그것을 받아 뚜껑을 열고 단숨에 들이켰다. 웃으면서 마신 탓에 목에 걸리진 않을까 걱정했는데 아무래도 그런 문제는 없었던 것 같다.

"후우……."

"진정됐어?"

차를 마시고 한숨 돌린 나나미는 내 물음에 말없이 고개를 끄덕였다. 설마 저렇게 웃을 줄은 몰랐는데. 저렇게나 웃는 나나미는 처음 본 게 아닐까?

나나미는 진정이 된 것인지 더는 웃고 있지는 않았지만, 가슴 언저리에 손을 얹은 채로 나를 히죽히죽 웃으며 바라보았다.

"그렇구나, 흔들리지 않아서 아쉬웠겠네."

"어, 어?! 아니! 그게 아니라! 오늘은 평소보다 그……흔들리지 않아서, 왜 그럴까 생각한 것뿐이지 딱히 아쉬웠던 건……."

"아쉽지 않았어?"

"윽……."

"어라? 아쉽지 않았구나~?"

나나미가 살짝 짓궂은 어조로 내 가슴 언저리를 빙글빙글 찔러왔다. 내가 궁색한 대답을 내놓은 것은, 조금 아쉽다는 생각을 완전히 부정할 수 없었기 때문이다.

나나미는 분명 내 대답을 너무 잘 알고 있겠지. 하지만 굳이 내 입에서 대답을 듣고 싶은 모양이었다. 조금 심술 궂지만…… 그래도 뭐, 그 정도의 벌을 받고 끝날 수 있다면 싼 편이라고 생각할 수도 있지 않을까.

나는 항복한 듯 두 손을 들고 체념 섞인 어조로 중얼거렸다.

"네, 좀 아쉬웠습니다……."

"음, 솔직해서 좋아!"

나나미는 허리에 손을 얹고 가슴을 쑥 내밀었다. 상체를 크게 젖힌 자세를 한 나나미는 어딘가 뽐내는 것처럼 자신감에 넘치는 표정을 짓고 있다.

가슴이 안 흔들린다는 얘기에서 왜 여기까지 온 거지? 나의 의문은 개의치 않고 나나미는 그 자세 그대로 입을 열었다. 저 자세로 말하는 거 힘들지 않을까⋯⋯?

"잘 봐, 요신⋯⋯ 뭔가 눈치챈 거 없어?"

자세를 무너뜨리지 않은 채로 나나미가 재주 좋게 휙휙 몸을 흔든다. 그렇게 몸을 흔들어 봐도 가슴은 거의 흔들리지 않았다.

흔들리는 나나미를 자세히 관찰하다 보니, 흔들림 이외에 평소와 다른 점이 있다는 것을 나는 거기서 처음 깨달았다. 나나미의 실루엣이 평소와 약간 다르다⋯⋯?

혹시 진짜 위화감의 정체는 이거였을까?

아니, 그런데 아니라면 어쩌지. 하지만 나나미가 눈치챈 거 없냐는 말까지 했으니 대답해도 되는 거겠지⋯⋯? 나는 그 말을 할 용기를 조금씩 짜냈다. 빈 병에 액체를 채우듯이 조금씩, 천천히.

그리고 병이 채워졌다고 내가 느낀 순간⋯⋯ 답을 전했다.

"혹시⋯⋯ 가슴이 평소보다 작은 거⋯⋯?"

응, 용기를 쥐어짜 한 말이 이건가. 내가 생각해도 어이없군. 평소였다면 얻어맞는다고 해도 불평할 수 없는 발언이다. 특히 가슴 쪽의 문제는 더 민감하니까.

하지만 차이점이라면 그 정도다. 평소에는 조금 더 이렇게⋯⋯ 가슴 부분의 실루엣이 원을 그리고 있는데, 오늘은 평소보다 약간 납작한 모습이다.

⋯⋯역시 혼날까? 그렇게 생각했지만 그런 일은 없었다.

나나미는 자세를 원래대로 되돌리더니 즐거워 보이는 얼굴로 내게 박수를 보내고 있었다. 이건…… 정답이라는 뜻인가?

　"오늘은 움직임이 많을 테니까 스포츠 브라를 입었거든. 이러면 쓸데없이 흔들릴 일도 없고, 좋은 기회다 싶어서 전에 하츠미랑 아유미가 알려준 가슴이 작아 보이는 걸 입고 온 거야."

　"가슴이 작아 보인다고……?"

　"작아 보이지? 실제 사이즈는 변하지 않았어~."

　가슴이 작아 보인다는 게 뭐지? 어? 나나미, 작지 않지? 그런데 작아 보인다고……? 뭐야, 인체의 신비인가? 건전한 남자 고등학생에겐 없는 지식인데요.

　혼란스러워하는 나를 개의치 않고 나나미는 설명을 이어갔다.

　"봐, 가슴은 흔들리면 아프기도 하고 또 너무 흔들면 늘어진다고 하니까. 격렬한 운동을 할 때는 스포츠 브라가 편해."

　"어…… 그거, 힘들지 않아? 호흡이라든가 압박감이라든가."

　실제로 어떻게 돼 있는지는 전혀 상상할 수 없지만…… 적어도 체형을 변화시킨다고 하면 상당히 힘들지 않을까. 만약 힘든 걸 참고 오늘 데이트에 와 준 거라면 당장이라도 다른 곳으로 가서 편한 차림을 하는 것이 좋을 것 같았다.

하지만 그런 내 걱정은 기우였던 것인지, 나나미는 힘들지도 않고 아프지도 않다고 했다. 역시 인체의 신비다……. 내가 그렇게 감탄하고 있는데 또다시 나나미가 이상한 폭탄을 투하했다.

"하지만 평소랑 크기가 다른 걸 눈치채다니, 요신은 내 가슴을 정말 좋아하는구나……. 이런 걸 가슴 소믈리에라고 하는 걸까?"

"어디서 배웠어, 그런 말은?!"

"아, 그렇구나. 요신은 나만 보니까…… 나 소믈리에?"

갑자기 의미를 알 수 없는 칭호를 받고 말았다. 내가 말문을 잇지 못하고 있자 나나미가 두 팔을 벌리더니 그 자리에서 빙글 회전했다.

가슴이 작아졌다고 하지만, 그래도 또래에 비해서는 커 보였다. 그래서 처음에는 바로 깨닫지 못했는데, 다시 보니까 역시 다르다.

"이렇게 돌아도 움직이지 않고, 트램펄린 위에서도 멀쩡하니까 굉장하지? 요신에겐 좀 아쉽겠지만."

"아쉽다니……?"

"그야 가슴이 흔들리지 않으니까."

"잠깐. 나나미 안에 있는 나는 얼마나 흔들림에 집착하는 거야."

197

"요신은 내 가슴을 너무 좋아한다니까……. 정말, 어쩔 수 없네……."

뺨에 손을 얹으며 나나미가 난처한 듯 미간을 찌푸리며 웃었다. 아마, 아니 확실히 놀리고 있는 거겠지만, 다른 사람들이 들으면 오해할 만한 말이었다. 아니, 좋아하긴 하는데!

그보다 이거, 밖에서 할 만한 얘기는 아니네. 가족끼리 온 사람도 있을 텐데. 교육에 아주 해로운 대화 아닌가? 혼나진 않겠지?

걱정되는 마음에 주위를 둘러보았지만, 가족 단위 사람들은 자기 아이의 점프에 열중하느라 우리는 신경도 쓰지 않고 있었고, 아이들은 아이들대로 떠들며 뛰고 있었다. 직원도 딱히 주변에 없다.

응, 다행히 지금은 이런 대화를 하고 있다는 걸 아무도 눈치채지 못한 것 같으니까 여기서 일단 마무리할까?

나는 턱을 괴고 있는 나나미 옆으로 가서 그녀의 귓가에 대고 속삭였다.

"……그런 얘기는 둘이서 있을 때만 하자."

이 이상 폭주해 버리면 시설에 폐가 될지도 모르고. 주위에서 눈치채지 못한 이 타이밍에 끝나는 것이 최선이다. 이런 건 둘만 있을 때 하는 게 좋을 테니까.

나의 속삭임이 먹힌 걸까, 눈을 부릅뜬 나나미가 귀를

누르고 그대로 한 발짝 뒤로 물러서더니…… 주르륵 미끄러지듯 의자에 주저앉았다.

"어?! 나나미, 괜찮아?!"

"괘, 괜찮아! 괜찮아! 조금 놀란 것뿐이야!"

내가 나나미에게 달려가려 하자, 나나미는 앉은 채 두 손을 앞으로 내밀고 나를 제지했다. 그렇게 깜짝 놀랄만한 말을 했나?

나나미는 손을 파닥거리며 어깨로 숨을 몰아쉬고 있다. 아까 운동했을 때도 아무렇지 않았는데, 얼굴이 벌겋게 달아오르고 땀을 흘리며 귀에서 손을 떼지 않고 있다.

호흡이 서서히 가라앉자 이제는 심호흡하기 시작한다. 진정시키려면 차가운 음료라도 사와야 하나. 그런 생각이 든 타이밍에 나나미가 불쑥, 호흡과 숨과 함께 말을 뱉었다.

"……다리에 힘이 풀려서 못 서겠어."

뭐……?! 괘, 괜찮은 거야? 왜 갑자기? 나나미는 당황하는 나를 못마땅한 눈빛으로 노려본다. 귀는 아직도 누르고 있다.

"요신이 그런 이상한 소릴 하니까…… 귓가에 그런 말을 들으면 힘이 풀릴 수밖에 없잖아…….."

"아니…… 그렇다고 밖에서 가슴 얘기만 할 수는 없잖아."

"……야한 의미로 말한 게 아니라?"

아니야. 왜 그렇게 되는 건데……. 내가 그렇게 느껴질 만한 말을 한 건가?

둘이서만 있을 때 하자……. 으음, 그래도 이 타이밍에서 야한 걸 떠올리지는 않잖아. 그래도 주위 사람들에게 들리지 않게 하려고 했다지만, 귓가에 속삭였던 건 좀 과했나……?

끙끙거리며 한동안 고민하던 나는 여전히 앉아 있는 나나미 옆에 걸터앉았다.

"……야한 의미는 아닙니다."

"뭔가 앞에 공백이 있는데……?"

그건 생각에 잠겨 있느라 그런 거지 긍정의 침묵이 아니다.

나는 나나미가 진정될 때까지 잠시 함께 앉아 있었다.

실제로 꽤 오래 놀아서 그런지 종료 시간이 다가오고 있었다. 연장할까 고민했는데, 앉아 있으니 여기저기서 피로감이 느껴졌다. 오늘은 여기까지만 하자.

"저기, 요신……."

"응? 왜? 마실 것 좀 사 올까?"

나나미는 작게 고개를 젓더니 귀에서 손을 떼고…… 내게 조금 몸을 붙여 왔다. 밖이라서 그런지 가볍게, 조심스럽게, 언뜻 보기엔 확실히 알 수 없을 만큼.

그리고 잠시 침묵한 후…… 결의를 담은 눈동자로 나를 똑바로 바라보며 선언했다.

"나, 앞으로는 적극적으로 다가갈까 해."

"갑자기 왜?"

너무나 갑작스러운 발언에 나는 얼이 나가 버렸다. 지금까지도 적극적이었는데……. 그 이상으로 온다는 건가?

그럼 내 심장이 버틸 수 있을까……. 아니, 그보다도 얼마 전에 느긋하게 가자고 한 지 얼마 안 됐는데 왜 갑자기……?

"나도 이것저것 열심히 하고 있는데, 요신은 말 한마디로 내 다리에 힘이 풀리게 만들잖아……. 치사해!"

볼을 부풀린 나나미가 내 손을 잡고 자신의 귀에 가져간다. 손가락 끝에 그녀의 귀가 닿자 나나미가 움찔 몸을 떨었다.

치사하다니, 나는 의식하고 한 행동이 아닌데. 하지만 이건 이유가 아닌 것 같았다. 표정을 보니 무척 진지하다는 것을 알 수 있었다.

"뭐, 그건 농담이고…… 지난번에 요신이 좀 느긋하게 가자고 했잖아. 지금까지는 하이 페이스였으니까."

"응, 확실히 그렇게 말했지."

"그래서 난 그동안…… 요신에게 보답하고 싶다는 생각이 들었어."

"보답?"

딱히 나는 뭔가를 나나미에게 준 것 같지 않은데. 그러자 내 마음을 읽은 듯 나나미가 작게 고개를 저었다.

"요신은 나에게 많은 걸 줬어. 그러니까 요신이 느긋하게 있는 동안은 내가 더 적극적으로 노력해서 많이 많~이! 돌려주고 싶어."

나도 나나미에겐 많은 것을 받고 있다. 그러니까 그런 건 신경 쓰지 않아도 되는데…… 하지만 그렇게 말해도 나나미는 멈추지 않겠지. 그런 건 피차일반이 아닐까.

하지만 그 마음은 정말 기쁘다. 근데 어떤 느낌으로 적극적으로 노력하겠다는 거지…… 음? 혹시……?

"아까 한 발언도 그 적극적인 행동의 일환이었어?"

"응. 뭐, 반격 한방에 당했지만……."

아무래도 내 상상이 맞았던 것 같다. 어쩐지 가슴 이야기를 먼저 하더라니……. 그런 방향에서의 적극성은 예상하지 못했다. 이건 유혹 아닌가? 그걸…… 견딜 수 있을까, 나?

"그리고, 나는 그…… 내가 먼저 해 놓고 나중에 쑥스러워하잖아. 그런 면도 극복하고 싶어."

그 한마디를 들은 순간, 나는 나도 모르게 나나미의 양 어깨를 꼭 잡고 있었다. 정말 반사적으로 말이다. 놀라는 나나미를 바라보며 나는 그대로 입을 열었다.

"나나미……! 부끄러움은 중요한 거야. 없애다니, 말도 안 돼."

"어어……? 그런 멋진 얼굴로 그런 말을 들을 줄은 몰랐는데……."

아니, 부끄러움은 중요하다! 물론 어떤 나나미도 귀엽지만, 역시 수줍은 모습은 그중에서도 압도적이니까! 그게 사라진다면 아마 나는 정말 많이 슬플 거다.

문득 시선을 주니 나나미는 어깨를 잡혀서 그런지 약간 겁먹은 듯, 어색한 표정을 짓고 있었다. 아뿔싸, 그만 너무 강하게 말했다.

반성하면서 나는 살며시 그녀의 어깨에서 손을 뗐다.

"……미안, 무심코."

"아니, 그렇게나? 그 정도야……?"

살짝 떨어진 나를 보고 나나미는 조금 당황했지만, 이 부분의 감각은 남녀가 좀 다를지도 모른다. 나중에 제대로 대화를 나눠봐야 할지도 모른다.

아무튼 나나미의 마음은 알았다. 나에 대해…… 신경 쓰지 않아도 된다고 해도 별 효과는 없을 것이다. 내가 할 일은 나나미를 제대로 받아들이는 것이다.

그리고 너무 과해지지 않도록 제지해주고, 적당히 서포트하는 정도일까.

"고맙긴 하지만, 나도 이미 나나미에게 많은 걸 받고 있어. 그러니까 뭐…… 적당히. 무리하지 않아도 되니까."

"응, 나 열심히 할게. 하지만…… 어중간하게 하면 요신한테 반격을 당하겠지? 어떤 게 좋으려나……?"

가슴 앞에서 두 손을 잡고 결의를 다진 나나미는 즐거운 얼굴로 무엇을 할까 고민하고 있다. 정말, 신경 쓰지 않아도 되는데…….

이건 나도 나나미한테 이래저래 돌려줄 수밖에 없겠네. 본인이 눈치채지 못하게 몰래…… 내가 할 수 있는 범위에서 해 나가자.

어느새 나나미의 움직임이 멈춰 있었고, 그녀가 가슴 앞에서 잡고 있던 두 손을 내려다보았다. 그리고…… 그대로 내 쪽으로 아주 살짝 가슴을 내밀면서 부끄러운 듯이 중얼거렸다.

"으음…… 다음에, 가…… 가슴 만져볼래?"

"안 돼!"

대답을 고를 때 약간의 갈등을 느꼈다. 응, 역시 제대로 의논해야겠다.

오늘의 데이트가 끝나고, 목욕도 하고…… 몸도 마음도 따뜻한 상태에서 약간의 외로움을 느끼고 있다.

그렇게 행복의 여운에 젖어 있는 내 방에 정말로 보기 드문 사람이 방문했다.

뭐, 거창하게 말했지만, 방문자는 사야였다. 이렇게 동생이 방에 놀러 오는 건 꽤 오랜만이었다.

아마 내가 중학교를 졸업했을 때 혹은 고등학교에 입학하기 얼마 전에 왔었으니까, 1년도 더 된 건가. 나도 사야의 방에는 거의 가지 않게 되었다.

이유는 딱히 없다. 그냥 자연스럽게 그렇게 되었다.

딱히 사이가 나빠졌다던가 그런 것도 아니다. 평범하게 같이 쇼핑도 하고 놀기도 하지만 어쩐지…… 방에는 가지 않게 되었다.

사적인 공간이라는 인식이 생겼기 때문일까?

사야는 침대 위에 앉아 다리를 흔들거리고 있었다. 방에 사야가 있는 것이 조금 어색하면서도 왠지 기쁘기도 했다.

사야가 두리번거리며 방을 둘러보더니 입술에 손을 얹고

감회가 새롭다는 얼굴로 중얼거린다.

"언니 방은 옛날이랑 거의 안 달라졌네. 형부 사진이 늘어난 정도야."

"그래? 내가 보기엔 많이 바뀐 것 같은데……."

"그리고 침대에서 형부 냄새가 날까 했는데, 안 나네."

"대체 뭐 하는 거야?!"

뜬금없이 침대에 눕더니 냄새를 맡기 시작한 사야에게 놀라 나는 반쯤 억지로 그녀를 안아 일으켰다. 사야는 별다른 저항 없이 내가 끄는 대로 끌려왔다.

사야가 나한테 달라붙는 건 초등학교 때 이후로 처음이라 어쩐지 그리운 느낌이었다. 옛날에는 거의 매일 달라붙어 있었던가? 이런 식으로……

"아…… 언니 가슴 베개 오랜만이야. 너무 좋다……. 이젠 형부의 가슴이 된 건가…… 부럽다. 목욕한 후라 좋은 냄새에 따끈따끈……."

이런 식으로 쓸데없는 한마디를 덧붙이면서.

응, 변한 게 하나도 없구나, 이 아이는. 옛날부터 내 가슴을 베개 삼았었지. 옛날에는 지금보다 더 작았는데.

"너…… 언제까지 남의 가슴을 베개 취급할 거야."

"하츠 언니는 말랑한데 근육이 많아서 살짝 반발력이 부족하단 말이지. 반대로 아유 언니는 말랑함으로는 넘버원이지."

"······언제 그 두 사람한테도 안겼어?"

하츠미와 아유미의 베개 리포트를 들은 나는 기가 막혔다. 그보다 그 호칭, 오랜만에 듣네. 옛날에는 넷이서 많이 놀았었나? 오늘은 어쩐지 그리운 기분이 드는 날이다.

한동안 나는 사야와 별것 아닌 이야기를 이어갔는데······ 그러고 보니 사야는 뭐 하러 온 거지? 그냥 놀러 온 건가?

"언니, 오늘은 어떤 데이트를 하고 왔어?"

"오늘? 오늘은 선배의 시합을 보고····· 그 후에 트램펄린을 하고······."

"트램펄린! 이 흉기가 흔들렸다는 뜻?! 잘 수습했어?!"

"안 흔들렸어. 스포츠 브라로 고정해놔서. 아잇, 튕기지 마."

사야가 내 가슴을 퉁퉁 손으로 튕겼다. 왜 내 가슴에 그런 집착을 보이는 거지? 뭐, 전에 살짝 이유를 물어보긴 했었지만.

자기 가슴이 별로 크지 않아서 부럽다고 했었다. 아니, 사야도 나이에 비해서는 있는 편인 것 같은데. 아마 중학교 때의 나 정도가 아닐까.

내 가슴이 커진 건 중학교 졸업하고 나서니까. 그런 의미에서 사야는 나보다 클 가능성이 더 많은 셈이었다.

그래서 나는 내 품에서 노는 사야의 가슴에 손을 뻗었다.

"으앗?!"

사야의 가슴을 만지자 사야가 펄쩍 뛰며 놀랐다. 아니, 남의 가슴은 잘도 만지는 주제에 만져지는 건 약한 건가…….

"감히! 못된 언니에겐 벌을 내리겠다!"

"이 녀석! 뭐 하는 거야!"

반격이라는 듯 사야가 내 허리로 손을 뻗었다. 그쪽을 방어하자 가슴으로 다시 손을 뻗어온다. 나도 지지 않고 사야에게 반격했다. 오랜만에 하는 사야와의 어린애 같은 장난에 어쩐지 조금 즐거워졌다.

그런 공방을 거듭하던 나와 사야는 땀투성이가 되고 말았다.

사야는 평소에 운동을 해서 그런지 숨을 헐떡이지는 않았다. 나는 숨을 헐떡이며 몸에 난 구슬땀이 피부를 타고 흘러내리는 것을 느꼈다.

기껏 목욕했는데, 한 번 더 들어가야 하나…… 완전 젖었잖아…… 낮에도 운동을 해서 그런지 피로감이 굉장하다…….

"하아…… 하아…… 후우…… 더워…… 땀이…… "

"숨 헐떡이는 언니, 좀 야하다."

이 녀석은 정말이지……. 나는 사야를 쿡 찔렀다. 그러자 찔린 곳을 누르면서 혀를 쏙 내밀고 에헤헤 웃는다.

잠시 수건으로 땀을 닦아내며 사야에게서 멀어졌다. 붙어있으니까 더 덥다.

"그러고 보니 그 선배 경기 본 거지. 어땠어? 멋있었어?"

"음. 대단하다고 생각하긴 했지만 멋있다는 생각은 잘 모르겠네. 시합은 완전 재미있었어. 농구도 재미있더라."

"경기 사진 같은 거 없어? 선배의 활약 보고 싶어."

없다. 그야 경기 관람에 집중하고 있었는걸. 게다가 요신이 출전했다면 사진을 찍었겠지만, 요신은 옆에 있었으니까.

시합을 응원하는 요신의 사진을 찍는다……? 아니, 역시 이상하다.

"우우, 한 번 선배랑 만나보고 싶어. 언니랑 형부 얘기 들으니까 정말 남자친구가 갖고 싶단 말이지……."

"사야, 그 말 진심이었어? 선배에게 여동생이 보고 싶어 한다고 말하는 건 좀……."

사야는 뒹굴면서 선배를 만나게 해달라며 졸라댔다. 글 쎄, 선배를 소개한다라……. 소개……. 거기까지 생각했을 때, 나는 문득 떠올랐다.

맞아, 매니저……. 아마도 선배를 좋아하는 게 아닐까 생각되던 매니저가 있었지.

"사야…… 정말 말하기 어렵지만……."

"응? 뭐야? 무슨 일 있어?"

"선배는 소개해줄 수 없어."

"갑자기 단언했어!"

내 말에 사야가 벌떡 몸을 일으켰다. 당황한 사야에게 나는 오늘 있었던 일을 설명했다. 아마도 시베츠 선배를 좋아하고 있을 매니저의 이야기를…….

한참 설명을 들은 후 사야는 책상다리로 앉아 가슴 아래에서 깍지를 꼈다. 그리고 잠시 생각에 잠기는가 싶더니…… 무거운 분위기로 입을 연다.

"응, 역시 한 번 만나게 해줘."

"얘기 들은 거 맞아?!"

진지한 표정으로 중얼거린 그 말에 무심코 지적을 던졌다. 하지만 사야는 진지한 표정을 잃지 않았다. 설마…… 선배를 먼저 뺏을 생각은 아니겠지……?

"그런 거 아냐."

아, 목소리로 나왔나. 사야가 살짝 뚱한 눈빛으로 나를 노려보더니 이내 표정을 고치고 검지를 척 세웠다. 그대로 휙휙 손가락을 흔들며 입을 연다.

"그런 재미있을 것 같은 상황이라면 꼭 선배를 만나서 두 사람을 이어주고 싶어."

"그건 쓸데없는 참견 아닐까……?"

내 말에 사야는 뭘 모르네, 하며 고개를 흔들더니, 묘하게 열받는 표정으로 코로 흥 공기를 내뿜는다. 정말 열받는 반응인데.

"잘 들어. 그런 건 주변의 도움도 중요해. 위기감을 키우는 나라는 존재가 등장하면 분명 매니저도 초조해져서 행동에 옮길 거라고. 위기감은 중요해. 고속으로 사랑에 골인한 언니는 모르겠지만."

어? 그런 거야……?

아니, 애초에 그런 걸 어떻게 사야가 알지? 왠지 나보다 연애 경험이 풍부한 것 같은데…….

"……라고 순정 만화에서 읽었어."

아, 그렇구나……. 뭐, 그렇겠지. 응, 납득.

"뭐, 나는 기본적으로 점찍어둔 사람이 있는 남자는 패스야. 치정 싸움으로 이어지는 것도 싫고. 하지만 그렇구나. 선배는 이미 점찍어둔 사람이 있는 건가……. 아쉽다. 시작조차 못 한다니~."

엎드린 채 다리를 파닥파닥 올렸다 내렸다 하면서 사야가 입을 삐죽 내밀었다. 나는 그런 사야에게 다가가 천천히 머리를 쓰다듬었다.

"조급해하지 않아도 조만간 사야도 좋은 사람을 찾을 수 있을 거야."

"우…… 설마 언니한테 그런 말을 들을 날이 올 줄은 몰랐어……."

응, 나도 이런 대사 할 날이 올 줄 몰랐어. 그 후에도 나는 한동안 사야를 위로했다. 사야는 내 쓰다듬을 받으며 눈을 가늘게 뜨고 있다.

하지만 이내 눈을 번쩍 뜨더니 두 손을 들며 벌떡 일어선다.

"아~ 정말! 그만해. 그런 성격도 아니고! 다음에 하츠 언니네랑 같이 신나게 놀자!"

"알았어, 알았어. 오랜만에 넷이서 놀까……?"

"그래서? 요즘 형부랑은 어때? 키스 이상의 진전은 없어?"

"없어! 아…… 그래도 오늘 그, 가슴 만져보겠냐는 식으로 약간 유혹하는 말은 했는데, 그게 키스 이상이라고 하면……."

잠시 떠올린 걸로도 부끄러워졌다. 내가 생각하기에도 대담한 말을 해버렸구나 싶다……. 사야는 어딘가 어이없다는 얼굴로 큰 한숨을 내쉬었다.

그리고 나에게 다가오는가 싶더니…….

"만져보겠냐니! 그런 김빠진 소리 하지 말고 그냥 만지게 해! 이렇게나 강력한 무기를 갖고 있는데 안 쓴다니, 무슨 생각이야?! 진전 상황을 물어보러 왔는데 아무런 진전도 안 됐잖아!"

"잠깐?! 사야 너! 그만해……!"

화를 내며 사야가 내 가슴을 주물러댄다. 놀러 온 건 그게 목적이었어?!

가슴을 주무른다…… 라고 해도 거의 마사지 같은 느낌이라 가슴의 뭉침이 풀리는 기분이었다. 정말 크면 가슴도 걸린단 말이지……. 아, 좀 편해졌다.

부조리한 이유로 분노한 사야를 잠시 좋을 대로 하도록 놔두고 있는데, 그 타이밍에 내 스마트폰이 울렸다.

화면을 보니 하츠미와 아유미의 그룹 통화 알림이었다. 이런 시간에 별일이네. 마침 타이밍 좋게 사야도 있으니 받아볼까. 일단 가슴에서는 손을 떼게 했다.

"여보세요? 무슨 일이야, 이런 시간에? 별일이네."

『아니, 상담할 게 좀 있어서……. 지금 괜찮아?』

"사야가 있긴 한데 괜찮아."

『삿짱도 있어~? 별일이네~. 삿짱, 오랜만이야~ 아유미야~.』

저쪽에서 느긋한 아유미의 목소리가 들려왔다. 그 호칭을 듣는 것도 정말 오랜만이다. 사야가 입을 삐죽거리며 그 목소리에 반응한다.

"하츠 언니, 아유 언니, 오랜만이야. 근데 언니들, 벌칙 얘긴 왜 나한테도 안 해준 거야? 나 서운해~."

『그 호칭 오랜만이다. 아니, 토모코 씨가 말려들었는데 사야 너까지 끌어들일 수는 없었어…….』

『삿짱, 미안해. 다음에 아이스크림 사줄 테니까 한 번만 봐줘~.』

사야가 벌칙 게임 건으로 두 사람에게 불평했지만, 말투만 들어도 진심으로 화가 난 것은 아닌 듯했다. 아마 그냥 어리광을 부리고 싶었던 거겠지.

그 증거로 두 사람의 대답에 사야는 어쩔 수 없다는 얼굴로 웃어넘겼다.

"그래서 상담이라는 건 뭐야?"

『그게, 지난번에 우리, 미스마이한테 전혀 안 혼나고 끝났잖아……?』

『혼나긴커녕 감사의 말을 들었지. 그래서 말인데…….』

말을 쉽사리 잇지 못하는 두 사람의 모습에 나도 사야도 나란히 고개를 갸우뚱했다. 자신들이 먼저 연락하고 본론이 바로 나오지 않는 건 드문 일이다. 상담이 있다고 했으니 할 말도 정해져 있을 텐데.

그 후에도 두 사람은 좀처럼 본론에 들어가려 하지 않았다. 어쩐지 일부러 말을 돌리는 것 같은데, 나도 사야도 두 사람이 이야기를 꺼낼 때까지 기다렸다.

그리고 그때는 왔다.

『……그…… 사실 우리 남친한테도 얘기했거든…… 벌칙 게임……. 나쁜 짓을 해버렸으니까 저기…… 참회하고 싶어서…….』

"뭐어?! 뭐 하는 거야, 둘 다?!"

나도 모르게 소리치고 말았다. 아니, 진짜 뭐 하는 거야.

"엄청 혼나지 않았어?"

『혼났어……. 오랜만에 엄청 혼났어어……. 그래도 그건 괜찮아, 반성하기 위해 한 거니까…… 무서웠지만…….』

아유미는 목소리가 떨렸고 하츠미는 말은 없지만 무언가를 떨어뜨린 소리가 들려왔다. 어쩌면 떠올라서 동요한 것일지도 모른다. 그렇게나 혼난 건가…….

그렇게 신경 쓸 필요는 없는데. 나는 나도 모르게 쓴웃음을 지었다. 아마 요신에게 혼나지 못했기 때문에 제대로 화를 내줄 사람을 찾은 거겠지.

두 사람도 그걸 알기에 더 호되게 혼내준 걸 테고.

"혹시 상담이라는 게 어떻게 하면 남친이랑 화해할 수 있느냐는 얘기야?"

『아니, 그게 아니라니까. 실은 저기…….』

『남친이 그…… 미스마이를 만나게 해달라고 해서…….』

"허……?"

그들의 말에 나는 나도 모르게 얼빠진 목소리를 내고 말았다.

예전부터 말했듯 나나미와 만나기 전의 나는 기본적으로 혼자였다.

그것은 내가 잊고 있었던 과거에 기인한 것이지만, 어디까지나 내가 선택한 결과였다. 나나미를 만난 이후로는 내 주변에도 사람들이 많아져서, 그 시절이 아득히 먼 옛날처럼 느껴졌다. 지금은 분명 혼자였던 시절로 돌아갈 수 없을 것 같다.

하지만 그때의 나는 혼자인 것을 특별히 고통스럽게 느끼지 않았던 것도 사실이다.

주위에서 따돌림을 하는 일도 없었으니까. 아니, 어쩌면 있었을지도 모르지만, 그것이 내 귀까지 닿지는 않았으니 마찬가지다.

그래서 혼자였던 날의 추억은 불쾌하게 남아 있지 않다. 하지만 그것은 희미한 기억이기 때문에 그런 것이라고 볼 수 있었다. 싫은 추억은 없지만, 특별히 좋은 추억도 없다.

그때까지의 내 인생은 그런 것이었다.

그런 나였기에, 자신이 살아온 과거보다 나나미와 만난

지난 한 달 가까운 시간이 훨씬 밀도 있고 다양한 체험을 해왔다고 단언할 수 있다.

모든 것이 신선하고, 경험해보지 못한 사건들뿐이다.

나이가 들면 체감 속도가 빨라지는 건 이미 체험한 일이 많기 때문이라는 말을 들은 적이 있는데, 첫 경험들뿐인데도 눈 깜짝할 사이였던 것 같다.

이건 아마 즐거워서 그런 거겠지.

즐거운 시간은 순식간이라는 말도 있으니까. 그러니 해를 거듭할수록 체감 속도가 빨라지는 것은 어쩌면 즐거운 시간이 많기 때문인지도 모른다. 학생 신분에 주제넘은 소리를 하는 것 같기도 하지만.

어쨌든 앞으로가 기대된다.

다시 본론으로 돌아와서, 나는 오늘 새로운 첫 경험을 한다.

그것은 그녀와 친구인 두 사람의 남자친구와 만나는 것.

게다가 내가 만나기 전부터 나나미를 알고 지낸 사람들이다. 얘기를 듣기로는 초등학교 때부터 알고 지냈다는 것 같다. 그것도 관계성을 생각하면 당연한지도 모른다.

"여기야, 여기."

조금 들뜬 나나미의 목소리가 들려와 나는 그 장소를 올려다보았다.

그녀가 안내해준 장소는 역에서 가까운 곳에 있는 큰 빌

딩으로. 아무래도 헬스장으로 운영되는 것 같았다. 이런 곳에 헬스장이 있는지 몰랐네.

나나미는 그대로 정면이 아닌 뒷문 쪽으로 이동해 인터폰을 울렸다. 거기서 목소리가 들려오더니 덜컹거리는 소리가 났다. 뒷문의 잠금이 풀리는 소리였다.

정면이 아닌 뒷문을 통해 건물로 들어가면 왜 이렇게 긴장감과 고양감이 묘하게 뒤섞인 신기한 느낌이 들까? 예전에 사소한 일로 부모님 직장에 갔을 때도 이런 이상한 기분이 들었던 것 같다.

앞서가는 나나미는 몇 번 와본 것인지 망설임 없이 돌진했다. 나는 그 뒤를 따라가는 형태다. 평소에는 나란히 걸어서 그런가, 좀 신선하다.

오늘의 나나미는, 저걸 튜브 톱이라고 하나…… 검은 튜브 톱에 흰 상의를 걸치고 있다. 아래는 데님 원단의 딱 맞는 팬츠 차림이다. 아주 식상한 감상을 말하자면…… 정말 멋있다. 스키니 코디랄까.

참고로 겉옷을 벗으면 등이 대담하게…… 아니, 등뿐만이 아니지. 가슴 쪽도 대담하게 파여있다. 지금은 겉옷을 입고 있어서 신경이 쓰이지 않지만, 아까 힐끔 보였을 때는 정말 깜짝 놀랐다.

통 모양의 천으로 상체에서 가슴만 가린 것이다. 그래서 튜브 톱이라고 부른다는 걸 알았지만…… 정말이지 파격적인 복장이다.

"여기 오는 것도 오랜만이다. 옛날에 하츠미네랑 같이 다이어트했던 이후로 처음인가."

"그래? 그 두 사람은 다이어트 할 필요가 없을 것 같은데……."

"하츠미가 라운드걸 알바를 해서 뱃살을 빼고 싶었나 봐."

"라운드걸……."

그거지? 시합 중간에 링을 빙글빙글 도는 거. 그런 아르바이트가 있구나……. 오빠가 격투기를 한다고 하니까 그 영향인 걸까?

"라운드걸을 하는 하츠미, 정말 섹시했는데. 고등학생이라는 걸 알고 다들 놀랐을걸? 아마 잡지에도 실리지 않았나?"

오, 들으면 들을수록 다른 세상 이야기다. 잡지에 실리다니 모델 같네. 나나미는 마치 자기 일처럼 자랑스럽게 말하고 있다.

이제 그 아르바이트는 안 하는 걸까? 의상이 어떤 건지 좀 보고 싶다. 그런 생각을 하고 있는데 빙글 몸을 돌린 나나미가 조금 짓궂은 미소를 지었다.

"다음에 빌려서 입어줄까?"

놀리는 듯한 미소를 짓는 나나미에게 마음속을 읽힌 기분이 든 나는 심장이 철렁 내려앉았다. 게다가 빌려서 입다니…… 그 섹시한 의상을?

그건 방에서 입는 건가? 아니면…….

말을 잃은 내 모습에 나나미가 멋쩍은 미소를 짓더니 뺨을 분홍빛으로 물들이며 불평했다.

"잠깐만, 반응 좀 해! 나만 들떠서 바보 같잖아."

"아니, 무슨 말을 해야 할지 몰라서……. 어떤 의상인지도 모르고 입어보라고 할 수도 없고."

"아, 그것도 그러네. 그럼…… 나중에 사진 보여줄게."

……조금 기대된다. 아니, 의상이 어떤 건지 궁금한걸. 어디까지나 그 의상을 알게 되는 게 기대된다는 뜻이다. 응.

누구한테 변명하는 거지, 나는.

그리고 얼마 지나지 않아 나는 어떤 장소 앞에 섰다. 회의실이라고 적힌 그곳은 두꺼운 문으로 되어 있고 마치 요새처럼 닫혀 있다.

회의실…… 학교에서는 평소 볼 일이 없는 곳. 만화 같은 데서는 본 적이 있는데 진짜 회의실이 있다. 뭔가 게임 속 최종 보스의 방 같다.

나나미가 문을 세 번 두드리자 안에서 들어오라는 소리가 들려왔다. 좀 낮고, 처음 듣는 목소리다.

여기에…… 있는 거지…… 오토후케 씨와 카모에나이 씨의 남자친구가.

나는 홀로 묘한 긴장감을 가지면서 천천히 열리는 문을

보고 있었다. 끼익 소리와 함께 안쪽의 빛이 내 눈으로 들어온다. 사실 빛의 양에 큰 차이는 없어서 엄청 눈 부시지는 않은데, 이상하게 방안이 눈부시게 느껴졌다.

"오토 오빠, 나 왔어~ 다들 있어~?"

"드, 들어가겠습니다……."

아니, 이 경우엔 '실례합니다'라고 말하는 편이 나았을까? 나는 나나미 뒤를 따라 고개를 숙이며 들어갔다. 나나미는 그런 나의 행동이 재미있는지 킥킥 웃으며 내 손을 잡았다.

고개를 들어 방안을 보자 상상보다 넓은 것에 놀랐다. 회의실은 이런 느낌이구나……. 학교 시청각실과는 또 다르다.

그 안에 네 명의 남녀가 앉아 있었다. 여성은 평소 보던 오토후케 씨와 카모에나이 씨. 그리고 그 근처에…… 처음 보는 남성이 두 명. 아니, 정확히 말하면 한 명의 얼굴을 나는 안다.

남자 둘은 우리를 보자마자 일어나 내 쪽을 향해 고개를 숙였다. 그에 맞춰 오토후케 씨와 카모에나이 씨도 일어나 고개를 숙였다.

갑작스러운 행동에 내가 당황하고 있는데 약간 근육질 체형의 남성이 입을 열었다.

"여기까지 불러서 미안하다. 원래라면 우리가 마중을 나갔어야 하는데……."

그 후 안경을 쓴, 상냥해 보이는 남성이 말을 이었다.

"이야기의 내용이 특수해서 남의 눈에 띄지 않는 장소가 좋을 것 같았거든요. 고생하게 해서 미안해요. 이번엔 우리 여자친구가 정말 실례가 많았습니다."

"정말 미안했다."

나란히 나를 향해 사과의 말을 한다.

전에도 이런 일이 있었지만, 어른들이 고개를 숙이는 것은 반응하기 난감하다. 나는 어쩔 줄 몰라 하며 그 자리에서 의미 없이 주위를 둘러보았다.

고개를 숙이고 있으니…… 어, 고개를 들어달라고 해야 하나? 아니면 괜찮습니다? 무슨 말을 해야…….

마음속으로 패닉에 빠져 있는데 내 손을 누군가가 살짝 잡았다. 부드럽고, 하지만 확실한 힘을 느낀 나는 나나미를 보았다. 나나미는 빙그레 웃더니 말없이 입술을 움직였다.

그 움직임이 괜찮다고 말하는 것처럼 보였다.

그 순간 내 머리는 훅 식었다. 진정됐다는 것을 알리듯 쥐고 있던 손에 조금 힘을 주자 나나미가 시선을 움직이더니 깊고 부드럽게 미소 지었다.

"고개 들어주세요. 이미 두 사람에게 사과를 받았으니까, 더는 신경 쓰지 않아요."

내 말을 들은 두 사람이 천천히 고개를 들었다. 나는 거기서 처음으로 두 사람의 모습을 정면으로 바라보았다.

한 사람은 짧은 머리를 예쁜 금색으로 염색한 근육질의 남성이다. 근육질이라고 해도 굵기는 겐이치로 씨 쪽이 더 위였다. 잔근육이 있는 타입이라고 해야 하나. 품이 넓은 옷을 입었음에도 틈새로 엿보이는 근육이 군더더기 없이 자리 잡고 있었다.

키는 크고 날카로운 눈매를 가졌지만, 무척 단정한 얼굴을 하고 있다. 이 사람이 오토후케 씨의 오빠이자…… 남자친구인 오토후케 소이치로 씨구나. 그에 관해서는 얼굴만 알고 있었다.

실은 어제 인터넷으로 검색해서 얼굴 사진 같은 것을 확인해 보았다. 어떤 사람일까 싶어서.

나는 격투기는 잘 모르지만, 알아보니 그 업계에서는 꽤 유명한 선수인 것 같았다. 뭐, 잘생기고 강하기까지 하면 인기가 많을 수밖에 없겠지…….

다만 별명이 엄청났다. 공식은 아니고 팬들 사이에서 부르는 호칭이긴 하지만…… 팬은 정말 그 호칭으로도 괜찮은 걸까 싶은 이름이었다.

시스콤 챔피언.

그것이 팬들 사이에서 불리고 있는 그의 호칭이었다. 솔직히 그걸 왜 고른 건지는…….

하지만 그럴 수밖에 없는 게, 취재나 인터뷰 때마다 빼먹지 않고 의붓여동생의 에피소드를 꺼내고 있었다. 그의 여동생을 향한 깊은 사랑 엿볼 수 있는 대목인데, 사정을 알고 있는 사람들에게는 의미가 달라진다.

뭐, 당사자가 좋으면 외부인이 왈가왈부할 문제는 아니지만.

다른 한 명은 짧은 머리에 곱슬곱슬 웨이브 갈색 머리를 가진 남성이었다. 가느다란 은테 안경을 쓰고 있고, 오토후케 씨의 남자친구와는 정반대로 상냥해 보이는 동그랗고 큰 눈을 갖고 있다. 눈동자 색에 약간 푸른빛이 도는 것 같은데, 혹시 하프인 걸까? 이쪽도 외모가 무척 준수하다.

이 사람이 카모에나이 씨의 남자친구인가? 카모에나이 씨는 오빠라고 불렀었지. 소꿉친구라고 들었는데, 확실히 이런 사람이 옆에 있었다면 또래의 남자는 상대가 되지 않았을 것이다.

고개를 든 그는 부드러운 미소를 짓고 있다. 묘하게 지적인 분위기가 나는 것은 복장과도 관계가 있을까. 새하얀 셔츠에 눈동자 색과 같은 연청색 넥타이를 매고 있다.

그리고 이쪽도 오토후케 씨의 남자친구 못지않게 키가 커서 양쪽 다 시베츠 선배와 비슷했다. 새삼스러운 생각이지만 잘생긴데다 키까지 크다니 반칙이다.

두 사람이 키가 크다는 것은 다시 말해 나는 두 명의 남자에게 내려다보이는 구도가 되어 있다는 뜻이기도 했다. 나는 키가 큰 편이 아니라서 어쩔 수 없지만, 약간의 압박

감이 느껴졌다.

"그렇게 말해주니 마음이 한결 가볍네. 난 오토후케 소이치로다. 알고 있을지도 모르겠지만, 하츠미의 오빠지. 소이치로라고 불러줘. 잘 부탁한다."

소이치로 씨는 '오빠'라는 말을 강조하면서 오른손을 내밀었고, 나는 그 손을 잡고 악수했다. 크게 힘을 주고 있는 것이 아닌데도 무척 씩씩하고 탄탄한 느낌이 들었다.

아니, 그건 그렇고…… 손 엄청 큰데……. 내 손이 푹 감싸일 정도로 크다. 나도 잘 부탁한다고 말하며 손을 맞잡았다.

"정말로 아유미가 폐를 끼쳤습니다. 저는 오리베 슈야라고 합니다. 나이는 좀 차이 나지만 아유미의 소꿉친구이자 남자친구입니다. 잘 부탁합니다."

카모에나이 씨의 소꿉친구, 오리베 씨도 나에게 오른손을 내밀었다. 이쪽은 소이치로 씨와는 대조적으로 무척 부드럽고 상냥함이 느껴지는 악수였다.

악수를 마친 뒤 나도 다시 옷깃을 단정히 하고 자기소개를 했다.

"안녕하세요, 미스마이 요신이라고 합니다. 저야말로 잘 부탁드립니다. 그…… 바라토 나나미 씨와 교제를 하고 있습니다."

이런 자기소개를 하는 건 나나미의 가족에게 했을 때 이후 처음이 아닐까. 새삼스럽게 말하면 좀…… 아니, 꽤 쑥스럽다.

나나미도 그것은 같았는지, 아니면 옛 친구에게 내가 사귀고 있다고 말을 했기 때문인지 고개를 숙이고 있었다. 응, 아마 쑥스러워하는 거겠지.

나의 자기소개를 들은 두 사람은 다시 한번 나를 빤히 응시했다. 나를 위에서부터 아래까지 훑어보고는 어딘가 납득한 듯 흠흠 고개를 끄덕이고 있다.

으음, 뭐가 잘못됐나?

당황하고 있자 어느새 그들 뒤로 온 오토후케 씨와 카모에나이 씨가 두 사람의 머리를 탁 때렸다.

"오빠, 너무 빤히 보잖아. 실례야."

"오빠도~ 볼 거면 날 봐줘~."

두 사람의 지적을 받은 그들이 당황하며 나에게 사과를 했다.

"미안. 이제야 생긴 나나의 남자친구가 어떤 남자일까 계속 궁금했거든. 그래서 무심코……. 불쾌했다면 미안하다."

"죄송해요, 나나미 씨가 남자와 사귀고 있다는 것만으로도 놀랐는데, 심지어 벌칙 게임으로 시작했다는 말을 듣고……. 무례했습니다."

역시 두 사람 다 옛날부터 나나미를 봐왔기 때문에 그 부분이 가장 걱정스러웠던 거겠지. 갑자기 튀어나온 나에 대해 걱정이 드는 것도 당연했다.

"아니요, 두 분이 나나미를 걱정하시는 것도 충분히 이해해요."

"그렇게 말해주니 고맙네. 아무튼 나나한테 남자친구가 생겼다는 것도 얼마 전에 하츠한테 들은 직후라서."

"소, 오빠, 그 이상한 호칭으로 부르지 말라니까……."

"뭐 어때. 귀엽잖아, 하츠*."

오토후케 씨, 평소에는 하츠라고 불리는 건가.

입을 삐죽거리며 투덜거리면서도 붉어진 뺨이 어딘가 기뻐 보이기도 했다. 그리고 뭔가 처음에 부르려다 말았는데, 오토후케 씨도 평소에는 오빠라고 부르지 않는 걸지도 모른다. 내 앞이라서 숨기고 있는 걸까…….

아니지. 지금은 그 부분은 놔두자. 그보다 나는 틀림없이 얘기했을 줄 알았는데, 둘 다 나나미에 남자친구가 생겼다는 것을 모르고 있었나.

의아함을 담아 나나미를 보니 깜짝 놀랐는지 눈을 동그랗게 뜨고 있다. 눈을 크게 뜬 채로 식은땀을 한 방울 흘리더니, 두 사람을 향해 입가를 가리고 머뭇머뭇 말을 건넸다.

"어? 내가 두 사람한테 말 안 했나……?"

"못 들었어."

"못 들었어요."

---

*일본어로 염통이라는 뜻이다.

둘 다 한목소리로 듣지 못했다고 대답한다. 아니, 물론 한 달 동안 정신이 없긴 했고, 그게 끝난 뒤에도 많은 일들이 있었으니까. 보고하지 못했다 해도 어쩔 수 없다.

하지만 그 사실에 머리를 싸맨 것은 나나미였다. 비유가 아니라, 정말 그 자리에 쪼그리고 머리를 정말 감싸 쥐었다.

"말도 안 돼……. 와아…… 아니, 그렇지, 말 안 했구나……."

그리고 나나미는 벌떡 일어나더니…… 주춤주춤 내 곁까지 다가왔다. 그리고 내 옆에 서더니 심호흡을 했다. 한 번, 두 번, 세 번…… 거기서 딱 호흡을 멈춘다.

그 모습을 가만히 지켜보고 있는데, 나나미가 내게 팔을 감싸 쥐며 착 달라붙었다. 거침없는 움직임에 몸이 흔들릴 뻔했지만, 간신히 버텼다. 버티고 있어서 그런지 더더욱 나나미의 부드러운 감촉이 온몸으로 전해졌다.

아니, 오늘은 노출도가 높아 직접 닿는 것도 원인이네, 이거. 딱 달라붙은 나나미의 모습에 나도 소이치로 씨네도 아무 말도 못 하고 있었다. 나나미는 나에게 붙은 채로 다시 한번 심호흡을 이어갔다.

한 번, 두 번…… 이번에는 두 번. 그리고 뺨을 물들인 채 두 사람을 힘있게, 똑바로 바라보며 입을 열었다. 반론을 허락하지 않겠다는 듯한 박진감은 마치 모종의 선언 같기도 했다.

"오토 오빠, 슈 오빠……. 이 사람이 내 남자친구. 내 처음이자, 소중한…… 남자예요."

그리고 수줍은 얼굴로 환하게 웃음 짓는다. 두 사람은 한순간 놀란 반응을 보였지만, 이내 그 얼굴에 어딘가 안도한 듯한 미소가 피어올랐다.

마치 정말 나나미의 오빠 같았다. 이 두 사람도 나나미에게 아주 소중한 사람이라는 것을 실감할 수 있었다.

"뭐, 겐 씨가 인정했으니, 우리가 참견할 일이 아니지."

"그렇죠. 그녀의 아버님께 인정받았다면 아무런 이의도 없어요."

두 사람은 이제 안심이라고 입을 모아 말했다.

소이치로 씨는 어딘가 멋쩍은 듯이 머리를 긁적였고, 오리베 씨는 약간 과장되게 어깨를 으쓱했다. 그리고 두 사람은 다시 나를 향해 고개를 숙였다.

"나나를 잘 부탁한다."

"의동생을 잘 부탁드립니다."

그 말에 내게서 떨어진 나나미는 이제 좀 그만하라고 항의하면서도 은근히 기쁜 모습이었다. 그렇다면 나 역시 나나미와 두 사람에게 질 수 없지. 그런 마음으로 가슴을 폈다.

키는 졌지만, 마음은 지지 않는다. 내가 할 수 있는 전력을 다해 말을 꺼내기로 했다. 그렇지 않으면 나나미를 나에게 맡겨준 이 두 사람을 볼 면목이 없다.

나나미를 쭉 지켜봐 온 이 사람들에게도 나는 정식으로 그녀를 허락받았다. 그러니까 가슴을 펴. 지금 할 수 있는 최선을 꺼내. 나는 나 자신에게 타일렀다.

"부모님께도 말씀드렸지만, 저는 반드시, 제가 좋아하는 나나미를 행복하게 해주겠습니다. 두 분 다 그동안 나나미를 지켜주셔서 감사합니다. 앞으로도 잘 부탁드립니다."

나는 그녀의 어깨를 감싸며 두 사람에게 감사를 표했다. 나나미는 어딘가 놀란 얼굴로 나를 보고 있다.

그 말에는 허세도 조금 담겨있었다. 하지만 모두 진심이다. 나는 앞으로도 나나미를 슬프게 하지 않을 것이고, 행복하게 해줄 것이다. 거기에 나는 모든 노력을 다 쏟을 거야.

그게 내 전부다. 지금은 그것만으로 좋다.

거기에는 좀 더 몸도 마음도 강해져야겠다는, 그런 결의도 포함되어 있다. 무려 격투가가 날 믿고 맡겨준 것이다. 정말로 열심히 해야지. 책임이 막중하다.

내 말을 듣고 고개를 든 두 사람은 어딘가 놀란 기색으로 나를 쳐다보았다. 어? 뭔가 이상한 말을 했나? 두 사람 다 약간 쓴웃음을 짓고 있다.

"아니…… 미스마이 군, 정말 고등학생 맞아? 설마 그런 대답이 돌아올 줄은 몰랐는데……."

"역시 겐 씨에게 인정받을 만하네요. 요즘 고등학생은

어른이군요."

왠지 묘하게 감탄하고 있는 것 같다. 아니, 그런데 이런 말을 들으면 이렇게 대답할 수밖에 없잖아. 나나미는 기뻐하며 나한테 달라붙어 왔다.

그러니까 틀린 건 아니라는 거겠지.

나와 나나미가 얼굴을 마주 보며 웃고 있는 모습을 보고 두 사람이 중얼거린다.

"나나의 남자친구가 너라서 다행이다."

"그러게요."

그 말이 나에게는 무엇보다 기뻤다.

그러고 나서 우리는 이야기를 잠시 나눈 뒤 회의실을 나왔다.

남자친구 두 사람이 나에게 한 사과, 그리고 한 번 더 이어진 오토후케 씨와 카모에나이 씨의 사과까지. 우리는 그것을 전부 받아들였다. 이미 용서했으니 새삼스럽긴 하지만 매듭을 짓는 것은 중요하다.

뭐, 자신의 여자친구가 한 일에 대해 미안해하는 마음도 이해는 간다. 나도 나나미가 뭔가 실수를 한다면 함께 사과할 것이다.

분명 좋은 일도 나쁜 일도 함께 극복해 나가기 때문에 남자친구와 여자친구의 유대감은 점차 깊어지는 거겠지. 전에 어떤 책에서 좋은 것만 공유한다면 올바른 관계를 맺을 수 없다는 말을 본 기억이 있다.

　만화였을까, 소설이었을까……. 특별히 감명을 받은 건 아니지만, 납득이 가는 말이다.

　그런 의미에서 그 네 사람은 분명 좋은 관계를 맺고 있겠지. 나도 나나미와 그런 관계를 만들어 가고 싶다.

　나로서는 오늘의 가장 큰 목적을 달성했으니 이대로 해산하는 건가 생각했는데, 소이치로 씨 일행에게 점심 권유를 받았다. 사준다고 하기에 처음엔 사양했지만, 결국은 호의를 받아들이기로 했다. 사과와 친목 도모를 겸한 거라는 말을 들으면 거절하기 어렵다.

　나와 나나미, 오토후케 씨와 소이치로 씨, 카모에나이 씨와 오리베 씨. 세 팀으로 이동한다는 게 어쩐지 이상한 기분이었지만, 나나미는 어딘가 기뻐 보였다.

　아니, 나나미뿐만 아니라 오토후케 씨 일행도 기뻐 보인다.

　"트리플 데이트 같아."

　그런 말을 하며 여성 멤버가 꺅꺅 떠들고 있다. 트리플 데이트……? 뭐지, 그 어려워 보이는 이벤트는? 난 어떻게 행동하면 되는 거야?

내가 혼란스러워하는데 어느새 여성은 여성끼리, 남성은 남성끼리 얘기를 하고 있었다. 지금은 여자 셋이서 떠들고 있었기에 남자 셋이서 그걸 지켜보고 있었다.

이때 남자 두 분은 오늘 왜 나를 만나고 싶다고 했는지를 설명해줬다.

결국 오토후케 씨네는 자신의 남자친구에게 모든 걸 고백했는데, 사실 두 사람도 그때서야 나나미에게 남자친구가 생겼다고 얘기하지 않았다는 걸 알아차렸다고 했다.

남들에게는 사실 그다지 중요하지 않은 이야기다. 하지만 초등학교 때부터 같이 지내왔던 오빠나 다름없는 두 사람에게는 사정이 달랐다. 두 사람이 친동생처럼 귀여워하던 동생에게 남자친구가 생겼다는 날벼락 같은 통보…….

그래서 설교 중에 일단 나를 만나게 해달라고 했다고 한다. 어떤 남자가 나나미와 함께하게 됐는지 직접 보고 싶다고.

뭐, 냉정을 유지하기 힘들었겠지. 이야기를 들으면 들을수록 이렇게 될 수밖에 없었구나 싶었다.

물론 내가 거절하면 포기할 생각이었던 것 같지만, 나도 두 사람의 남자친구를 만나보고 싶었기 때문에 좋은 기회였다.

나나미를 쭉 보아온 사람들이니까. 내가 모르는 나나미도 많이 알고 있을 것이다.

그리고 남녀 교제의 선배로서 이야기를 들어보고 싶은 것도 있었다. 내 주위에는 유감스럽게도 남녀 교제를 하는 사람이 거의 없으니까.

……지난번에 먼저 말을 걸어준 뒤 자주 말하게 된 반 친구는 아쉽게도 여친과 헤어져 버린 것 같고. 교제 시작부터 헤어지기까지의 시간이 꽤 짧은 것 같던데, 고등학생은 그게 보통인가?

아무튼, 그런 얘기는 바론 씨한테서 들은 게 전부였기에, 다른 사람의 의견도 들어보고 싶었다. 이들은 여성 멤버 3명을 초등학교 때부터 알고 지냈고, 지금도 계속 어울리고 있으니까. 뭔가 남녀 교제의 요령을 알고 있다면 참고하고 싶다. 그런데 이게…….

"대체 어떻게 상대 부모님께 인정을 받은 거죠? 저도 아직 아유미의 부모님에게 별로 인정을 받지 못한 느낌인데……. 요령을 좀……."

반대로 내가 오리베 씨에게 조언을 요청받고 말았다.

그걸 나에게 물어서 어쩌겠다는 건가 하는 생각이 들었지만…… 상담을 외면할 수는 없었기에 지금까지 나나미와의 교제 경위를 설명했다. 너무 자세한 건 나랑 나나미만의 추억이었기에 생략했지만, 그래도 커다란 틀은 다 이야기한 것 같다.

둘 다 아주 진지하게 이야기를 들어주었다. 도중부터 어째서인지 소이치로 씨가 입을 떡 벌리거나, 혹은 경악하거나, 갑자기 두려워하는 등 무척 다채로운 표정을 보여주긴 했지만…… 대체로 진지하게 들어주었다.

고등학생인 나의 연애담을 무시하지도 않고 무척이나 진지하게. 그것이 정말 기뻤다.

그러자 오리베 씨가 걸으면서 고민하기 시작했다.

"음……. 나한테 부족한 건 결단력이었나……. 아니, 하지만 아유미를 상대로 어설프게 결단했다간 말도 안 되는 일이 벌어질 것 같은데……."

무슨 일이 있었던 걸까 싶을 정도로, 불쌍할 정도로 머리를 싸매고 끙끙 앓고 있다. 카모에나이 씨를 상대로 결단력이라니……. 어떤 이야기지?

고개를 갸우뚱하는 나에게 소이치로 씨는 어이없어하면서도 설명을 해주었다……. 나는 그 파격적인 내용에 뭐라고 말해야 할지 알 수 없어 어색한 웃음을 지을 뿐이었다.

"사실은…… 아유* 녀석이 열여섯이 되는 날 슈우한테 그…… 위험한 걸 가져왔어."

지금까지의 대화에서 소이치로 씨는 친한 상대를 이름 두 글자로만 부른다는 사실을 알게 되었다. 나에 관해서는 아직 거리를 판단할 수 없는지 성으로 부르고 있다.

오토후케 씨와 카모에나이 씨는 식재료 같은 호칭이라

_____
*일본어로 생선인 은어를 뜻함.

싫다며 항의했었는데…… 소이치로 씨는 조금도 개의치 않았다. 상쾌하게 웃으면서 귀엽지 않냐는 말로 가뿐히 넘겨버렸다.

그런 소이치로 씨가 위험하다고 표현할 정도라면…… 대체 뭐지?

"뭘 가져왔는데요?"

"혼인 신고서."

그 말을 듣는 순간 나는 무심코 뿜고 말았다. 정말로 있구나, 이렇게 뿜는 일이. 어? 혼인 신고라니…… 그 혼인 신고? 남녀 관계가 연인에서 부부가 된다는 그 혼인 신고를 말하는 거야?

내 모습을 보고 소이치로 씨는 당시를 떠올렸는지 식은 땀을 흘리며 팔짱을 꼈다. 그리고 꿀꺽 침을 삼키고 세부적인 내용을 알려주었다.

"그건 아유가 열여섯이 되었을 때의 이야기야……. 생일 선물은 뭐가 좋냐고 물은 슈우에게 그 녀석은 조금의 주저 없이…… 가방에서 혼인 신고서를 꺼냈지……."

"무서운 행동력이네요."

"나도 그렇게 생각해. 뭐, 그 후에도 여러 일이 있어서 최종적으로 아유가 고등학교를 졸업하면 약혼하겠다는 약속을 하기에 이르렀어……. 아마 진짜 목적은 그거였겠지."

엄청난 협상술이다. 살짝 무서운데. 근데 그 장면이 쉽게 상상된다는 게 더 무섭다. 오토후케 씨는 어딘가 이성적이지만, 카모에나이 씨는 본능에 몸을 맡긴다는 느낌이고.

그건 그렇고 혼인 신고라…….

"역시 고등학생 때 결혼은…… 어렵겠지."

"솔직히 슈우의 벌이라면 당장 결혼해도 문제는 없겠지만…….."

실은 이때, 미안하지만 내가 생각하고 있던 것은 오리베 씨와 카모에나이 씨가 아니라 내 일이었다. 정확히 말하자면 자연스럽게 떠오른 나와 나나미를 말했다.

아니 뭐, 당장 나나미와 결혼하겠다는 성급한 이야기가 아니다.

하지만 카모에나이 씨는 이미 결혼까지 내다보고 있다는 것이 놀라웠다. 소이치로 씨는 굳이 언급하지 않았지만, 오토후케 씨와 이미 그런 관계일지도 모른다.

갑자기 그런 얘기를 들어서 그런 걸까. 나도 그것을 의식하게 되었다. 어쨌든 아까 나나미를 행복하게 하겠다고 선언한 직후이기도 하고.

학생 결혼이라는 말을 듣긴 했지만, 여러모로 문제가 많을 거다. 아마 그건 대학생들 이야기겠지. 지금은 여성도 결혼할 수 있는 건 18세부터…….. 그런 식으로 부정적인 생각만 떠오르고 만다.

이건 결혼을 현실적인 문제로 보고 있느냐 아니냐의 차

이일지도 모르겠다.

"왜 그래? 미스마이 군. 내가 뭔가 이상한 말이라도 했나……?"

"아, 아니요……. 소이치로 씨도 오리베 씨도…… 카모에나이 씨도 오토후케 씨도 꽤 어른스럽고 빠르구나 싶어서."

내가 반사적으로 대답한 말에 소이치로 씨는 잠시 눈을 동그랗게 뜨는가 싶더니, 바로 눈을 내리깔고 쓴웃음을 짓는다. 그리고 여성들 쪽으로 시선을 힐끔 보내고는 다시 나에게 시선을 돌렸다.

"……아니, 내가 보기에 미스마이 군이 훨씬 어른답다고 생각해."

"네……? 아뇨, 그건 아닌 것 같은데……."

오토후케 씨는 나의 부정에 조용히 고개를 저었다. 그리고 아까 내가 한 말을 입에 담았다. 새삼스럽게 남의 입으로 듣자 부끄러워진 나는 절로 뺨이 달아올랐다.

놀리는 걸까 생각했는데, 소이치로 씨에게서 나온 다음 말은 내 상상과는 동떨어진 것이었다.

"진지하게, 아무런 거리낌 없이 올곧고 솔직하게 그녀를 좋아한다고 말할 수 있는 건…… 굉장한 일이라 생각해. 나나 슈우에겐 아무래도 어렵거든."

실로 진지한 표정으로, 소이치로 씨는 어딘가 씁쓸한 기색으로 말했다. 나는 그들이 어렵다고 한 이유를 알 수 없었다. 그저 상상이지만, 두 사람이 하는 연애는 나보다 훨씬 더 많은 장애물이 있을지도 모른다. 그것은 나이 차이나 관계성, 법률이나 윤리의 벽 같은 것일까…….

그래서 어렵다고 말한 것일 수도 있고, 또 다른 이유가 있을 수도 있다. 그 부분에 대해서 꼬치꼬치 묻는 것은 실례였기 때문에 나는 그저 조용히 침묵했다.

"결국 우리를 나나가 앞지른 거지. 겐 씨가 인정했고, 그쪽 부모님도 당연히 동의한 거겠지?"

"그렇죠. 저희 부모님도 나나미를 굉장히 소중하게 여기고 계세요."

"하아, 정말이지. 제일 걱정하던 의동생 녀석이 눈 깜짝할 새에 오빠를 추월하다니. 기쁘지만 좀 쓸쓸하네."

조금 전까지의 슬픈 목소리를 단숨에 바꿔 갑자기 장난스럽게 말한 소이치로 씨가 어깨를 으쓱했다. 내가 보기에도 몸짓이 너무 과장돼서 나도 모르게 웃음이 나왔다.

"뭐야, 벌써 그렇게 친해졌어? 오토 오빠, 요신 괴롭히는 거 아니지?"

"누가 들으면 오해하겠네. 나나, 넌 정말 좋은 남자를 얻었구나. 칭찬해주마. 이대로면 가장 먼저 결혼하는 건 나나겠는데?"

"결……?!"

어느새 내 팔에 자신의 팔을 휘감아 온 나나미가 소이치로 씨를 뚱한 눈빛으로 바라보았지만, 생각지도 못한 반격을 받고 그대로 말을 잃고 말았다.

낄낄 웃는 소이치로 씨에게 나나미는 새빨갛게 변한 얼굴로 발을 휘둘렀다. 나와 팔짱을 낀 상태였는데도 꽤 타격감이 느껴지는 로우킥이었다.

나나미도 이런 짓을 하다니 의외네.

처음 보는 모습에 놀란 내가 그것을 뚫어지게 보고 있자, 나나미가 순간 다리를 누르며 수줍어한다. 치마가 아니라서 다리가 딱히 드러나진 않았는데, 기분상의 문제인가?

머뭇머뭇하는 나나미에게 뭐라고 말을 걸어야 할까…….

"그…… 꽤 멋진 킥이네."

"그거 칭찬이야?!"

"나나한테 알려준 건 나다."

소이치로 씨는 어딘가 으쓱한 얼굴이다. 그런 그를 나나미가 다시 한번 가볍게 발로 찼다. 꽤 경쾌한 소리가 났다. 나도 다음에 뭔가 배워볼까. 나나미를 지킨다는 의미에서도 배워서 손해는 없을 테니까…….

마치 남매가 장난치는 듯한 모습을 보면서, 나는 좋은 기회다 싶은 마음에 물어보고 싶었던 말을 꺼냈다.

"그러고 보니 나나미…… 나나라고 불리고 있구나."

"응. 오토 오빠는 기본적으로 사람 이름을 두 글자까지

밖에 못 외우거든."

"야, 바보 취급하지 마라. 두 글자로 부르는 게 더 귀엽 잖아."

소이치로 씨가 바로 항의했지만, 두 글자까지밖에 못 외 운다는 말에 대해서는 부정하지 않았다. 음? 나나미의 농 담이라고 생각했는데, 정말인가?

……아니, 농담인가? 아까 나는 성으로 불렀으니까. 두 글자까지밖에 못 외우면 못 불렀겠지.

"좋네, 서로 별명으로 부르는 거. 난 그런 경험이 거의 없으니까."

"그래? 초등학교 때 그런 거 안 했어?"

"음…… 기억이 안 나……."

어쩌면 초등학생 때는 별명이 있었을지도 모르지만, 공 교롭게도 그 무렵의 일은 거의 기억나지 않고, 중학교 때 부터는 거의 친구도 없었으니까…….

제대로 된 교제는 그야말로 나나미와 사귀고 나서 하게 된 거나 다름없다.

"아, 미스마이 군. 그럼 나 미스마이 군을 요우라고 불러 도 될까?"

"왜 오토 오빠가 먼저 말해?! 보통 그런 건 여자친구인 내 몫 아냐?!"

"아니, 나나는 나나대로 붙이면 되잖아. 그냥 내가 그렇게 부르고 싶은 것뿐이니까. 뭣하면 달링이나 허니라고 불러."

"……그거 한때 하츠미랑 오토 오빠가 불렀다가 스스로 취소했던 호칭이잖아."

……어? 진짜야?

나는 무심코 오토후케 씨와 소이치로 씨를 번갈아 쳐다보았다. 소이치로 씨는 우리의 시선을 피하고 있다. 조용히 있던 오토후케 씨도 불똥을 맞았다.

그 오토후케 씨가 그렇게 불렀다니, 갭이 굉장하네.

아무튼 우리들이 그 호칭을 서로 한다고 하면…… 응, 아니야. 역시 아니다. 바보 커플 같은 것과는 또 다른 맥락의 민망함이 느껴졌다.

상상해버린 영상을 지워내듯 나는 살짝 머리를 흔들었다. 우리 역시 남의 눈을 개의치 않고 대놓고 닭살 돋는 호칭은 쓸 수 없었다. TPO는 중요하니까.

……평소에도 남의 눈 따위 개의치 않았잖아. 내 안에서 흘러나온 그 태클은 무시하자. 일단 마음속에서라도 분별력은 갖췄으니까.

"일단, 제 호칭은 편한 대로 해도 괜찮지만……."

"오, 그렇다면……."

"그래도 조금만 기다려주세요. 저도 첫 별명은 나나미가 지어줬으면 하니까요. 그 후라도 괜찮으시면 좋습니다."

나의 말을 듣고 소이치로 씨는 감탄을 흘렸다. 그리고 걸으면서 신음하던 오리베 씨가 멈춰서서 나를 부릅뜬 눈으로 응시하더니 "그거구나……"라고 중얼거리고 있다. 그렇게 대단한 말을 한 것 같진 않은데…….

나나미는 기쁜 얼굴로 함박웃음을 지으며 나에게 다가왔다. 오토후케 씨와 카모에나이 씨는 그런 나나미를 어딘가 따뜻한 미소로 지켜보고 있다. 어쩐지 이곳의 공기가 약간 따뜻해진 것 같다.

"나나미는 나한테 어떤 별명을 붙여줄 거야?"

내게 붙어있던 나나미는 그 말에 화들짝 놀라 고개를 들었다. 그리고 잠시 생각에 잠기듯 입가에 손을 얹고는…… 잠시 말이 없었다.

"……요우짱 어때?"

"'짱'이라니, 좀 민망하네."

"아니, 나랑 별반 다르지 않잖아……?"

소이치로 씨가 반박해 왔지만, 나나미가 제일 먼저 붙여주는 것이 중요한 것이다. 나나미도 만족한 듯했고 나로서도 만족스럽다.

나는 빙글 몸을 돌려 소이치로 씨에게 돌아서고는 가슴을 펴고 선언했다.

"그렇게 됐으니 소이치로 씨, 저를 요우라고 불러주셔도 괜찮습니다."

"······다시 한번 나나미의 남자친구가 너라서 다행이라고 생각했다."

"저도 지금 진심으로 그렇게 생각했어요······."

살짝 어이없다는 얼굴을 한 소이치로 씨와 오리베 씨는 묘한 눈빛을 띠고 감탄한 듯 중얼거렸다.

다행이라는 말에 아까와는 다른 의미가 담긴 것 같지만, 나는 그 대답으로 나나미와 얼굴을 한번 마주 보고, 나란히 두 사람에게 감사를 표했다.

그것을 들은 두 사람은 어딘가 기쁜 듯이 웃고 있었다.

점심은 다 같이 소이치로 씨가 자주 가는 양식당에서 먹게 되었다. 들어보니 소이치로 씨의 친구가 운영하는 가게라고 한다. 교우관계가 넓구나.

무척 잘 꾸며진 가게라 그런지 낯설고 어색한 느낌에 긴장했지만, 나나미 일행은 조금도 움츠러든 기색 없이 평범하게 들어갔다. 뭔가 굉장하네······ 하고 약간 감탄했다.

같이 지내다 보니 어쩐지 나까지 어른이 된 것 같다. 아니, 고등학생은 이미 어른이나 다름없다고 말하는 사람도 있겠지만, 평소 체인점밖에 가지 않는 인간에게 있어서 개인 가게에 간다는 건 어른스러운 느낌이다.

다만 식사 장소라는 건 친목을 다지는 데 매우 효과적인 곳이다. 나는 의사소통 능력이 높은 편은 아니지만, 옛날 화제를 던져주는 대화 방식 덕분에 긴장하면서도 즐겁게 이야기를 나눌 수 있었다.

다양한 이야기를 했는데 그중에서…… 여름 방학 화제가 나왔다. 그렇다고 딱히 이상한 이야기는 아니었고, 여름 방학이 되면 이 여섯이서 어딘가 놀러 가자는 이야기였다.

즉, 트리플 데이트를 하자는 권유를 받은 셈이었다.

"바다 가자, 바다! 이왕이면 묵고 오고 싶어!"

그렇게 말한 것은 오토후케 씨와 카모에나이 씨다. 소이치로 씨 쪽은 당일치기로도 괜찮다고 주장했지만, 돌아가는 형국을 보니 밀리는 것은 시간문제인 것 같았다.

아니, 보통 숙박을 제안하는 건 남녀가 반대 아닌가. 그런 생각이 들었지만, 나는 그 부분을 굳이 언급하진 않았다.

참고로 그 이야기 속에서 나나미와 내가 이미 보호자 동반으로 숙박 여행을 다녀왔다는 것을 슬쩍 언급했는데, 다들 무척 놀랐다.

그런 이야기도 있어서 아마 바다에 가면 자고 오겠지 하는 생각을 그때의 나는 막연히 했던 것 같다.

그리고 현재…… 나는 나나미와 단둘뿐이다.

"어째서…… 어째서 이렇게 된 거지?"

자문자답해도 답은 나오지 않는다.

그건 그렇다. 이런 문제에는 애초에 답이 없거나 이미 답을 알고 있는 경우가 대부분이다. 이번에는 후자인가. 왜 이렇게 됐는지는 뻔하다.

나는 지금…… 그러니까 양복점…… 아니, 뭐라고 해야 하지? 어패럴 매장? 아무튼 옷가게에 나나미와 함께 있다. 쇼핑 데이트라는 녀석이다.

딱히 그 자체는 아무 문제가 없다. 매우 건전한 데이트다. 그래, 건전하다고 생각했는데…….

건전과 불건전은 종이 한 장 차이였다.

나는 지금 탈의실 앞에 있기 때문이었다.

아니, 탈의실 앞에 있는 게 곧 불건전하다는 건 아니지만. 탈의실 안에는 당연히 나나미가 있고, 그 안에서는 기분 좋은 콧노래와 희미하게 옷 스치는 소리가 들려왔다.

즐거워 보이는 건 좋은 일이지만, 얇은 천 한 장을 사이에 두고 저편에서 나나미가 옷을 갈아입고 있다고 생각하니 긴장됐다.

과거에도 여러 옷을 입은 나나미를 보거나, 노출이 많은 유카타 차림을 보거나, 아무튼 여러 일들이 있긴 했지만, 이렇게 가까운 거리에서 갈아입은 적은 한 번도 없지 않았을까. 있었나? 아마 없을 거다.

옷이 스치는 소리와 한껏 들뜬 나나미의 목소리. 여기 온 이유는 사실…… 나나미의 수영복을 사기 위해서다.

다 같이 바다 이야기에 들떠 있다가 이후 일정을 논의하게 됐는데, 이후에도 시간은 있으니 다 같이 수영장에 가지 않겠냐는 이야기가 나온 것이다.

하지만 다들 수영복을 가져왔을 리가 없었고, 나는 애초에 수영복을 가지고 있지도 않았다. 오늘은 어려웠기에 그대로 해산하는 줄 알았는데······.

"아, 그럼 수영복 사러 갈까? 이왕 이렇게 된 거 둘의 만남 기념으로 선물할게."

"좋네요, 저도 보탤게요."

소이치로 씨와 오리베 씨가 나란히 그런 제안을 해 왔다.

곧바로 수영복을 사서 그 길로 수영장 간다니. 얼마나 행동력이 강한 거야. 기세가 굉장하다.

그 후에도 여러 차례 실랑이는 당연히 있었다. 점심까지 사줬는데 그렇게까지 받는 건 미안하다는 이야기부터 의동생과 그 남자친구에게 선물 정도는 사게 해달라는 이야기까지, 그런 와중에 오토후케 씨와 카모에나이 씨는 이참에 자기 것도 사달라고 조르다가 거절당하기도 하고······.

굳이 언급하자면 인싸들의 추진력은 굉장했다. 정말로, 대화하면서 점점 도망갈 길을 막아 나간다. 압도된다.

결국 그 압력에 진 나와 나나미는 소이치로 씨의 차로 수영복을 사러 오게 되었다. 참고로 다른 장소에서 오토후케 씨네 커플도 수영복을 고르고 있다.

정말 이 뒤에 수영장에 가는구나……. 그래도 이미 시간이 꽤 지났는데 아직 하는 수영장이 있으려나?

나나미는 처음에는 저항했지만, 결국에는 어쩔 수 없다는 듯이 웃으며 받아들였다. 이렇게 억지를 부리는 건 늘 있는 일이라면서.

"미안해, 요신. 싫으면 싫다고 말해도 돼."

탈의실 안에서 그런 소리가 들려왔다. 나는 그 말에 당황하여 얼렁뚱땅 대답했다. 탈의실 안에서 들리는 목소리는 뭔가 두근거리네.

최종적으로 나나미는 작년에 산 수영복이 있지만 새로운 게 갖고 싶었으니 마침 잘됐다며 긍정적으로 생각하고 있었다. 1년마다 바꾸다니, 가꾸는 여자는 역시 다르다고 생각했는데…….

아니었다. 그것은 큰 착각이었다. 아니, 그것도 물론 있긴 하겠지만 나나미 같은 경우는 사정이 좀 달랐다.

"사실 작년 수영복이 좀 작아져서. 새로운 걸 갖고 싶었거든."

"그렇구나. 수영복은 1년 만에 그렇게 사이즈가 바뀌는 거야?"

"아니, 그…… 저기…… 가슴이 좀 안 맞아서……."

귀와 뺨을 주홍빛으로 물들인 나나미의 모습을 보고 내 섬세함 없는 발언을 즉시 반성했다. 아니, 1년 사이에 그렇게 자랐구나, 나나미…… 아니, 이런 말투는 안 돼. 뭔가 성희롱 같잖아.

어떻게 반응해야 할지 몰라서 내가 우물쭈물하고 있는데, 나나미가 눈짓으로 "서…… 성장기니까" 하며 입을 열었다. 아무래도 나나미 역시 생각보다 혼란스러운 듯했다.

설마 얼마 전에 농담으로 말했던 수영복을 이렇게 빨리 살 줄은 생각도 못 했다. 플래그를 회수하는 속도가 너무 빠르다. 평소와 같은 일일지도 모르지만, 조금 더 더워지고 난 뒤일 줄 알았는데…….

아, 지금 이 커튼 너머에는 수영복으로 갈아입고 있는 나나미가 있는 걸까……. 떠올리니 더욱 긴장된다. 만화 같은 데서는 수영복을 고르는 에피소드는 흔했지만, 실제로 나에게 닥칠 줄은 꿈에도 몰랐다.

나나미, 탈의실에 몇 벌 가지고 들어갔는데, 어떤 수영복을 골랐을까? 긴장은 되지만 역시 어떤 수영복을 입을지는 궁금했다.

그렇게 기대에 부풀어 있는데, 나나미가 커튼 너머로 빼꼼 얼굴만 내밀었다. 몸은 모두 가려져 있어 어떤 수영복인지 알 수 없다.

"일단 제1탄으로 이런 건 어때?"

그리고 나나미는 능숙하게 슉 하는 소리와 함께 목을 집어넣었다. 커튼을 그냥 열 줄 알았는데, 닫힌 커튼이 열리지는 않았다.

내가 고개를 갸우뚱하며 기다리고 있자, 커튼 너머로 나나미의 목소리가 들려왔다.

"요~신~, 빨리~."

……어? 빨리라니?

혼자 서 있는 내 고개가 점점 더 기울어지고 있는데, 이윽고 커튼 사이로 나나미의 손이 쑥 나와서는 그대로 손목을 앞뒤로 흔든다. 그 손짓은 마치 날 부르는 것 같았다. ……나더러 들어가라고?!

설마 나나미, 나보고 여기 얼굴을 들이밀라는 뜻인가?

나는 나나미의 손이 천천히 커튼 너머로 들어가는 걸 지켜보며 망설였다. 아니, 이래도 되는 거야? 그냥 커튼을 열면 되지 않을까?

그렇게 생각한 나지만, 즉시 나나미의 상황을 깨달았다.

그랬다, 나나미는 지금 수영복을 입어보고 있다. 그 와중에 커튼을 열어버리면 어떻게 될까? 수영복 차림을 한 나나미가 이 자리에서 드러나고 만다. 수영복 차림을 한 나나미가.

지금 이 자리에는 우리만 있는 게 아니다. 다른 남자 손님도 몇 명 있다. 얼굴도 모르는 남자에게 나나미의 그런 모습을 보여줘도 되는 건가? 될 리가 없지.

그러니 내가 나나미의 모습을 확인하기 위해서는 닫힌

이 탈의실에 얼굴을 들이미는 것이 가장 안전하고 합리적
이라는 결론이 되는 셈이다. 변명 종료.

……아니 뭐, 애초에 스스로한테 굳이 변명하지 않아도
나나미가 보라고 한 거니까 괜찮겠지만. 그래도 탈의실에
고개를 들이민다는 비일상적인 행위를 냉정하게 받아들이
기 위해서는 자신을 합리화할 필요가 있었다.

내가 고민한 시간은 정말로 아주 찰나의 시간이었을 것
이다.

하지만 나에게는 그 시간이 너무나도 길게 느껴졌다. 결
의는 했지만 긴장된다.

천천히, 천천히 나는 탈의실로 한 걸음 다가갔다. 뭔가
너무 느리게 움직이면 오히려 점원한테 수상한 사람이라
는 오해를 받을 것 같다.

"그, 그럼 볼게~."

"응, 들어와~."

수상한 사람이 아니라는 걸 어필하듯이 말하는데, 돌아
올 줄 몰랐던 대답이 돌아왔다. 그것 때문에 내 심장이 한
번 크게 뛰었다. 쿵 소리가 귀에 들릴 정도로 큰 소리가 난
기분이었다.

커튼 사이로 나는 얼굴을 넣었다. 하지만 바로 나나미를
보지는 못하고 시선은 아래를 향하고 있었다. 옷은 딱히
떨어져 있지 않았다. 당연한 건가. 아니, 나라면 탈의실에

서 벗은 옷은 바닥에 놔둘 것 같은데.

벗은 옷이라고 생각하니 다시 의식해 버리고 말았다. 그렇지, 옷을 벗고 있겠지.

"이 수영복 어때? 너무 무난한가?"

목소리가 난 방향으로 시선을 보내자 그곳에는 수영복 차림의 나나미가 있었다. 수영복은 오프숄더 비키니 같아 보였고 가슴 앞에 프릴이 달려 있었다. 확실히 이 프릴은 체형 커버를 위한 것이라는 말을 들은 적이 있는데, 나나미가 그것을 착용하자 가슴의 크기가 한층 도드라졌다.

흰색 바탕에 귀엽고 상큼한 느낌의 연분홍 무늬가 들어가 있다. 어깨가 완전히 드러나서 무난하다는 말을 납득할 수 없는, 헌팅이 걱정될 정도의 건강미 넘치는 색기가 느껴졌다.

그리고 아래쪽으로 시선을 보내자…….

같은 무늬의 하의를 바지 위에 입고 있었다.

"옷 위에 입은 거야?!"

나도 모르게 지적을 하고 말았다.

좁은 공간 안에서 갑자기 소리를 질러서 그런지 나나미가 움찔 몸을 떨며 놀라고 있었다. 응, 미안. 너무 예상 밖이라서. 설마 옷 위에 입었을 줄은.

어? 이게 일반적인 피팅인가?

"아…… 깜짝이야."

"아, 미, 미안. 무심코, 나도 모르게. 살짝 시……."

거기까지 말하고 나는 말을 일단 끊었다. 시…… 시. 응, 얼버무리지 말고 남자답게 말해둘까.

실망했어요!

수영복 차림의 나나미가 있는 줄 알았어요!

그래, 기대하고 있었다고, 젠장. 나도 건전한 고등학생이다. 탈의실 안에는 수영복 차림의 나나미가 있을 줄 알았는데, 옷 위로 수영복을 입어본 나나미가 있으면 아무래도 실망할 수밖에 없지. 이건 어쩔 수 없다.

"시……?"

놀라고 있던 나나미가 나의 마지막 말을 되풀이했다. 한마디뿐이라 듣지 못했을 줄 알았는데 들은 것 같다. 나는 살짝 핏기가 가셨다.

"시…… 시~?"

"나, 나나미, 그 수영복 잘 어울려! 색감도 더운 여름에 딱 어울리는 상쾌한 색이네!"

내가 무슨 말을 하려 했는지 추리를 시작하려는 나나미를 방해하듯 황급히 수영복을 평가했다. 하의는 바지 위에 입긴 했지만, 전체적인 실루엣은 알 수 있었다.

속옷 위에서라면 나도 실망 안 했을…… 아니, 아니야. 여기서 더 말하면 수습할 수 없게 된다.

나나미가 움직일 때마다 탑의 프릴이 흔들렸다. 저걸 프릴이라고 부르는 게 맞나? 그리고 그 흔들리는 프릴 아래로 언뜻 메인 수영복이 보이고 있었다.

"색감 좋지? 나도 이런 거 좋아해. 봐, 플레어 밑도 같은 무늬야."

"흐억?!"

나나미가 자연스럽게 가슴의 플레어…… 플레어라고 부르는 줄은 몰랐다. 아무튼 그걸 휙 젖혔다. 조금 전까지 가려져 있던 부분이 갑자기 노출되어 버려서 나는 이상한 소리를 내버렸다.

즐거운 듯 나나미는 그곳을 팔랑팔랑 움직이며 나에게 수영복의 전체상을 보여주었다.

"……저기, 잘 어울려."

나나미가 즐거워 보여서 다행이다. 일단 아까 한 발언은 잘 넘겼나? 이대로 화제를 돌려서 다음 수영복 이야기를…….

"정말? 옷 위에 입어서 실망한 거 아냐?"

들켰어?!

미소를 지은 채 그대로 굳어버린 나는 녹슨 기계가 억지로 움직이는 것처럼 어색하게 고개를 돌려 나나미의 표정을 살폈다.

그녀는 그 얼굴에 진심으로 기쁜 듯, 깊은 미소를 짓고 있었다. 입가는 크게 호선을 그렸고, 눈은 기쁨과 기대의 빛을 발하고 있다. 오늘 중 가장 근사한 미소였다. 태양 같은 미소다.

나는 좀 더 둘러댈 만한 말을 다시 한번 하려다…… 포기했다.

"네, 조금 실망했어요……."

"솔직해서 좋아!"

나는 고개를 아래로 떨궜고, 나나미는 손을 뻗어 착하지~ 하며 아이를 달래듯 쓰다듬었다. 내가 고개만 내민 상태라 그런지 나나미는 조금 몸을 앞으로 굽히고 있었다.

거기서 가슴 언저리가 힐끔 보였는데, 나나미는 아무래도 튜브 톱도 착용하고 있는 듯했다. 위도 아래도 옷 위로 수영복을 입었나?

주위를 살펴보니 들여온 수영복 외에는 오늘 입었던 상의만 옷걸이에 걸려 있다. 처음부터 주의를 기울여 봤더라면 옷이 그것밖에 없다는 것을 알아차렸을 것이다.

……아니, 눈치채지 못했으려나. 탈의실에 얼굴만 들이민다는 이 이상한 상황에서 냉정할 순 없었을 테니까.

분명 나의 이 결과는 필연이었을 것이다. 뭔가 멋지게 말하는데 전혀 멋지지 않다.

"그보다 수영복은 직접 입는 게 아니라 옷 위에 입는 거구나. 몰랐어."

"보통은 속옷 위에 입어. 아무래도 직접 입지는 않지."

수영복을 입어본 적 없는 나에게 나나미가 준 정보는 신선했다. 보통은 속옷 위에 입는구나······.

근데 잘 생각하면 그렇긴 하네. 파는 물건이니 피부에 직접 닿는 건 좀 그렇겠다. 바로 살 거라면 몰라도 그렇지 않은 경우도 있을 테니까.

가끔 만화나 애니메이션 같은 곳에서 직접 입어보는 전개가 있긴 하지만, 이는 어디까지나 연출이라는 건가. 음, 오랫동안 품어왔던 궁금증이 해소되었다고 할지, 낭만이 하나 사라졌다고 할지······. 어쨌든 한 가지 공부가 됐다. 도움이 됐는지는 모르겠지만.

거기서 나에게는 문득 새로운 의문이 생겼다.

"왜 오늘은 속옷 위에 안 입었어?"

"어?"

아까 나나미는 말했다. 보통은 속옷 위에서 수영복을 입어본다고. 하지만 지금의 나나미는 옷 위에 수영복을 입고 있다. 그렇다는 건 보통은 하지 않는 행동이라는 거다.

조금 신경이 쓰인 정도라 물어본 것뿐인데······ 잘 생각하면 이거 성희롱일지도 몰라.

그런 생각이 든 것은 나나미의 얼굴이 순식간에 붉어졌기 때문이다.

"아, 아니야! 잊어줘."

나는 고개를 숙이며 아까 한 질문을 취소했다. 응, 아까까지 웃고 있던 나나미가 이미 새빨개진 채로 머뭇거렸다. 두 손을 모으고 어딘가 말하기 어려운 듯 아래를 보고 있다.

그리고 고개를 든 나나미는 작게…… 입가를 손으로 가리며 중얼거렸다.

"그게…… 커튼 너머에 요신이 있다고 생각하니까…… 여기서 속옷 차림을 하는 게 부끄러워져서……."

머리를 한대 얻어맞은 듯한 충격을 받았다. 아니, 너무 귀엽잖아, 내 여친. 여기가 탈의실 안이 아니었다면 소리쳤을지도 모른다. 나도 모르게 소리칠 뻔한 충동을 참아낸 자신을 칭찬해주고 싶다.

아까 나는 커튼 너머로 나나미가 옷을 갈아입고 있다는 생각에 긴장하고 있었다. 그런데 그건 나나미도 마찬가지였구나.

"펴, 평소였다면 아무렇지도 않지만 말이야! 탈의실 안에서 벗는 거!"

"그, 그렇구나?"

"오늘은 위에도 튜브였고 아래도 얇은 걸 입고 왔으니까 이대로도 괜찮을까 싶어서! 그래서 위에도 제대로 입고 있어?!"

나는 나나미가 그 행동을 취하는 순간 눈을 돌렸지만, 혼란에 빠진 그녀는 수영복 상의를 살짝 젖혀 그 아래의 튜브를 보여주고 있다. 굳이 보여주지 않아도 돼!

내가 눈을 돌린 것을 보고 나나미는 뒤늦게 정신을 차린 것인지, 금세 옷 스치는 소리가 귀에 닿는다. 아무래도 원래대로 되돌린 것 같다. 어쩐지 이렇게 당황한 나나미를 보는 건 오랜만인 것 같다.

잠시 탈의실 안에서 침묵의 시간이 이어졌다. 고개만 들이민 채 입을 다물고 있어도 괜찮은 걸까. 나는 공기를 바꾸기 위해 입을 열었다.

"그…… 다음 수영복은 어떤 걸 골랐어?"

좋지 못했다. 아니, 결과적으로 침묵은 사라졌지만, 그래도 좋지 않은 발언이었다고 생각한다.

"다, 다음은 이거……?"

다시 정신을 차린 것인지, 탈의실에 가지고 온 수영복을 눈으로 훑지도 않고 나에게 보여주었다……. 아마 원래라면 가장 마지막에 입지 않았을까 생각되는 수영복을.

끈에 아주 작은 천이 달린 수영복.

왜 이런 수영복이 매장에 있나 싶을 정도로 작은 수영복이다.

그 수영복이 나와 나나미 사이에 놓인 순간…… 우리의 시간은 또다시 멈췄다.

다시 정적이 찾아온 탈의실 안에서 그 침묵을 깬 것은 나나미였다. 푸르르 강아지처럼 몸을 떤 나나미가 눈을 빙글빙글 굴리더니 눈물을 글썽이며 외쳤다.

"······아니야!"

아무것도 아닌 게 아닌 그 외침은 조용한 탈의실 안에 메아리쳤다.

"나나 녀석은 어떤 수영복으로 골랐어?"

"사실 마지막에 뭘 선택했는지는 비밀이라는 말을 들어서······."

"미스마이 군도요? 아유미도 그러더라고요."

"하츠도 똑같아. 그냥 알려줘도 상관없지 않나?"

그렇게 말하면서도 소이치로 씨는 안절부절못하고 있다. 오리베 씨도 그렇고, 당연하지만 나도 그랬다. 아니, 내가 안절부절못하는 건 자리의 분위기 때문일지도 모른다.

그 후 나도 나나미도······ 당연하지만 오토후케 씨와 카모에나이 씨도 무사히 수영복 선택을 마쳤다.

아까 소이치로 씨에게 말했듯이 최종적으로 나나미가 어떤 수영복을 선택했는지 나는 모른다. 거기는 서프라이즈로 하고 싶다고 했다.

나나미는 다양한 수영복을 입어보았다. 원피스 타입이나 비키니 같은 것부터 시작해서 그야말로 완전 끈이 아닌가 싶은 것까지. 다 옷 위에 입긴 했지만, 나나미는 대강 입어서 보여주었다.

그 중 어느 것일까……. 묘하게 긴장감이 더해간다.

처음에는 옷 위에 입은 것을 보고 실망했지만 단순히 옷 위라도 수영복을 입어보는 것은 굉장한 일이었다. 피부에 직접 닿는 게 아니라서 그런지 대담한 걸 보여주는 것에 거부감이 없는 듯했다. 끈 같은 건 확실히 수영장에서 입을 만한 건 아니었다.

왜 그런 것까지 갖추고 있을까 하는 생각이…….

아, 내 수영복은 대충 골랐다. 딱히 내 수영복에 대해서는 아무래도 상관없었다. 사이즈만 대충 알면 입어볼 생각도 없었으니까.

그러면 재미없다고 하며 나나미가 골라주긴 했지만. 반바지 타입으로 된, 나였다면 고르지 않았을 푸른 그러데이션에 바다 모양이 그려져 있는 것이었다.

그리고 우리는 지금…….

"요우, 꽤 몸에 근육이 있네."

"네, 근력 운동이 취미라서……. 소이치로 씨는 알고 있긴 했지만. 오리베 씨도 꽤 근육질 체형이네요."

"저는 다이어트를 했거든요. 사실 아유미한테는 반응이 별로 안 좋았지만요."

이런 맥락 없는 대화를 나누면서 우리는 각자의 여자친구를 기다리고 있었다.

정확히는 수영복으로 갈아입고 나올 그녀들을 기다리고 있다.

아…… 긴장된다. 익숙할 것 같던 소이치로 씨나 오리베 씨도 긴장했다. 그래서 더 긴장되는 걸까. 아까부터 남자 셋이서 수영복 차림으로 나란히 서성거리고 있다.

그랬다. 여긴 이미 수영장이다. 그것도 그냥 수영장이 아니다…….

나이트풀이다.

세상에…… 설마 내가 이런 곳에 오게 될 줄이야. 나도 모르게 힘을 주고 말았다. 이런 곳이라고 하긴 했지만, 사실 나이트풀이 뭔지 처음에는 몰랐다.

이름만 들으면 밤에 하는 수영장이라는 인상밖에 없었는데……. 뭐, 그 말도 어떻게 보면 틀린 건 아니다. 하지만 수영이 메인이라기보단 이렇게 느긋하게 노는 게 메인인 수영장이랄까.

말로 설명하기가 어렵네.

수영장 내부에서는 어두운 조명, 이런 걸 간접 조명이라고 하나? 아무튼 다양한 색의 빛이 수영장을 수놓고 있다. 어둡지만 화려한, 모순되는 광경이다.

어두워서 조명이 선명하게 시야에 들어온다고나 할

까……. 그래, SNS에 올리는 장소로 인기가 많다고 한다. 셀카 명소 같은 건가. 잘은 모르겠지만.

그런 장소에 고등학생이 와도 되는 걸까 했는데 아무래도 딱히 문제는 없는 것 같았다. 뭐, 이번에는 보호자가 있으니까 문제없는 거겠지. 그렇게 생각했더니 딱히 고등학생만 와도 상관없다고.

컬쳐 쇼크다. 다행히 시기적으로 좀 빨라서 그런지 사람도 많지는 않았다. 여자를 헌팅하는 남자들도 언뜻언뜻 보이긴 했지만, 그런 사람들은 직원들에게 제지를 받았다.

무질서해 보이지만 어느 정도 질서는 갖춰져 있는 것 같다.

우리는 주위를 둘러보면서 맥락 없는 이야기를 이어갔다. 무슨 말을 했는지 딱히 기억이 나지 않는 이유는 그 후의 임팩트가 너무 강했기 때문일까…….

불시에 누군가가 말을 걸어왔다.

"거기 멋진 오빠들…… 누구 기다리는 사람 있어요?"

"괜찮으면 우리랑 놀지 않을래요? 파릇파릇한 고등학생인데~?"

등 뒤에서 들려온 그 목소리는 귀에 익은 목소리였다. 소리가 들린 순간 모두가 얼굴을 마주 보며 쓴웃음을 지었다.

과장된 어조로 헌팅을 하듯 말을 걸어온 것은 당연하지

만 그녀들이었다…….

"너희, 늦었잖…….."

"아유미, 그런 식으로 말하는 건…….."

돌아선 두 사람은 동시에 말문이 막혀 버렸다. 아무래도 자신의 여자친구를 보고 완전히 넋이 나가버린 듯했다. 그 마음은 잘 안다. 나도 돌아서서 깜짝 놀랐으니까.

거기에는 당연하게도 수영복을 입은 두 사람이 서 있었다.

오토후케 씨는 대담하게 새까만 비키니를 입고 있었다. 목 뒤나 고정하는 부분을 끈으로 묶어 어딘가 아슬아슬한 위태로움과 압도적인 어른스러움을 온몸으로 풍기고 있었다. 허리에 손을 얹고 포즈를 취한 채, 한 손을 이쪽으로 향하고 있다.

카모에나이 씨도 비키니였지만, 오토후케 씨와는 대조적으로 형광색이라고 할까, 어둠에서도 비키니가 빛을 반사해서 마치 발광하고 있는 것처럼 뚜렷하게 보였다.

아래는 작은 데님 원단의 팬츠로 비키니인 하의가 언뜻 보였다. 이쪽도 포즈를 취하고는 오토후케 씨와는 반대쪽 손을 우리를 향해 뻗고 있다.

둘 다 굉장히 대담하네……. 아니, 스타일은 정말 좋지만. 스타일이 잘 드러난 수영복이라는 건가? 남의 여자친구이니 너무 빤히 보지는 않았지만.

어? 나나미는 어디에 있지……?

"자, 나나미도. 앞으로 나가."

"얼른~ 헌팅해야지~."

내가 그런 의문을 가진 타이밍에 두 사람이 뒤에 숨어 있던 나나미를 앞으로 내밀었다. 어두운 데다 두 사람 뒤에 숨어 있어서 보이지 않았던 것 같다.

나나미는 천천히, 아주 천천히 앞으로 나왔다. 같은 쪽의 손과 발이 함께 나오고 있다…….

삐걱삐걱 로봇 같은 움직임을 한 그녀가 두 손을 들더니, 나를 올려다보며 약간 떨리는 목소리로 그 두 손을 뻗어왔다.

"저기, 그러니까…… 오, 오빠? 괜찮다면 나랑…… 같이 놀지 않을래요……?"

쭈뼛쭈뼛 다가온 나나미의 모습이 가진 파괴력은…… 역대 최고였다.

나는 그녀의 온몸을 시야에 담았다.

그녀의 수영복은 흰색 비키니였다.

흰색은 보통 청초한 이미지인데, 흰색 비키니는 청초함을 유지하면서 폭력적인 색기를 뿜어냈다. 비키니 아래로는 파란색의 작은 비키니 끈이 흔들거렸다.

매장에서 입어봤던 것 중에 있었던 레이어드 비키니. 디자인을 레이어드처럼 하는 것도 있지만, 이건 실제로 덧대어 입는 타입이었다. 그런 수영복이 있는지도 처음 알았다.

솔직히 들었을 땐 왜 굳이 이중으로 수영복을 입는 건가 했는데, 이걸로 납득했다. 언뜻 보이는 아래 수영복이 무척 섹시했다.

머리 모양은 땋은 머리 아래로 포니테일이 흔들리고 있다.

그런 그녀가 나를 헌팅했다. 아니, 헌팅은 장난이지만, 이건 반칙이다.

뭐야, 이거? 천사인가? 소악마인가? 아니면 뭔가 다른 요정이나 판타지적인 존재인가? 눈앞이 너무나도 현실과 동떨어져 있어서 심지어는 환상적이기까지 했다.

와, 귀엽다거나, 예쁘다거나, 온갖 칭찬의 말이 계속 쏟아진다. 무슨 말을 해야 하지.

"……뭐, 뭐라고 말 좀 해."

할 말이 너무 많아 침묵해 버린 나에게 나나미가 굳은 채로 작게 항의했다. 가위눌림에서 간신히 풀려난 사람처럼 퍼뜩 정신을 차린 나는 그대로 그녀의 뻗은 손을 잡았다.

"얼마든지. 나나미, 수영복 정말 잘 어울려. 너무 귀여워서 잠시 말을 잃었어."

웃는 얼굴로 칭찬을 하자 나나미는 펑 하는 소리가 날 정도로 단번에 얼굴이 붉어지더니, 곧이어 기쁜 듯 만면에 화사한 꽃 같은 웃음을 지었다.

보기만 해도 사르르 녹을 것 같은 그 미소에 나도 더 깊게 미소 지었다.

주위의 어둠을 비추는 빛이 수영장뿐만 아니라 그녀도 비추고 있기 때문일까. 나나미의 모습이 어딘가 요염해 보이기도 했다. 나이트풀이라는 비일상적인 장소도 영향을 미치고 있는 것 같다.

"에, 에헤헤……."

웃던 그녀가 그대로 나에게 다가가려다가 잠시 망설였다. 하지만 그 망설임도 잠시, 슥 하고 한 걸음만 내게 다가온다. 어, 왜 그러는 거지?

내 의문을 느낀 것일까. 한 걸음 다가온 나나미가 눈썹을 늘어뜨린 채 내 손을 만지며 겸연쩍게 웃었다.

"음…… 안고 싶었는데 수영복이라 피부가 바로 닿아서……."

그렇군.

응, 그렇지. 나로서도 피부와 피부가 닿는 건 기쁘지만 좀…… 수습 불가능한 일이 되어 버릴 것 같다. 나도 그걸 상상하고 볼을 붉혔다.

"요신도 수영복 잘 어울린다. 멋있어."

우리는 마주 보며 우리는 서로 수영복을 칭찬했다. 내 얼굴이 한심하게 풀어졌다. 이런 말을 듣고 헤실거리지 않을 사람이 있을까?

둥실거리는 행복한 기분에 젖어 있는데 불현듯 시선을

느꼈다. 나나미가 주목을 받는 건가 했더니…….

"와우……, 의동생의 여성적인 모습을 보니까 좀 민망하네……."

"흠. 이 두 사람은 늘 이런 느낌인가요?"

아뿔싸, 깜빡했다. 여기 다 있었다는 걸.

나도 나나미도 손을 잡은 채로 모두에게서 시선을 돌렸다. 오토후케 씨와 카모에나이 씨는 웃고 있었지만, 소이치로 씨들은 입을 떡 벌리고 있었다. 좀 불편했나?

오토후케 씨도 카모에나이 씨도 그런 남자친구들의 모습을 보고는 히죽히죽 웃더니, 자신들의 몸을 딱 붙인다. 맙소사. 나나미가 한참 망설였던 일을 깔끔하게 해내는구나.

"봐, 오빠도 내 섹시한 수영복을 보고 뭐 할 말 없어?"

"봐봐~ 어때~? 잘 어울리지~? 참고로 아래는 이런 느낌이야~."

오토후케 씨는 소이치로 씨에게 착 달라붙었고, 카모에나이 씨는 데님 원단의 팬츠를 살짝 걷어 수영복 아래를 보여주고 있었다. 이거, 내가 보면 안 되는 거 아닌가?

"……하츠, 노출이 너무 많은 거 아냐?"

"아유미, 숙녀가 그러는 거 아니에요. 수영복을 입었어도, 아니, 입었으니까 더 조심해야죠."

"그게 아니지!"

수줍음을 감추듯이 나온 두 사람의 말에 오토후케 씨와

카모에나이 씨가 나란히 볼을 부풀리며 반박했다. 평소 학교에서 보던 어딘가 어른스러운 모습과는 다른, 남자친구에게 아이처럼 어리광을 부리는 모습이 그곳에 있었다.

학교 사람들한테 말해도 믿지 않을 것 같은 광경이다. 나도 지금 내 눈으로 보고 있지만 믿을 수가 없다. 둘 다 그 나이대에 맞는 평범한 여자아이라는 느낌이다.

와자지껄 떠드는 네 사람을 보고 있는데, 나나미가 문득 뺨을 꼬집어왔다.

"요신, 너무 보잖아. 두 사람 수영복 차림이 그렇게 신경 쓰여? 내 거 봐."

"아냐, 아냐. 저런 두 사람을 본 적이 없어서 놀라서 그래."

"아, 그렇구나. 요신은 처음 보겠네. 둘 다 남자친구 앞에서는 대부분 저런 느낌이야. 보통이야, 보통~."

저게 보통인 건가.

잠시 네 사람을 보고 있자, 결국 싸움에서 진 소이치로 씨와 오리베 씨가 에두른 칭찬의 말을 두 사람에게 보냈고, 만족한 오토후케 씨와 카모에나이 씨는 더더욱 두 사람에게 달라붙었다.

"그럼 이제부턴 각자 행동하기로 할까. 도중에 합류해도 되지만, 역시 둘이서……."

"에엥? 나도 요우랑 같이 놀고 싶은데……."

말하자마자 소이치로 씨는 오토후케 씨에게 귀를 잡혔

다. 오토후케 씨는 단둘이 있고 싶은 걸 테고, 소이치로 씨는 아마 민망함을 감추려고 그러는 거겠지. 아까부터 얼굴이 좀 빨갛다.

카모에나이 씨 쪽은 우리는 전혀 개의치 않고 둘이서 잘 꽁냥거리고 있는 것 같다. 아니, 카모에나이 씨가 너무 적극적으로 들이대서 오리베 씨가 곤란해하고 있다는 게 정확한 표현일까.

저기, 다들 카모에나이 씨 쪽은 무시하는데 그래도 돼? 괜찮아? 뭔가 요괴처럼 껴안고 있는데. 오리베 씨, 용케 견디고 있구나…… 존경스럽다.

"죄송합니다. 저도 이왕이면 오늘은 나나미와 둘이서 놀고 싶어서……."

"그럼 안녕~, 다들 나중에 봐."

"젠장, 오늘은 나나한테 양보해야 하나……. 두 사람 다 만약 이상한 놈이 오면 꼭 불러라~."

"둘 다 조심하세…… 아, 아유미! 스톱! 잠깐 스톱! 진정하세요!"

우리는 모두의 배웅을 받고 발길을 돌려 걷기 시작했다. 조금 나아갔을 때 힐끔 시선을 뒤로 향하자 오토후케 씨가 어딘가 감격스러운 얼굴로 소이치로 씨를 껴안고 있었다.

제대로 된 칭찬을 했나? 오토후케 씨는 행복해 보인다. 카모에나이 씨는…… 어느샌가 사라졌다. 괜찮을까……?

뭐, 오래 알고 지낸 그들을 내가 걱정하는 것도 이상한가. 나는 나대로 나나미를 제대로 에스코트해야지. 그런 생각으로 힐끔 옆에 있는 나나미를 보는데…….

뭐야, 이 걷고 있는 것만으로도 거룩한 존재는. 여신인가? 천사를 넘어서서 그냥 여신 아냐?

정말 붐비지 않은 게 다행일지도 모른다. 같이 걷는 것만으로도 주목의 대상이었겠지.

몸은 좀 떨어진 채 손을 잡고 같이 걸었다. 평소 같으면 닿을 정도로 가까운 거리에서 걸을 텐데, 오늘은 피부가 노출돼서 그런지 거리가 있다.

새삼스럽게 생각하는 거지만, 옷은 가드 성능이 굉장히 높은 거였구나……. 아니, 무슨 생각을 하는 거야. 하지만 옷이 없으면 어깨와 어깨가 직접 닿잖아? 얇은 천을 거치지 않는다는 것만으로도 접촉이 몹시 늘어난다.

지금부터 나는 굉장히 최악의 말을 할지도 모르지만, 부디 용서하기를 바란다. 응, 누구한테 변명하는 걸까, 나는.

아니, 나나미 옆을 걷는 것만으로도 너무 즐겁다. 즐겁고, 그래서 너무 귀여운 여자친구를 계속 바라보는 건 어쩔 수 없는 일이라고 생각한다. 그러니까 이 말은 좀 봐줬으면 좋겠다…….

흔들리는 건, 가슴만이 아니었구나…….

아니, 진짜 미안해. 변명을 하자면 이건 우연이다.

옆을 걷는 나나미를 보며 나는 그녀의 그…… 가슴이 흔들리는 걸 되도록 보지 않으려고 노력했다. 그래서 시선을 최대한 가슴이 아닌 곳으로 돌리기 위해 의식했다.

그러다 보면 이렇게 뒤로도 시선이 가게 된다. 그랬더니 엉덩이가 흔들리는 아주 충격적인 광경이 시야에 들어왔다.

가슴도 엉덩이도 수영복이 단단히 받쳐줘서 그런지 그렇게 크게 흔들리지는 않는다. 하지만 확실히 흔들림은 일어나고 있다.

정말 깜짝 놀랐다. 평소 같으면 절대, 절대 몰랐을 거다. 이것은 수영복이기 때문에 알게 된 사실이다. 또 지식이 늘어났다.

새로운 지식에 감탄하고 있던 나는 한 가지 사실을 잊어버리고 있었다. 여성은 남성의 시선을 민감하게 느낄 수 있다는 사실을.

"요~신~? 어디를 보는 걸까~?"

가슴 언저리를 꾹꾹 찔러오는 손길에 나는 몸을 움찔했다. 그녀가 치아를 드러내며 웃고는 그대로 손가락 끝을 빙글빙글 움직였다. 뭔가 피부에 직접 당하니까 느낌이 이상하다.

"요신은 가슴뿐만 아니라 엉덩이도 좋아하는구나. 변태……."

"아니, 그, 그건 그러니까……."

정확히 내가 어디를 보고 있었는지 알아맞히고 만다. 어쩔 수 없잖아, 전에도 말했지만 움직이는 것에는 아무래도 시선이 가버린다고.

허둥대며 아무런 변명도 하지 못하는 나에게 나나미가 조금 기쁜 얼굴로 웃어 보였다.

"농담이야. 가슴만 보지 않으려고 노력한 거지? 딱히 신경 쓸 필요 없는데. 모처럼 수영복을 입었으니까 마음껏 봐도 돼."

내 가슴에 대고 있던 손가락을 뗀 나나미는 그 손가락을 자신의 가슴께로 가져갔다. 꾸욱 하고 자신의 손가락으로 가슴을 누르자 곡선이 아주 약간 바뀐다. 그 모습에 나는 숨을 헉 들이켰다.

꾹꾹 몇 번 누르더니 손가락을 뗀다. 나는 너무 부끄러운 나머지 그대로 손으로 얼굴을 덮어버렸다.

나이트풀과 수영복 조합이 만든 해방감 때문인지 나나미는 무척이나 대담해진 듯했다.

"나나미, 그렇게 유혹하는 짓을……."

"요신이야말로……."

어? 나 딱히 유혹할 만한 행동은 안 했는데? 난 그런 꽃

미남 같은 짓은 절대 불가능하다. 대체 무슨 뜻이지……?
내가 고개를 갸우뚱하자 말을 멈춘 나나미가 황급히 입을
가렸다.

잠시 그대로 멈추나 싶더니, 천천히 입을 가리고 있던
손을 떼고는…… 마치 나쁜 짓을 한 아이가 그 죄를 고하
는 것 같은 모습으로 중얼거린다.

"요신은 상체를 다 벗고 있잖아……. 나도 어디에 눈을
둬야 할지 모르겠어……."

그녀는 말을 마치고는 다시 얼굴을 가려버렸다. 어둠 속
에서 희미하게 보이는 얼굴은 다양한 색깔의 불빛으로 봐
도 한눈에 알 수 있을 만큼 붉어져 있었다.

그야…… 상반신은 수영복이니까 물론 아무것도 입지
않았지만……. 갑자기 난 자신의 모습이 부끄러워졌다. 하
지만 내가 몸을 숨기는 것도 이상한데…….

"수, 수영복이니까 어쩔 수 없지! 남자는 기본적으로 위
는 벗고 있으니까!"

나는 애써 밝게 웃는 얼굴로 나나미를 옹호하는 것인지
알 수 없는 말을 지껄였다. 응, 봐…… 남자는 기본적으로
위에 아무것도 입지 않잖아.

"어, 어쩔 수 없는 거지?!"

"응, 맞아. 그러니까 그, 나나미도 익숙해질 수 있게 많
이 봐도 돼, 뭣하면 만져도 되니까."

두 팔을 벌리면서 농담처럼 말했는데, 그 순간 나나미의 눈이 조금 반짝 빛났다. 아니, 빛 반사 때문에 그렇게 보였을지도 모르지만.

"……그래도 돼?"

그 한마디를 입에 담더니, 나나미가 한순간 멈췄다. 나도 그에 따라 멈춰 서서 나나미 쪽을 응시했다. 잠깐 기대를 담은 눈빛을 한 나나미는 그 표정을 순식간에 지워버렸다.

어쩐지, 농담이라고 하기 힘든 분위기다. 그대로 나나미가 내 몸을 만지는 건가 했는데…… 아니었다.

"아, 튜브 무료로 대여해준다. 요신, 수영장용 튜브 빌려볼래?"

"으응, 그럴까."

나나미는 튜브 대여 접수처를 발견하고는 종종걸음으로 달려갔다. 손을 잡고 끌려가는 그 뒤를 따라가는 형태가 되었다. 튜브, 튜브라.

내 이미지 속의 튜브는 도넛 모양으로 되어 있는데, 거기서 대여한 건 좀 달랐다. 무슨 보트라도 되는 양 꽤 큼직해서 위에 탈 수 있었다. 이것도 튜브라고 부르나?

자세히 보니 수영장 위에는 빛나는 공 같은 것이 떠 있었고, 그 주위로 튜브를 탄 여자가 그와 함께 둥둥 뜬 채 여유롭게 떠다니고 있었다.

물속에 있는 사람은 거의 없네. 수영하는 사람이 전혀

없다. 아무래도 나이트풀의 놀이 방식은 수영보다는 좀 더 여유로워 보였다.

나나미와 함께 튜브를 대여해서 그것을 수영장 위에 띄워 보았다. 비교적 넓어서 이 정도의 튼튼함이라면 두 사람 정도는 문제없이 탈 수 있을 것 같았다. 중심을 잃으면 떨어질지도 모르지만.

내가 먼저 수영장 안에 들어가고 나나미도 같이 따라 들어왔다. 수영장의 물은 그렇게 차갑지 않고 조금 미지근한, 딱 적당한 온도였다. 오랜만에 수영복을 입은 채 젖는 감각에 그리움을 느끼며, 이제 튜브를 타볼까 하는 생각이 든 순간이었다.

내 배 주변에 따뜻한 무언가가 닿았다. 그 무언가는 내 등 뒤에서 다가왔고, 온기는 배에서 허리…… 허리에서 등으로 서서히 퍼졌다.

물의 온도와 그 부드러우면서도 따뜻한 무언가와의 온도 차이로 인해 어지러울 지경이었다. 어쨌든 이 자리에서 따뜻할 만한 건 하나밖에 없었으니까.

"나나미……?"

그래. 물속에 들어간 나나미가 나에게 딱 몸을 기댄 채 배에 손을 두른 것이다. 그녀는 말없이 내 배에서 명치 근처로 손을 움직였다. 오싹오싹한 감각에 온몸이 저릿해지는 기분이었다.

"만져도 된다고 했으니까. 조금만……."

그녀의 입술이 내 귓가까지 다가와 있었다. 귓가에서 속삭여서 그런 걸까, 그녀의 숨소리까지 내 귀에 닿아 더욱 오싹한 무언가가 찌르르 올라왔다. 내 반응이 재미있는지 나나미는 그대로 귓가에 얼굴을 대고 키득키득 웃었다.

수영복을 입은 채 딱 붙어있는데도 의식은 온통 귓가로 쏠려 있었다. 물의 차가움, 그녀의 따뜻함, 내 몸을 만지고 있는 그녀의 손바닥…… 수영장의 물 온도 덕분에 어떻게 든 냉정함을 유지할 수 있었다.

"근육이 있어서 단단할 줄 알았는데 의외로 부드럽네…… 힘주면 단단해지려나? 힘 좀 줘봐~."

"이, 이렇게?"

"아, 단단해. 굉장하다, 배가 따듯하고 단단해. 이상한 느낌이야."

귓가에 대고 말하며 나나미는 즐거워했다. 배에 힘을 주긴 했는데, 그녀가 말할 때마다 그 힘이 자꾸만 빠질 것 같았다.

아주 오랫동안 나나미가 만지고 있다고 생각했는데, 사실 그렇게 시간은 지나지 않았다. 그녀가 떠나기까지의 시간은 겨우 몇 분 정도다.

그녀가 나를 떠나는 순간 약간의 아쉬운 마음과 안도감이 내 가슴에 찾아왔다. 몇 번을 경험해도 이 피부의 온기가 사라지는 상실감은 낯설다. 하지만 더 이상 만지지 않았다는 것에 남몰래 가슴을 쓸어내렸다. 남자의 인내심적인 의미로.

그리고 나서 나는 이 상황을 넘기기 위해 튜브를 타려다가…… 엎어졌다.

당연한가. 물에 뜬 상태의 튜브를 물속에서는 못 타겠지. 아니, 튜브라기에 물속에 들어가는 줄 알았는데.

튜브 위에서 떨어져 머리까지 흠뻑 젖어버린 나는 그대로 바로 몸을 일으켰다. 온몸이 물에 젖는 건 정말 오랜만이다. 나나미는 내 옆에서 깜짝 놀란 얼굴을 하고 있었다.

"……물속에 들어가기에 유혹하려고 그러는 건 줄 알았어."

그래서 같이 물속에 들어온 건가. 전혀 그럴 생각은 없었는데.

"아니, 물속에서는 못 타는구나. 몰랐어."

"요신은 가끔 맹한 부분이 있지."

나의 말에 나나미가 크게 웃었다. 나도 그 모습을 보고 웃어버린다. 한바탕 웃던 나나미가 그대로 수영장에서 올라갔다. 물에 젖은 그녀의 몸은 왠지 아까보다 더 요염해 보였다. 그녀의 피부 위로 둥근 모양의 물방울이 주르륵 흘러내렸다.

등에 묻은 물방울이 그대로 아래로 흘러 허벅지에서 수

영장까지 떨어졌다. 떨어진 물방울은 수영장의 수면에 파문을 일으켰다.

"이렇게 타는 거야."

수영장 앞에 선 나나미를 나는 수영장 안에서 올려다보았다. 아래에서 그녀의 매끄러운 몸을 바라보고 있는데, 그녀가 튜브를 풀 사이드에 기대고는 그 위에 수월하게 올라탔다.

그렇구나, 그렇게 타는 거구나. 나도 나나미를 따라서 수영장 사이드에 올라갔다.

튜브 위에는 마치 인어처럼 앉아 있는 나나미가 있다. 그녀는 내가 풀사이드에 올라간 것을 확인하더니 윙크를 하며 나에게 손을 내밀었다.

"자, 이리 와."

수영복 차림의 나나미가 튜브 위에 앉아 있다. 그저 그것뿐인데 마치 예술작품 같다. 몸에 묻어 있던 물방울은 그녀의 몸에서 미끄러져 내려와 튜브 위에 고여 그곳에 작은 수영장을 만들었다. 그러다 그녀가 움직이면 통통 물방울이 튀어 그녀의 몸을 다시 적신다.

근처에 떠 있는 희미하게 빛나는 공이 수면 위에서 나나미를 비추었다. 수면 위에도 그녀의 모습이 은은하게 반사되고 있었다. 수줍어하는 그녀의 미소를 보자 어쩐지 감동으로 울컥한 마음이 들었다.

귀엽다거나, 예쁘다거나, 좋아한다거나, 여러 복잡한 마음이 뒤죽박죽 섞였지만, 그 마음이 전부 다 행복하게만 느껴졌다.

그리고 이쪽으로 오라며 손짓하는 그녀를 보고 나는 그대로 발을 내디뎠다. 튜브 위에 타는 건 처음이었다. 조마조마한 마음으로 한 걸음 걸어가…… 튜브 위에서 균형을 잃었다.

성대하게 잃은 건 아니고 정말 잠깐이었다. 하지만 다행히 튜브는 뒤집히지 않았고, 나는 무사히 나나미에게 안길 수 있었다.

정면으로 수영복 차림인 나나미에게 안기자 당연히 피부가 맞닿았다. 그대로 힘이 빠져 주저앉자 튜브 위에서 그녀에게 몸을 겹친 자세가 되고 말았다.

힘이 빠지다니, 내가 생각해도 너무 한심하다. 서로의 심장 소리가 또렷하게 느껴졌다. 내가 두근거리는 것과 같은 마음인지 그 이상으로 나나미도 두근거리고 있었다.

피부와 피부를 겹치면 이렇게 직접 알 수 있구나. 옷 위에서 껴안았을 때보다 더 확실하게 느껴졌다. 시원한 물, 따뜻한 그녀의 피부, 그리고…… 그녀의 고동. 모든 것이 선명하다.

약간 고개를 들자 나나미의 얼굴이 바로 지척에 있었다.

나와 나나미는 서로 몸을 겹친 채로…… 어쩐지 우스워

져서 웃고 말았다.

그리고 나나미는 아까 그 헌팅 대사를 다시 꺼냈다.

"젖은 것도 잘 어울리는 오빠, 괜찮다면 나랑 수영장 위에서 잠깐 쉬지 않을래요?"

아까보다도 더 부드럽게, 더 자연스럽게 그런 말을 하는 나나미는 내 밑에서 윙크했다. 나도 그 말에 다시 대답했다.

"얼마든지."

튜브가 둥둥 떠 있다. 우리를 태운 튜브가 수영장 안의 수면의 흔들림에 의해 떠내려갔다. 그건 우리 뜻으로는 어쩔 수 없는 움직임이다.

완만한 움직임 덕분에 시간이 천천히 흐르는 것 같다. 주위마저 어둑어둑해서 자칫하면 졸음이 쏟아질 것 같다. 혼자였다면 잠들었을지도 모른다.

지금 타고 있는 튜브는 둘이서 나란히 탈 수 있을 정도의 크기지만, 나와 요신은 나란히 있지 않다. 하지만 그는 바로 지척에 있다.

"여유롭고 좋다……."

"아…… 응…… 그러게."

그에게서 좀 어색한 대답이 돌아와 나는 체중을 뒤로 실었다. 고개를 살짝 기울이자 바로 옆에 요신의 얼굴이 있었다.

요신은 지금 내 바로 뒤에서 나를 껴안는 듯한 자세로 튜브 위에 앉아 있었다. 나는 그의 다리 사이로 몸을 붙이고 있어서 그가 조금만 손을 뻗으면 당장이라도 안을 수 있을 것 같은 자세다.

아까 그가 내 쪽으로 쓰러졌을 때, 엄청 두근거렸다. 더 두근거렸던 건 요신과 살짝 멀어졌을 때다.

물속에 빠진 그는 머리카락이 젖어 찰싹 이마에 달라붙어 있었다. 그게 거슬린 것인지 그대로 머리를 쓸어올려 모두 뒤로 넘겼다. 이른바 올백이다.

약간 근육질의 몸을 한 요신이 올백을 하다니, 그 몸짓까지 포함해서 정말 심장이 튀어나올 뻔했다. 너무 두근거려서 제대로 얼굴을 마주하지 못했고…… 그 결과 진정될 때까지 이런 자세를 하게 되었다.

오히려 이쪽이 더 두근거리는 게 아닌가 하는 생각이 든 것은 이 자세를 한 이후였다. 너무 늦게 알아차린 데다 이제 와서 바꾸는 것도 이상할 것 같아 그대로 있었다.

하츠미네는 뭘 하고 있을까? 놀고 있을까? 아니면 우리와는 다른 곳에서 여유로운 시간을 보내고 있을까? 나중에 합류하면 물어보자.

"나이트풀은 처음 와봤는데, 좋네."

"그러게, 일반 수영장과는 분위기가 전혀 다르긴 한데, 느긋하게 쉴 수 있어서 좋다."

듣고 보니 그렇다. 그리고 이것이 나이트풀의 특징이기도 했다. 나는 튜브 위에 올려놓은 방수 케이스 속의 스마트폰을 손에 쥐었다. 수영장에서 빌려준 것이다.

요신도 사실 스마트폰을 들고 있다. 아까 떨어트려서 망가진 줄 알았는데, 방수 케이스 덕분에 어떻게든 무사한 것 같았다. 안전하게 방수 케이스에 넣어두길 잘한 것 같아.

스마트폰을 갖고 있다는 사실을 뒤늦게 떠올렸을 때의 요신, 엄청나게 당황했었지……. 정상적으로 작동했을 때 기뻐하는 모습도 귀엽긴 했지만. 그런데 왜 잊고 있었을까. 뭔가 잊을만한 일이라도 있었나……?

아무튼 스마트폰으로 돌아와서. 스마트폰이 있다는 건 사진을 찍을 수 있다는 뜻이기도 했다. 나는 아까부터 요신과 셀카를 여러 장 찍고 있다.

둘이서 딱 붙어있는 사진도 많이 찍어서 너무 행복해. 나중에 요신 혼자 있는 사진도 찍고 직원한테 부탁해서 우리 둘 사진도 찍어달라고 해야지.

"그러고 보니 요신은 사진 안 찍어?"

"어? 찍어도 돼?"

"사양할 필요 없어. 수영복이라 그래? 딱히 상관없는데."

뒤에 있던 요신이 작게 고개를 끄덕이는 것이 느껴졌다. 사양할 필요 없는데. 그렇게 생각하면서도 수영복 차림의 사진이 그의 스마트폰에 남는다고 생각하니 조금 부끄럽기도 했다.

그 부끄러움을 억누르고 나는 요신에게 말해보았다.

"다음에 방에서 수영복 입고 사진 찍을래? 단둘만 있으면 덜 부끄럽지 않을까?"

"방에서 수영복이라니, 그게 더 힘들 것 같은데?"

확실히 그럴지도 모르겠다. 뭘까? 노출은 속옷이랑 별반 다르지 않은데. 수영장이면 아무렇지도 않고 방이면 좀 부끄럽다니. 신기하네.

다만 요신도 내가 좋다고 말해서 그런 것일까. 귓가에 살짝, 나중에 사진 찍게 해달라고 속삭인다. 요신이 귓가에 낮은 목소리로 속삭이면 몸이 오싹오싹해. 가끔 해줬으면 좋겠다.

나와 요신은 그 후 둘이서 잠시 수영장 위에서 느긋한 시간을 보냈다.

벌러덩 눕기도 하고, 나란히 앉기도 하고, 다양한 자세로 사진을 찍기도 하고…… 설마 수영장에서 이렇게 느긋한 시간을 보낼 수 있을 줄이야.

"기회가 있으면 낮 수영장도 데이트로 가보고 싶다."

그런 제안을 요신이 해줬다. 하긴 밤의 수영장은 느긋하게 쉴 수 있지만, 낮의 수영장은 반대로 즐겁게 노는 이미지다. 그것도 좋겠다, 이번에는 단둘이…….

나는 요신의 배 근처로 손을 가져갔다. 희미하게 복근이 갈라져 있고, 근육이 붙어서 단단하지만 좀 부드러운 몸…… 배가 단단해서 부럽다.

"낮이면 요신이 헌팅을 당하지 않을까 걱정이네. 몸도

좋잖아."

"나나미, 그건 내가 할 말이야……."

"하지만 정말 몸이 좋은걸. 나 딱히 근육 페티쉬가 있는
건 아니었는데, 요신의 몸은 한눈에 봐도 멋있어."

서로 헌팅 걱정을 하고 있다……. 우리는 서로의 얼굴을
보며 쓴웃음을 지었다. 뭐, 늘 둘이 붙어있으면 괜찮겠지.

자, 충분히 쉬었으니까 슬슬 이동할까. 그때 요신이 나
에게 튜브에 계속 타고 있으라고 말하더니 풍덩 수영장 안
으로 뛰어들었다.

무슨 일인가 싶었는데 내가 타고 있는 튜브가 쑤욱 움직
이기 시작했다. 이제 보니 요신이 튜브를 끌어주고 있었다.

조금 전까지의 느긋한 움직임과는 달리 수면을 조금 강
하게 이동하는 것이 재미있어서 나는 신이 나서 꺅꺅거렸
다. 조금 욕심을 부리자면 요신과 함께 떠들며 놀고 싶었
는데, 그렇게 되면 이동할 수 없으니까 안 되겠지.

이윽고 풀사이드에 다다르자 요신은 그대로 수영장에서
올라갔다. 그리고 내 쪽으로 돌아서더니 나를 향해 손을
뻗었다.

"……손을 주시죠."

수줍어하면서도 이런 근사한 한마디를 건네온다. 말한
뒤에 바로 웃음이 터진 게 유일하게 살짝 아쉬운 부분일
까. 하지만 그런 점도 그답다고 생각하면서 나는 그의 손

을 잡고 일어섰다.

휘청거리면서도 나는 수영장 위의 튜브에서 수영장 옆으로 내려섰다. 그리고 빌렸던 튜브를 돌려줬는데…….

어쩐지 조금 전까지 물 위를 한참 떠다녀서 그런지 단단한 땅에 약간의 위화감이 느껴졌다. 그건 요신도 마찬가지인지 둘 다 발걸음이 좀 이상했다.

이 위화감은 얼마 지나면 없어지겠지만, 나는 반대로 이것을 이용해서 요신에게 딱 달라붙어 팔짱을 꼈다.

내가 갑자기 달라붙어 팔짱을 끼어서 그런 걸까. 요신이 화들짝 놀라며 몸을 움찔했다. 아까까지 튜브 위에서 붙어 있었으면서. 정말 재밌다니까.

"에헤헤, 좀 비틀거리니까 기댈게."

그런 말을 하자 요신은 난처한 기색으로 뺨을 긁적였지만, 말없이 내가 팔짱을 끼기 쉽도록 팔을 움직여주었다. 다시 한번 나는 그와 팔짱을 꼈다.

튜브 덕분에 처음에 느껴졌던 부끄러움은 대부분 사라졌다. 수영장에서 막 올라와 쌀쌀한 덕분인지 이 체온이 더 좋았다.

한동안 둘이 딱 붙은 채로 산책을 했다. 내부는 어둑했지만, 조명이 비쳐서 아름다웠다. 여름에 불꽃놀이를 하면 엄청 예쁠 것 같은데, 그런 이벤트도 하고 있을까?

걷다 보니 바 같은 곳이 나왔다. 아무래도 수영장 사이드에서 음료를 마실 수 있는 듯했다. 알코올밖에 없는 줄 알았더니 일반 음료수도 있다.

"마침 목말랐는데 좀 쉬었다 갈까?"

"좋다. 뭔가 어른이 된 기분이야."

카운터뿐인 가게에 다가가자 점점 더 TV에서 본 바가 떠올랐다. 나와 요신은 함께 앉아서 음료수를 주문했다. 물론 일반 음료수다.

조금 있자 음료수가 나왔다. 왠지 어두운 공간 속에서 음료수를 마시자 신기한 기분이었다. 빨대가 꽂힌 잔이 유난히 예뻐 보인다.

나는 두 손으로 잔을 잡고 요신에게 작게 기울였다. 그것을 보고 그도 눈치챈 것인지…… 자신의 앞에 놓인 음료를 한 손으로 들어서 내 잔에 가볍게 부딪힌다.

유리끼리 부딪치는, 채앵 하는 건조하고 청명한 소리가 작게 울려 퍼졌다.

"건배."

"건배~."

정말로 어른이 된 기분이다. 이렇게 건배를 해본 적이 있었나? 처음일지도 모르겠다. 나는 빨대로, 요신은 직접 잔에 입을 대고 마셨다.

생각보다 목이 말랐는지 차가운 음료가 목을 미끄러져 내려가는 느낌이 어딘가 기분 좋았다. 분위기까지 있어서 그런지 평소보다 맛있게 느껴진다.

나와 요신은 그대로 오늘 있었던 여러 일들을 이야기했다. 오토 오빠네를 만난 거라든가, 수영복을 고르는 게 즐거웠다든가…… 아까 튜브 위에서 함께 있었던 것도.

그가 직접 움직여주는 튜브도 무척 즐거웠기에 다음에는 낮의 수영장에서 워터 슬라이더를 타자는 이야기도 했다. 그거라면 둘이 함께 즐길 수 있겠지?

요신이 비키니라면 흘러내릴 수도 있지 않을까 걱정한 게 좀 부끄러워서 나도 모르게 퍽퍽 때리고 말았다. 그렇지만 확실히 그렇지……. 낮의 수영장 때는 원피스 타입으로 할까.

비키니 쪽이 스타일 좋아 보이는 경우가 많으니까 되도록 몸매가 예뻐 보이는 원피스를 찾아야겠지……. 앞으로 들어갈 돈도 좀 걱정이라 아르바이트도 하고 싶다.

오늘 수영복은 선물로 받았지만……. 그런 생각을 하고 있는데 요신도 아르바이트하고 싶은 모양이었다. 함께 할 수 있으면 좋겠지만, 둘이 계속 붙어있고 싶을 테니까 아르바이트하는 곳은 다른 편이 좋을지도.

수다에 열중하다 보니 우리는 오토 오빠네와의 집합 시간이 지났다는 것을 깨달았다. 정말 즐거운 시간은 순식간에 흐른다.

합류 장소로 이동하기 전에 살짝 몸이 식어서, 나도 요신도 화장실에 들르기 위해 자리에서 일어났다. 나와 그가 따로 행동한 것은 이때뿐이었다.

왜일까.

호사마다란 이런 걸 말하는 게 아닐까.

나로서는 조심하고 있었다고 생각했는데, 마음이 느슨해졌던 걸지도 모른다. 아니, 이런 건 조심해도 어쩔 수 없지만⋯⋯.

"저기, 혼자야?"

"우리랑 놀지 않을래? 먹고 싶은 거 다 사줄게!"

헌팅이다.

옛날에는 하츠미네랑 같이 움직이는 경우가 많았고, 나는 기본적으로 얌전한 복장을 하고 있었기 때문에 하츠미네가 헌팅을 당해도 내가 대상이 되는 경우는 거의 없었다. 근래에는 요신과 함께였기 때문에 헌팅 자체가 있지도 않았다.

그래서 굉장히 오랜만에 겪는 헌팅이지만, 사실 나는 이때 내가 헌팅을 당하고 있다는 것조차 깨닫지 못했다. 오히려 전혀 신경 쓰지 않고 완전히 무시한 상태였다.

한동안 그들이 말을 이어갔고, 나는 뒤늦게 나에게 말을 걸고 있다는 것을 깨달았다. 하지만 무섭다는 생각이 전혀 들지 않았다. 조금 의외였다.

예전에는 하츠미네가 헌팅을 당했다고는 해도 함께 있

던 난, 헌팅 자체가 무서워서 아무 말도 못 하고 그녀들에게 보호만 받고 있었다.

그때의 나라면 겁에 질려 떨고 있느라 반대로 파고들 여지를 줬을지도 몰라.

그런데 뭐, 떨지 않더라도 불편하다는 건 변하지 않는다. 몸에만 시선이 다가오는 이 느낌. 이 감각은 오랜만이라고 생각하면서도 그리움 같은 것은 느껴지지 않았다.

오히려 오랜만이라고는 하지만 다시 겪고 싶지 않았던 시선이다.

이대로 무시하면 포기할 것 같긴 하지만 시선이 불쾌한데, 어쩌지…… 그때, 요신이 왔다.

그는 나를 감싸듯 두 헌팅남 앞에 서서 의연한 태도로 한마디만을 전했다.

"내 여자친구한테 무슨 볼일 있습니까?"

그 한마디와 의연한 그 태도에 헌팅남들은 압도당한 것인지, 무어라 중얼대더니 어딘가 비굴한 미소를 지으며 떠나갔다.

그의 등이 굉장히 듬직하고 남자다워서…… 두근거리고 말았다. 그저 한마디를 한 것뿐인데 날 지켜줬다는 그 사실이 기뻤다.

그가 몸을 돌려 나를 안심시키는 듯 따뜻한 미소를 지어주었다.

"나나미, 괜찮아? 미안해. 혼자 두면 안 됐는데."

나는 작게 고개를 젓는다. 이런 건 예상할 수 없는 일이니 어쩔 수 없다. 그렇다고 화장실에 함께 갈 수는 없으니까…….

"아니야. 고마워, 요신. 이렇게 헌팅에서 도와주는 거, 두 번째네."

"그러고 보니 그러네……. 그때는 꽤 한심한 도움이었지."

"그렇지 않아, 그때도 이번에도 멋있었어. 다시 반했어."

울컥한 나는 요신을 끌어안았고…… 그대로 그에게 키스하려고 했다.

그랬는데…… 그 장면을 타이밍 좋게 데리러 온 오토 오빠네에게 딱 보여버리고 말았다.

"……미안, 방해했구나."

오토 오빠네가 사과했지만, 결국 그 이상 하지 못하고…… 돌아오는 차 안에서 나는 남몰래 요신에게 감사의 키스를 전했다.

계속하는 것은 힘이다……라는 말이 있다.

꽤 유명한 말이라 모르는 사람은 없지 않을까? 나도 철이 들 무렵에는 이미 이 말을 알고 있었던 것 같다.

실제로는 누구한테 들었겠지만, 누구한테 들었는지도 기억이 안 날 정도로 친숙한 말이다. 너무 좋은 말이라 날마다 되새기고 싶은 말이기도 하다.

부끄러운 이야기지만 나는 이 말의 의미를 얼마 전까지 오해하고 있었다. 아니, 오해라고 말하면 조금 어폐가 있을지도 모르지만, 적어도 나는 이 말을 "무슨 일이든 계속하는 것이 중요하다"라는 의미로 파악하고 있었다.

게임을 하는 것도 그렇고, 최근에는 매일 하는 공부라든지, 요리라든지…… 그런 식으로 새롭게 시작한 것에 대해 어쨌든 계속해 나가는 것이 힘이라고 생각하고 있었다. 지속력일 것이라고.

하지만 나의 인식 속에 시점이 하나 결여되었다는 것을 최근에서야 깨달았다.

그것은 성과다.

어째서인지 나는 계속하는 것이 힘이라는 말을 성과보다는 계속하는 것이 더 중요하다고 생각하고 있었다.

설명하기 좀 어렵지만, 오해를 겁내지 않고 말해보자면 결과가 수반되지 않더라도 계속한 것 자체가 훌륭하다는 의미로 파악하고 있었다.

아니, 노력 자체는 물론 훌륭한 것이지만, 그 노력이 틀렸다면? 아무런 목적의식도 없이 그저 꾸역꾸역 계속하고 있는 거라면? 유감스럽게도 그 경우는 아무리 계속해도 의미가 없을 것이다.

음, 내 어휘력만으로는 표현하기가 좀 어렵다.

뭐, 그 말의 의미를 장황하게 말해도 소용없다. 중요한 건 내가 그 말을 잘못 알고 있었다는 것과 실수를 깨달은 지금 앞으로 어떻게 할 것인가 하는 점이었다.

벌칙 게임에서 비롯된 교제라는 부분에 대해서는 나와 나나미 사이에서 매듭이 지어졌고…… 주변 사람들의 설명도 드디어 일단락되었다고 할 수 있었다.

어떤 일이든 깔끔하게 끝내는 게 어렵다는 말을 들은 적이 있는데, 바로 그런 느낌이었다. 그만큼 나나미가 주변 사람들에게 사랑받은 것이라고 볼 수 있겠지만.

이것으로 겨우 나와 나나미의 교제도 다시 시작할 수 있었고, 남은 건 순조롭게 교제를 계속해 나가는 것이라고만 생각하고 있었다.

물론 거기에 방심도 자만심도 없지만 아무래도 마음이 느슨해져 버린 것은 사실이라고 생각한다. 그래서 오토후케 씨와 카모에나이 씨의 남자친구인 소이치로 씨, 오리베 씨와 여러 가지 이야기를 나누었을 때 충격을 받았다.

예를 들면 소이치로 씨.

그는 동생이자 여자친구인 오토후케 씨를 위해 매일의 노력을 게을리하지 않는다. 그가 시스콤 챔피언으로 불리는 것도 그래서라고 한다.

그는 자신의 여동생에 대한 사랑을 조금도 숨기지 않았다. 숨기지 않기는커녕 온갖 곳에서 언급하고 있다. 이 모든 게…… 무슨 일이 생겼을 때 오토후케 씨를 지키기 위함인 듯했다.

여동생과 사귀고 있다는 것은 공표하지 않았지만, 언젠가 결혼할 때는 공표하게 되겠지. 아마 세상의 이해를 받기 어려울 것이다.

그러니 여동생을 사랑하고 있다는 캐릭터를 연기해서, 만약 자신이 먼저 공표하기 전에 스캔들로 교제가 발각되어도 오토후케 씨의 피해가 적도록. 단순히 자랑하고 싶은 마음도 있는 것 같지만.

당연히 이런 대응에 대해서는 오토후케 씨도 받아들이고 있었다. 처음에는 반대했지만, 오토후케 씨가 결국 뜻을 접었다고. 서로 받아들인 후 미래를 위해 행동하고 있다.

장래를 향한 행동은 오리베 씨도 마찬가지였다.

오리베 씨는 연구직 소속으로 혼자 살고 있다. 집에 가지 않고 회사에 틀어박히는 일도 종종 있어서 카모에나이 씨와 사귀기 전에는 꽤 비인간적인 생활을 했다고 한다.

하지만 카모에나이 씨와 사귀게 된 이후로 그것이 많이 개선되었다. 사귀기 전까지는 우여곡절이 있었던 것 같지만, 지금은 좋은 관계를 맺고 있는 듯했다.

일이 바쁠 때는 카모에나이 씨가 집안일을 하며 오리베 씨가 돌아오기를 기다렸고, 오리베 씨는 그런 카모에나이 씨에게 감사를 표하면서도 그것을 당연하게 여기지 않도록 최대한 함께 시간을 보내기 위해 애쓰고 있다.

이야기만 들은 것뿐이지만 이상적인 연인 관계인 것 같았다. 하지만 문제는 주변 사람이었다.

이 주변 사람 문제에 관해, 처음에 오리베 씨가 상대방 부모님께 인정받지 못했다고 해서 나는 교제를 반대하고 있는 거라고만 생각했다. 카모에나이 씨와는 소꿉친구이긴 해도 두 사람은 나이 차이가 꽤 나니까.

하지만 실제로는 조금 달랐다. 카모에나이 씨의 부모님은 오리베 씨가 자신의 딸로 정말 괜찮은 걸까 걱정하고 있었고, 오리베 씨의 부모님 역시 카모에나이 씨 상대가 이런 아들이어도 되는 걸까 걱정하고 있다고 한다.

특수한 경우라고 생각하긴 했지만 반대는 반대다. 그래

서 오리베 씨는 카모에나이 씨의 부모님께 인정받기 위해 자신 안에서 한 가지 맹세를 했다.

그것은 카모에나이 씨와 결혼하기 전까지는 절대 손대지 않겠다는 것. 그 때문에 교제도 무척 정직하고 건전하게 하고 있다. 이러면 부모님이 안심하리라 생각한 것이다.

하지만 반대로 카모에나이 씨는 오리베 씨가 자신에게 손을 대도록 계략을 꾸미고 있다. 그런 짓을 하고 있으니까 그녀의 부모님이 걱정하는 게 아닐까……?

이 두 사람의 교제 관계는 주위 사람이 감히 짐작할 수 없다고 소이치로 씨도 말했지만, 서로를 위해 행동하고 있다는 점에서는 본받을 만한 부분이 있었다.

……나나미가 나에게 그런 식으로 부채질을 한다면 물론 말리겠지만.

어쨌든 이런 식으로 장래를 향한 행동이나 시점이 나에게는 부족했다는 걸 두 사람을 통해서 느꼈다. 그냥 막연히 사귄 것만으로 만족할 게 아닌 듯싶다.

"그러니까 정리하자면, 나나미와 계속 사귀려면 나도 장래를 생각해야 한다는 거지."

"너무 진지하지 않아?!"

나의 설명을 들은 나나미에게 기운찬 지적이 날아왔다.

장래의 꿈이 아직 막연했기 때문에 나로서는 그 두 사람을 본받아 장래의 목표를 가질까 생각했던 건데…… 잘 생각해 보면 이쪽도 조금 전까지 했던 이야기의 흐름상 화제를 삼은 것뿐이지 구체적으로 뭔가 있는 건 아니다.

나나미는 조금 어이없다는 얼굴을 하면서도 약간 기뻐 보였다.

"그런가?"

"진지해. 너무 진지해. 고등학생 때 그렇게까지 생각하고 사귀는 사람은 없을걸?"

"……뭐, 그럴지도 모르겠네."

다른 커플들은 오토후케 씨와 카모에나이 씨밖에 모르지만, 그래도 평범한 고등학생의 사고방식은 아닐 거다.

하지만 그 두 사람의 자세는 본받을 만하다.

서로를 생각하고, 의논하고, 함께 걸어간다. 쉬운 것 같지만 무척 어려운 일이다.

"나나미는 그런 거, 무거워서 싫어?"

"아니. 전혀 싫지 않아. 오히려 기뻐."

싫지 않다는 말을 듣고 나는 살짝 가슴을 쓸어내렸다. 애초에 나나미가 그런 마음은 무거워서 싫다고 했다면 그만둘 생각이었으니까.

기쁘다고 말한 나나미는 무언가 떠오른 것인지 잠시 생각에 잠기듯 팔짱을 끼고 그대로 몸 전체를 내 쪽으로 기울였다.

몸이 유연하네. 내가 그런 생각을 하며 감탄하고 있는데 나나미는 몸을 기울인 채로 미간을 좁혔다.

"요신의 그런 진지한 부분은 슈 오빠를 조금 닮은 것 같아. 슈 오빠는 혼자 좀 담아두는 편이니까 반대로 이렇게 상담해 주는 게 기뻐."

훌륭한 밸런스 감각으로 비스듬한 상태를 유지하며 이야기를 시작하는 나나미. 이 자세, 힘들지 않을까……? 역시나 부들부들 떨기 시작했다. 자세를 되돌릴 줄 알았는데 딱히 되돌리지 않았다.

"닮았어?"

"응. 장래를 의식한다는 말…… 아유미와 사귀기 시작할 무렵 슈 오빠가 자주 말했던 거거든."

나나미의 오빠나 다름없는 사람을 닮았다는 말을 들으니 썩 기분이 나쁘지 않았다. 보통 이런 말을 들으면 질투를 했겠지만, 여자친구가 있어서 그런지 질투심도 생기지 않았다.

내가 남몰래 기뻐하는데, 정신을 차려보니 비스듬히 기울어진 채 부들부들 떨던 나나미가 금방이라도 쓰러질 것만 같았다. 편한 자세로 바꾸면 될 텐데……. 그렇게 생각한 순간 본격적으로 쓰러지기 직전이었다.

당황한 나는 나나미를 받쳐주기 위해 그녀에게 다가갔다. 그것을 예상한 걸까, 나나미는 내가 가까워지는 순간 나에게로 쓰러졌다.

쓰러진 나나미를 나는 양팔을 벌려 부드럽게 껴안았다. 하지만 자세가 불안정했던 탓일까. 결국 버티지 못하고 뒤로 넘어가고 말았다.

……나나미, 이거 무조건 일부러 그런 거지?

예상대로…… 내 위에 올라탄 나나미는 즐거운 듯 다리를 파닥거리고 있었다. 내 가슴 근처에서 손까지 더듬거리고 있어 등골이 오싹오싹했다.

"나, 나나미?!"

"음, 잠깐만 기다려봐."

그대로 나나미는 무엇인가를 확인하듯 내 상체로 손을 더듬었다. 가슴, 배, 어깨, 허리…… 마구잡이로 손을 대고는 감촉을 확인했다.

묘하게 간지러운 느낌에 내가 몸을 비틀자 나나미는 그것이 재미있는지 더욱 몸을 만져댄다. 나는 나도 모르게 소리 내어 웃어버렸다.

"나, 나나미 잠깐, 간지러워! 그만……! 거긴……!"

"간질간질~, 여기? 여기가 좋아? 나한테 몸을 맡겨~♪."

그대로 한동안 나나미는 내가 일어설 수 없을 정도로 내 몸을 간지럽혀댔다. 얼마나 간지럽혔을까…… 끝났을 무렵에는 이미 너무 웃어서 힘이 쭉 빠져버리고 말았다

"……좀 과했나."

"나~나~미~……!"

축 처진 내 위에 올라탄 나나미는 식은땀을 흘리며 어색한 미소를 짓고 있었다. 이번만큼은 나도 나나미가 즐거워 보여서 다행이라는 말은 할 수 없었기에 원망을 담아 그녀를 불렀다.

너무 웃은 탓에 어깨를 들썩이며 숨을 몰아쉬는 나를 내려다보더니, 나나미는 내 미간 근처에 손가락 끝을 가져갔다. 나의 시선도 자연스럽게 그녀의 손끝으로 쏠렸다.

"요신, 어깨에 힘 좀 빠졌어?"

"응?"

나나미는 그대로 그 가는 손가락으로 내 미간을 부드럽게 쓰다듬었다. 가볍게 쓰다듬은 후에, 그 손가락을 나에게서 떼어내더니 자신의 미간으로 가져갔다.

"너무 힘이 들어가서 미간에 주름이 잡혀있었어. 진지하게 생각해주는 건 기쁘지만, 너무 과하면 피곤할 거야."

지적을 받은 나는 천천히 내 미간을 만졌다. 깨닫지 못했는데 그렇게 찌푸리고 있었던 걸까? 지금은 완전히 돌아와서 어떻게 돼 있었는지 알 수 없다.

나나미는 그대로 내 손을 잡고 자신 쪽으로 부드럽게 손을 당겼다. 그대로 그녀는 자신의 미간에 내 손을 닿게 했다.

그런 곳을 만지게 할 거라고는 생각도 못 했다. 평소라면…… 절대 만지지 않는 곳이기도 하고, 쉽게 타인이 만질 수 없는 곳이기도 했다.

반사적으로 살짝 손가락을 움직인 탓에 그 부분을 쓰다듬는 듯한 구도가 되고 말았다. 매끄러운 감촉이 손가락 끝에 전해짐과 동시에 나나미가 입을 열었다.

"이왕이면 우리의 일이니까 즐겁게 가자. 어깨에 힘 빼고 있는 그대로⋯⋯."

그런가⋯⋯. 나는 힘이 너무 많이 들어가 있었던 건가. 나나미가 내 손을 떼자 힘없이 툭 손을 바닥에 내려놓았다. 그대로 땅에 체중을 맡기듯이 몸 전체에서 힘을 뺐다.

"나나미의 오빠나 다름없는 사람을 만나서 나도 모르게 초조해졌던 걸까?"

"그래, 초조했구나."

"응⋯⋯. 장래의 꿈 이야기를 해서 더 그랬을지도 몰라."

"그보다 요신, 그 두 사람은 사회인이니까 우리와는 시각이 다르잖아. 무리하게 고민하지 않아도 될 것 같은데? 우린 아직 고등학생이고."

"하긴 그럴지도 모르겠네. 빨리 어른이 되고 싶은 듯 되고 싶지 않은 기분⋯⋯."

"아하하, 같이 천천히 가자. 여유롭게 말이야."

나나미 옆에서 비굴해지지 말자거나, 옆에 있어도 부끄럽지 않도록 노력하자거나, 그런 건 지금까지 계속 의식하고 있었다. 하지만 너무 앞만 보려고 해도 성급히 앞서가려고 해도 안 되겠지.

"그리고 아까 계속하는 건 힘이라는 말…… 틀리지 않았다고 생각해."

"어?"

나나미의 그 말에 나는 고개를 가볍게 들었다. 나를 내려다보는 나나미는 상냥한 미소를 지으며 내 가슴 언저리에 두 손을 얹었다. 또 간지럼을 태우는 건가 싶어서 몸을 움츠렸지만, 그런 짓은 하지 않고 나나미는 단지 내 가슴 근처에 손을 얹고만 있었다.

"결과를 추구하지 않아도, 계속한다는 건 그 자체로 대단한 거야."

"그런가……?"

나의 의문에 나나미는 함박웃음을 지으며 답해주었다. 내가 고민하고 있던 일에 나나미는 시원스레 답을 내준다. 그녀에게서 긍정을 받자 내 마음은 그것만으로도 무척 가벼워졌다.

……오늘은 나나미에서 격려를 많이 받는 날이네.

나나미는 고개를 끄덕이며 내 머리를 부드럽게 쓰다듬어 주었다. 허리 근처에 올라타 있어서 조금 이상한 기분이 들었지만.

이거, 그림이 어떻게 돼 있는 거지? 누가 보면 덮쳐지는 것처럼 보이지 않을까?

"······어린애 취급이구나~."

"그런 거 아니야. 아, 하지만 어른도 어리광 부리고 싶을 때가 있다고 하니까 가끔은 좋지 않아? 이런 걸 베이비플이라고 하나?"

"잠깐만?! 어디서 배운 거야, 그런 말은?!"

갑자기 나온 충격적인 단어에 나는 나도 모르게 복근 운동을 하듯 상체를 힘차게 일으켰다. 아, 이거 살짝 위험하다.

반사적으로 나온 행동이라 잊고 있었지만, 나에게 올라타 있던 나나미가 마침 허리에 앉아 있으니 이대로라면······.

나는 나나미가 쓰러지지 않도록 재빨리 그녀의 등을 받쳐주었다. 그리고 머리가 부딪치지 않도록 일으키던 상체의 기세를 죽였다.

코끝이 닿을 정도로 지척에 나나미의 얼굴이 있다. 더 힘을 줬다면 혹시 얼굴이 부딪쳤을까?

갑작스러운 나의 행동에 나나미는 눈을 크게 뜬 채 놀랐다. 나는 얼굴이 부딪치지 않았다는 사실에 안도하며 그대로 그녀의 어깨에 내 턱을 얹고 크게 숨을 내쉬었다. 그와 동시에 나나미의 몸이 움찔하고 약간 움직였다.

"저, 저기······ 그, 얼마 전에 피치짱이 알려줘서······."

피치 씨! 나나미한테 뭘 알려주는 거야?! 하필 말해도 베이비플 같은 말을 알려주다니, 나나미를 대체 어떻게 하고 싶은 건데?!

내가 당황하고 있자 나나미의 훗 하는 숨소리가 들려왔고…… 그대로 그녀는 내 등을 톡톡 두드린다. 이번에는 내 몸이 크게 움찔했다.

"……너무 이상한 소리 하지 마. 심장에 나쁘니까."

"아하하. 요신, 나한테 응석 부리고 싶어지면 언제든지 편하게 말해?"

토닥토닥 내 등을 두드리며 나나미는 즐거운 듯이 웃는 것이었다.

◇◇◇◇◇◇◇◇◇◇

"음, 오늘은 커트만 하면 될까? 아니면 염색도 해줄까?"

"아뇨, 커트만 해주세요. 염색은 교칙 위반이거든요. 뭐, 거의 묵인해주지만, 저랑은 안 어울릴 거예요."

"잘 어울릴 것 같은데……? 만약 하고 싶으면 말해줘? 서비스해줄게."

"감사합니다, 토오루 씨. 그땐 또 잘 부탁드릴게요."

나는 오늘 나나미와 함께 미용실에 왔다. 토오루 씨를 만나는 것도 오랜만이다.

나나미가 슬슬 커트라든가 염색…… 그리고 펌이나 트리트먼트? 나는 잘 모르겠지만, 아무튼 그런 것들을 하고 싶다며, 이왕 하는 거 내 취향에 맞추고 싶다는 말을 해왔다.

개인적으로 나나미는 너무 독창적이지만 않으면 어떤 헤어스타일도 잘 어울릴 것 같지만, 어떻게든 그녀는 내 의견을 수용하고 싶어 했다.

그래서 나는 익숙하지 않은 패션 잡지를 보면서, 나나미에게 여러 가지 것들을 배우며 어떤 것이 좋은지에 대한 이야기를 나누었다. 그건 그거대로 재미있는 시간이었지만……

그렇게 이야기하다 보니 나나미가 내 제안을 거의 다 받아들이고 있다는 사실을 깨달았다.

내가 목 언저리에 살짝 웨이브가 들어간 머리가 어울릴 것 같다고 하면 그렇게 하겠다고 하고, 색깔은 너무 밝은 것보다 조금 어두운 게 좋겠다고 하면 염색하겠다고 했다.

나나미의 취향으로 해도 된다고 했지만, 이참에 내 의견을 받고 싶다고 의욕적인 모습으로 말하고 있다. 그 모습에 어쩐지 나나미가 내 취향으로 물드는 것 같아서…… 기묘한 죄책감과 동시에 알 수 없는 고양감을 느꼈던 것을 떠올렸다.

뭐랄까, 너무 모든 걸 내맡기면 독이 될 것만 같은…… 살짝 오싹했다고 할까. 솔직히 말하자면 위험한 감각이었다. 바론 씨의 '지나치면 속박이 된다'는 말이 머리를 스쳤을 정도다.

자중해야지. 나는 나나미에게 내가 느낀 마음을 전했다.

여러모로 분위기를 망칠지도 모르지만, 숨기고 고민하는 것보다는 훨씬 나으니까.

그러자 나나미는 조금 수줍어하면서도 기쁜 얼굴로 "음…… 요신도 독점욕이 생겼구나"라고 감회에 젖어 말했다.

"왜 기뻐하는 거야? 애초에 이것도 독점욕이야?"

"나도 잘 몰라. 하지만 요신은 지금까지 그런 말을 별로 안 했잖아? 뭐랄까, 항상 나를 존중해주는 느낌?"

"어? 그게 싫었어? 너무 과도했나?"

"아니? 싫지 않은데? 그 정도면 귀여운 수준이지. 게다가……."

나나미는 거기서 한번 말을 끊더니 여유로움을 내비치듯 검지를 입술 앞으로 가져갔다.

"요신이 바라면…… 어떤 식으로 물들어도 좋지 않을까…… 생각해."

묘하게 유혹하듯 고개를 기울이며 나나미가 요염한 미소를 내뿜었다. 그것을 보는 순간 내 뺨은 단번에 열이 오르고 심장이 미친 듯이 요동쳤다.

나나미는 나의 반응을 보더니 검지를 입에 댄 채로 부들부들 몸을 떨며 순식간에 나보다 더 빨개졌다.

서로가 새빨개진 우리는 얼굴을 마주 보고는 누가 먼저랄 것 없이 웃음을 터뜨렸다.

"나나미, 무리해서 그런 대사하지 않아도 된다니까."

"아니, 아니! 무리는 했지만 진심이야! 괜찮으니까! 요신이라면 언제든지 완전 환영이야!"

그런 말을 했지만 무리하고 있는 게 빤히 보였다. 여전히 사랑스러운 자폭에 나는 점점 더 크게 웃었고, 나나미는 잠시 입을 삐죽거리다가 이내 미소를 지어주었다.

그렇게 한바탕 웃고 난 뒤 우리는 두 사람 몫의 미용실 예약을 하고 함께 토오루 씨 가게에 오게 되었다. 나도 머리가 꽤 자랐기 때문에 이왕이면 토오루 씨가 잘라주는 게 좋을 것 같았다. 물론 오랜만에 얼굴을 보고 싶은 마음도 있었다.

그리고 지금에 이른다.

그런데 나한테 염색하라는 말을 할 줄은 몰랐다. 요즘 같으면 염색하는 것 정도는 평범한 일일지도 모르지만, 상상이 잘 가지 않았다.

그런 일을 할 배짱도 없다고 할까, 쉽게 결단하지 못하겠다고 할까……

토오루 씨한테도 말했지만 애초에 안 어울릴 것 같다. 아직도 귀걸이 같은 것도 무섭고. 귀에 구멍 뚫는 것도 나나미는 용케 해냈구나…….

그런 생각을 하면서 나는 토오루 씨에게 커트만 받았다.

나나미는 내 옆자리에서 펌을 하는 중이다. 딱히 들어본 적은 없는데, 이런 건 미용실 데이트라고 하는 걸까?

여자들은 미용실에서 이렇게나 힘든 시간을 보내는구나. 나나미를 보고 깨달았다.

토오루 씨가 내 커트에 들어간 것도 나나미의 대기 시간에 맞춰서였다.

현재 나나미는 돌돌 말린 머리카락이 무슨 기계와 연결되어 있었고, 나아가 주위에는 알 수 없는 원형의 기계가 몇 개 놓여 있었다.

이런 표현이 적절한지는 모르겠지만…… 뭔가 근미래적이라 상당히 멋있다.

미용실 기계가 이렇게 멋있었나? 약간 사이버틱 작품 같은 것을 보고 있는 것만 같은 착각이 들었다.

머리에 기계를 댄다……. 그건 좀 해보고 싶다…….

"요신, 그렇게 보면 민망한데…… 이런 상태일 때 보는 건 좀……."

내가 빤히 바라보고 있던 탓일까, 읽고 있던 잡지로 얼굴을 가리면서 나나미가 약간 뺨을 물들였다.

멋있어서 보고 있던 건데, 좀 무례한 시선이었을지도 모르겠다.

"미안, 뭔가 머리에 다양한 배선 같은 게 붙어있어서 멋있다고 생각했거든."

"이게 멋있어……? 남자애들의 감성은 잘 모르겠네. 저

311

기, 토오루 씨, 멋있는 거야, 이거?"

"글쎄, 확실히 남자애들한테는 멋있어 보일지도 모르겠네. 나에게는 그저 익숙한 도구지만."

토오루 씨는 생글생글 웃는 얼굴로 내 머리카락을 가위질해 나갔다. 여전히 깔끔한 기술이다.

그러고 보니 저번에는 커트 모델이라는 형태라서 무료로 받았었는데, 이번에는 얼마 정도 나올까?

천엔 커트밖에 받은 적이 없었기 때문에 가격을 따로 알아보지는 않았다. 뭐, 돈은 가지고 왔으니 괜찮겠지.

"요신 군, 관심이 있다면 다음에 해볼래? 오늘은 이미 커트를 해버려서 조금 더 기른 다음에 하는 게 어울릴 것 같은데…… 분명 멋있을 거야."

"제가 파마를요……?"

"아, 요신이 파마한 모습…… 나도 보고 싶다. 분명 잘 어울리겠지……."

황홀한 표정을 짓는 나나미였지만, 공교롭게도 나는 내게 어울린다고는 도저히 생각할 수 없었다. 뭐, 나나미가 기뻐한다면 해봐도 좋겠지만…….

아니, 나는 나나미만큼 성적이 좋지 않으니까 갑자기 그런 짓을 하면 선생님들에게 책을 잡힐지도 모른다. 묵인도 성적이 좋았을 때나 가능한 것이었다.

나나미는 그런 내 심정을 아는 걸까. 이미 내 파마머리를 상상하고 있는지 멍한 표정을 짓고 있다. 귀엽긴 한데, 파마를 한다는 건 이미 결정된 거야?

어떻게 할까 내가 고민하고 있는데 토오루 씨가 한 가지 제안을 해왔다.

"그러고 보니 조금 있으면 두 사람 학교도 방학이지? 그럼 방학 동안만 해보는 건 어때?"

"여름 방학 동안……. 어? 토오루 씨, 우리 학교가 여름 방학인 건 어떻게 아세요?"

"그야 하츠미가 여기서 알바하고 있으니까 들었지."

아, 그렇구나. 오토후케 씨 여기서 일하고 있구나. 그럼 알 수밖에 없겠네.

의문이 하나 해소된 시점에서 또 하나의 의문이 들었다. 여름 방학 동안만 하라니…… 무슨 뜻이지?

"여름 방학 이미지 체인지 같은 건가요? 그거, 좀 부끄럽지 않아요? 여름 방학이 끝났더니 염색하고 파마까지."

나는 내 바뀐 모습으로 여름 방학이 끝난 뒤의 등교 풍경을 상상했다. 이미지를 바꾸고 들어갔음에도 아무도 반응하지 않는 교실…… 등골이 서늘해진다.

오오, 무서워……. 크게 바뀌어도 아무도 반응해주지 않으면 좀 슬플 것 같은데.

"괜찮아~. 적어도 나랑 하츠미랑 아유미는 반응해줄 테니까."

스스로 상상하다가 충격받고 있는데, 옆에 있던 나나미가 나를 안심시키는 듯 미소를 지어준다. 그렇구나, 나나미가 있으니까 반응이 없지는 않겠지.

근데 뭔가, 음······.

"아, 살짝 오해한 것 같은데······ 정확하게 말하면 여름 방학 동안만 바꾸는 거야."

잠시 쓴웃음을 짓고 있던 토오루 씨가 나에게 정확한 정보를 전해주었다. 동안만?

동안만 한다는 건 무슨 말일까?

나는 살짝 고개를 기울였다······. 정확히는 토오루 씨가 커트를 하고 있었기에 아주 살짝 갸우뚱한 것뿐이다. 지금 내 심정을 알리기 위해서.

그런 나에게 토오루 씨가 설명을 이어갔다.

"예를 들어 여름 방학 전에 가볍게 파마를 하거나 머리 끝만 살짝 염색해서 기분전환을 해보는 거지. 여름 방학이 끝날 때쯤에 염색한 머리는 잘라주면 되고 파마도 어느 정도는 풀려있지 않을까?"

오오, 그런 방법이 있구나. 전혀 생각지도 못했던 제안이다.

약간 히든 스킬이라고 할까······. 편법일지도 모르지만, 확실히 방학 동안만 하면 만나는 사람은 한정되어 있고 학교에 갈 일도 없다.

선생님을 만나면 무슨 말을 들을 수도 있겠지만 확률은 낮을 거고, 학외라면 그렇게까지 강한 주의를 받지도 않겠지.

"우후후, 그렇게 해주면 내 쪽도 손님이 늘어나니까 윈-윈인 거지. 아, 물론 요금은 서비스해줄게?"

오, 토오루 씨 장사 수완이 좋다. 나나미의 희망과 토오루 씨의 제안으로 나의 마음은 상당히 기울어져 있었다.

"그거 좋네요! 그렇다면 요신도 학교에서 괜한 말을 듣지 않아도 되고, 무엇보다 여름 방학 동안뿐이니까 그 모습은 저만 볼 수 있는 거잖아요!"

"나나미, 넌 그 독점욕 좀 억제해라……. 그리고 가게 안에서 연애질하지 마……. 부럽게."

한껏 들뜬 나나미에게 냉정한 태클이 들려왔다. 목소리의 주인은 오토후케 씨였다. 그 손에는 홍차와 다과가 들려 있었다. 이제부터 휴식인가?

"어? 하츠미. 있었어?"

"있었어! 아르바이트 중이야. 자, 홍차랑 다과 가지고 왔습니다. 드세요."

"아, 고마워. 오늘은 쿠키네. 좋다. 여기 쿠키 맛있거든."

……음? 미용실은 차와 과자가 나오는 건가? 굉장하네. 더할 나위 없는 서비스다. 나나미가 행복한 얼굴로 쿠키를 입에 넣고 있다.

"미스마이 것도 가지고 왔는데…… 커트 중이네. 내가 과자 먹여줄까?"

히죽히죽 짓궂은 미소를 지은 오토후케 씨의 모습에 쓴 웃음을 지은 내가 거절의 말을 꺼내려는데…… 그녀의 뒤에서 무시무시하게 낮은 목소리가 들려왔다.

"하츠미……?"

마치 지옥의 밑바닥에서 울리는 듯한, 들어본 적 없는 나나미의 저음……. 그리고 본 적 없는 날카로운 시선을 오토후케 씨에게 향하고 있었다.

"노, 농담이니까 그런 무서운 얼굴 하지 마. 예쁜 얼굴 망가지게~. 응? 나나미, 웃자?! 미스마이도 나나미가 무섭게 생기면 싫겠지?"

"……아니, 이건 이거대로 너무 예뻐. 날카로운 시선이 낮은 목소리랑 어우러져서 왠지 멋있고. 평소 귀여움과의 갭이 훌륭해."

내가 멋있다고 말하자 나나미는 조금 전까지 날카로웠던 눈을 사르르 풀며 수줍어하는 모습을 보여주었다.

아쉽다. 멋있는 모습 좀 더 보고 싶었는데……. 뭐, 어쩔 수 없지.

"아, 오토후케 씨. 쿠키는 나중에 감사히 먹을 테니까 거기 놔줄 수 있을까?"

"뭐야, 이 커플은……."

"어쩐지 가게 안의 공기가 달달해진 것 같은데……. 기분 탓인가?"

오토후케 씨는 어이없다는 표정을 지으면서도 내 앞에 쿠키를 놔두고 일로 복귀했다. 토오루 씨의 커트도 곧 끝나가는지 마무리 단계에 들어가 있었다.

"둘 다 오늘은 이후에 일정이 있니?"

"아, 특별히 예정은 정하지 않았는데, 간만에 둘이서 거리를 산책할까 이야기하던 참이에요."

"그럼 요신 군이 먼저 끝날 테니까 나나미가 끝날 때까지 스태프룸에서 기다려줄래?"

"감사합니다, 폐가 되지 않는다면 그렇게 할게요."

무척 감사한 제안이다. 지금도 대기 공간에는 몇 명의 여성이 앉아 있었는데, 그 안에서 남자 혼자 기다리고 있으면 조금 폐가 될 것 같았다. 그리고 나도 어색할 것 같았고.

"폐가 될 리가. 그럼 기대하고 있어."

응? 뭐를?

토오루 씨의 그 한마디가 조금 신경 쓰이긴 했지만, 나는 샴푸를 받는 것이 기분 좋아 그대로 몸을 맡기고, 그 말의 의미에 대해서는 깊이 생각하지 않았다.

커트 마무리까지 마친 나는 오토후케 씨에게 가게 안쪽의 스태프룸 같아 보이는 장소로 안내받았다. 토오루 씨가 거기서 기다리고 있으라고 해서 그러겠다고 하긴 했는데……

낯선 장소에 조금 긴장이 되고 말았다.

어쩐지 세련된 장소에 있으면 마음이 놓이질 않는다. 이런 건 나뿐인가? 왠지 모르게 어색하다고나 할까…….

괜히 복도 하나조차 너무 멋스러워서 마치 다른 세계로 빠져든 것 같은 기분이었다.

이세계 소환이나 환생물의 주인공들은 이런 기분일까? 뭐, 나는 어떻게 해도 주인공은 아니겠지. 기껏해야 엑스트라 정도일 것이다.

그런 생각을 하는 동안 안내받은 방은 가지런히 정돈된, 흰색을 베이스로 한 비교적 넓은 방이었다.

"지금 차 가져올게. 소파에 앉아서 기다려."

"아, 아무거나 괜찮아……."

홀로 남겨진 나는 조금 안절부절못하면서도 낯선 그 방을 관찰하고 있었다.

방에는 큰 거울이 있고, 커다란 흰 천이 천장에 드리워져 있다. 선반에는 본 적 없는 기자재들이 깔끔하게 진열되어 있다.

비좁은 느낌은 없다. 실제로도 넓지만. 그래도 흰 벽지의 영향인지 더 넓게 느껴진다.

좀 적적하다. 나나미, 빨리 오지 않으려나?

스태프룸이라고 들었는데, 그런 방은 스태프들이 편하게 쉴 수 있는 방이 아닌가? 여긴 뭔가 그런 거랑은 좀 다른 분위기였다.

약간 기시감이 드는 구조다. 여기는 미용실 스태프룸이
라기보단…….

"스튜디오……?"

그래, 스튜디오다.

무척 잘 꾸며진 느낌의 방으로, 영화나 메이킹 영상에
나오는 촬영 스튜디오랑 똑같이 생겼다. 천도 그렇고, 방
디자인도 그렇고. 카메라는 없지만.

그렇게 생각하자 아주 조금 긴장이 누그러졌다.

전혀 모르는 곳이 아니라 아주 조금이라도 아는 곳과 비
슷하다는 안도감 때문일까. 소파 깊숙이 앉아 나는 안도의
한숨을 내쉬었다.

조금 편안해지니 새로운 의문이 피어올랐다.

……왜 스튜디오 같은 방을 안내해줬을까?

다른 스태프와 마주치지 않게 신경 써준 걸까? 아는 스
태프는 토오루 씨와 오토후케 씨 정도니까…….

우연히 마주친다 해도 센스 있는 대화를 할 자신이 없
다. 하지만 조금 신경이 쓰이는 건…… 토오루 씨가 말했
던 "기대해줘"라는 한마디다.

그 한마디와 이 방에 데려온 건 무슨 관계가 있는 걸까?

혹시 그건가? 나랑 나나미의 사진을 찍어주려는 건가?
모처럼 머리도 자르고 세팅까지 했으니까 기념사진……

같은 느낌으로?

너무 지나친 생각인가? 마침 남은 빈방이 여기뿐이었을지도 모른다.

"오래 기다렸지~. 일단 차랑 쿠키 가져왔으니까 이거라도 먹어. 아마 앞으로 한두 시간 정도면 나나미 쪽도 끝날 거야."

"어……? 여자는 시간이 오래 걸린다는 말을 듣긴 했지만, 아직도 그렇게나 더 걸리는구나……."

홍차와 쿠키를 가져다준 오토후케 씨의 충격적인 발언에 나는 놀라고 말았다. 내가 가던 천엔 커트선 30분도 안 걸리는데. 여자는 고생이구나.

"뭐, 케어도 있고, 그 밖에도 할 게 많으니까. 좋아하는 남자한테 조금이라도 예쁘게 보이고 싶은 여자의 마음이니까 이해해 줘."

"나나미가 나를 위해 해주는 거라면 기다리는 건 아무렇지도 않아. 이해도 되고. 그게 아니라 나나미가 지치지 않을까 걱정돼서."

"그런 부분이 정말 대단하네, 미스마이는……. 미용실에 같이 온 오빠조차 너무 길다고 불평하면서 다른 곳에서 시간을 보내는데."

"하지만 어쨌든 소이치로 씨도 함께 오는 거잖아? 좋은 남자친구라고 생각해. 격투가에 의붓오빠라니, 뭔가 드라마 같아."

"뭐, 그렇지. 많은 일들이 있긴 했지만, 부모님도 인정해 주셨고……. 고등학교 졸업하면 둘이 같이 살 거야."

뺨을 물들인 오토후케 씨가 조금 수줍어하며 행복한 미소를 지었다.

그건 그렇고 벌써 동거 계획을 세우고 있다니 참으로 부러운 이야기다. 뭐, 의붓오빠라 계획하기 더 수월한 부분이 있을지도 모르지만.

"그럼 편하게…… 나나미의 등장을 기대하면서 기다려. 나는 일하러 가볼게."

"아, 응. 일 열심히 해."

손을 살랑살랑 흔든 오토후케 씨가 싱그러운 미소를 남기고는 방을 나갔다. 뒤에 남겨진 나는 정적에 싸인 방안에서 혼자……. 어떻게 시간을 보낼까 궁리했다.

스마트폰 게임이나 할까? 이 시간에 바론 씨와 다른 사람들이 있을까 싶어 채팅창을 들여다보니…… 응, 비교적 사람은 있다.

미용실이니까 음성 없이 글자로만 하자.

『음? 오늘은 시치미 씨와 데이트 아니었나, 캐니언 군?』

「지금은 미용실에서 여자친구를 기다리고 있어요. 앞으로 한두 시간 정도 더 기다릴 것 같은데 잠깐 같이 대화해 주실래요?」

『물론 좋지. 데이트에 공부에 게임에…… 고등학생은 바쁘구나.』

「바론 씨는 괜찮나요? 단신 부임 중이라고는 해도, 부인을 만나러 간다거나……?」

『아, 걱정하지 마. 어젯밤에 아내가 여기 왔거든. 오랜만에 만난 거라 아직 자고 있어.』

그 발언에 왠지 어른스러운 향기가 풍겨왔지만, 나는 특별히 그 이상 파고들지는 않았다. 파고들어봤자 말을 돌릴 게 뻔하고, 그런 부분은 사적인 부분이니까.

『그보다 내 말 좀 들어봐, 캐니언 군. 오랜만에 만난 아내가 만나자마자 날 꼭 안아주지 뭐야! 심경의 변화인가?! 당황스러울 정도로 너무 귀엽고 기쁘더라! 나도 모르게 같이 얼싸안고 심지어는 공주님 안기까지 해서 이동했다니까!』

게임을 하면서 바론 씨는 얼마나 기뻤는지, 오랜만에 만난 부인이 얼마나 귀여운지에 대해 당당히 늘어놓았다. 자랑 대회의 시작이었다. 듣고 있는 나까지 민망해질 정도로 엄청난 자랑이었다. 바론 씨가 이런 모습을 보이고 별일이네. 어지간히 기뻤나 보다.

상세한 내용은 에둘러 말하고 있지만, 어제 계속 단둘이서 오붓한 시간을 보냈다는 것만은 확실해 보였다. 여러 의미로.

『오랜만에 먹은 아내의 수제 요리도 맛있었지~. 솔직히

너희 커플이 서로 수제 요리를 만들어주는 게 정말 부러웠
는데…….』

「바론 씨는 요리 안 하나요?」

『하긴 하는데 간단한 것들뿐이야……. 뭐, 오늘 아침 식사
는 내가 만들 생각이지만. 아내가 일어나면 같이 먹으려고.』

이런 식으로 바론 씨의 보고와 자랑은 멈추지 않았다.
엄청난 기세다.

오늘은 드물게 내가 듣는 쪽이 됐구나. 그 후에도 여러
부부의 이야기를 들을 수 있었다.

『이직하는 게 좋을까. 지금의 일은 전근이 많아서…….
여기저기 돌아다니고 있거든.』

「그렇게 전근이 많아요?」

『응. 내가 일하는 곳은 이곳저곳 다녀야 하는 일이라.
뭐, 홋카이도에서 오키나와까지 전국을 오가는 친구도 있
으니까 그것보다는 낫겠지만.』

「그거 힘들겠네요…….」

아까 고등학생은 바쁘다고 했는데, 바론 씨가 훨씬 더
바쁘지 않나.

어른의 세계 속 어려움과 고난을 엿본 나에게 바론 씨는
"여친과 오래 있고 싶다면 전근이 적은 일을 하는 편이 좋
다"고 조언했다.

바로 어제도 장래를 생각할 기회가 있었다. 오토후케 씨

와 카모에나이 씨의 관계도 그렇고, 내 주위에서는 다들 진지하게 장래를 생각하고 있다. 아까 오토후케 씨의 동거 이야기도 그런 맥락이겠지.

전근이 많은 일이라는 건 힘들구나. 아빠와 엄마는 출장 형식으로 전근까지는 가지 않았다. 출장도 길면 한 달, 짧으면 며칠이다.

취직할 때는 그 부분도 함께 생각해야겠구나. 하지만 직접 겪지 않으면 모르는 일도 있으니까.

……깨닫고 보니 나나미와 함께 있는 것을 전제로 생각하고 있다. 나나미에게 너무 부담 주지 않게 조심해야지.

그런 얘기를 하면서 게임을 하다 보니 방문에서 노크 소리가 들려왔다.

나나미, 끝났나?

「바론 씨, 죄송해요. 아무래도 끝난 것 같으니 이만 실례할게요.」

『그래. 나도 아내가 일어날 때 우는 소리가 들리니까 다녀올게. 이 목소리가 또 귀엽거든~.』

무슨 고양이인가. 나는 그에 관해서는 입을 다물고 게임을 종료했다.

"들어오세요~ 라고 내가 말해도 되는 건가. 뭐, 상관없겠지. 들어와도 괜찮아요."

"네에~. 요신 군, 나나미 끝났어. 오래 기다렸지."

문을 열고 들어온 것은 토오루 씨였다.

아니, 토오루 씨뿐만이 아니다. 토오루 씨와…… 몇 명의 스태프가 따라 들어왔는데 나나미의 모습은 어디에서도 찾아볼 수 없다.

어? 끝난 거 아닌가?

"그럼 이제부터 마무리해볼까? 너희들! 해치워버려!"

"알겠습니다, 점장님!"

네?

토오루 씨는 마치 악역 같은 구령을 외치며 스태프들에게 지시를 날렸고, 그들이 나를 향해 돌진하는 듯한 기세로 다가왔다.

너무 순식간에 일어난 일이라 나는 완전히 스태프들에게 둘러싸였다.

"어?! 잠깐?! 이게 무슨…… 아니, 잠깐만, 왜 벗기려고 해요?!"

"됐으니까 얌전히 벗어! 괜찮아, 무섭지 않단다! 어머, 가는데도 꽤 좋은 근육을 갖고 있구나, 생각지도 못한 눈 호강이네."

"머리 세팅은 나한테 맡겨~. 일단 가발 없이 그대로 갈게~?"

"우후후…… 현역 남고생의 근육…… 좋아! 복근도 갈라져 있고…… 점장님께 감사해야겠네! 알몸으로 있으란 소린

안 할 테니까 얌전히 이 옷으로 갈아입으렴~."

아니, 개성 강한 스태프들 많지 않나?

몸을 만지거나 하는 짓은 당하지 않았지만, 정확하게는 내 옷을 벗겨왔다.

스태프에게 둘러싸인 나는 그대로 지정된 옷을 입고, 의자에 앉혀지고, 머리를 정돈하고…… 그 모든 것에 휩쓸리고 있었다.

너무 갑작스럽게 벌어진 일에 사고 처리가 따라가질 정신이 멍한 상태였기에 시키는 대로 당하고 있었던 것일지도 모르겠다.

왜 옷을? 아니, 무슨 옷이죠? 게다가 머리는 자른 지 얼마 안 됐는데……? 아니 애초에 나나미는……? 여러 의문이 머리를 지나가는 사이, 순식간에 폭풍 같은 치장은 종료되었다.

정신을 차리고 보니 나는 조금 전까지와는 전혀 다른 복장으로 갈아입고 있었다. 흰색을 바탕으로 한 낯선 옷이다.

이건 정장이잖아……. 아니, 턱시도인가?

……왜 나는 턱시도로 갈아입은 거지?

"어머, 잘 어울리네. 사이즈도 딱 맞아. 응, 정말 멋있어."

"아니, 저 토오루 씨? 이게 무슨 일이죠?"

"나나미? 준비됐으니까 들어와도 돼~."

"어? 무시하시는 건가······요······?"

토오루 씨를 향한 항의를 담아 질문하던 내 목소리는 방에 들어온 나나미의 모습을 시야에 담자마자 사라지고 말았다.

딱히 그곳에 무언가가 비친 것이 아니다. 방의 조명도 평범했고, 내 눈이 이상해진 것도 아니다. 하지만 나에게는 마치 그곳만이 빛나고 있는 것처럼 보였다.

불빛에 홀린 밤벌레라도 된 듯 거기서 눈을 뗄 수 없었다.

언젠가 학교에서 단체로 미술관에 갔을 때 봤던 그림보다 더, 눈앞의 존재에 심장이 두근거렸다.

그곳에는 하얀 드레스에 몸을 감싼 나나미가 있었다.

그 드레스는 풍성한 레이스가 들어가 있음에도 대담하게 어깨부터 가슴 언저리가 드러나 있었다. 그러니 모순되는 말을 좀 하자면······ 그렇게나 대담하게 노출했음에도 청초함을 조금도 잃지 않았다.

느슨하게 웨이브가 들어간 머리가 오른쪽 어깨에서 쇄골선에 걸쳐 있다.

치마는 바닥에 닿을 듯 닿지 않는 아슬아슬한 길이로 크고 푹신하게 펼쳐져 있다. 마치 호수면에 퍼진 순백의 꽃 같다.

액세서리 종류는 아무것도 착용하지 않았다. 그저 나나미 본인과 드레스뿐이지만, 마치 섬세하고 세밀하게 조각

된 예술품 같았다. 나는 숨 쉬는 것조차 잊고 그 모습에 넋을 잃고 말았다.

호흡 기능까지 꾹 억눌린 듯한 착각에서 벗어나 간신히 숨을 쉴 수 있게 된 나는 그 모습이 마치 신부 같다는 생각이 들었다.

신부…… 누구의……? ……설마 나?

자세히 보니 나나미는 희미하게 볼을 물들인 채 내 쪽으로 시선을 돌리고 있다. 그녀도 어딘가 은은한 눈빛이었다. 이윽고 그녀와 나의 시선이 교차했다.

교차한 시선이 파직 빛을 발한 것 같은 느낌이 들었다.

"예쁘다……."

무심코 중얼거리던 내 말이 그대로 고요해진 방안에 울려 퍼졌다. 내 주위에 있는 사람들도 나나미의 모습에 반한 것인지 말을 잃은 채였다.

내 말에 한동안 돌아오는 대답은 없었다. 우리는 오직 서로만을 시야에 담았다.

"……고마워……. 요신도 멋있어."

천천히, 나나미는 미소를 지으며 내 말에 답했다. 나는 그녀에게서 받은 말을 똑같이 천천히 음미했다.

나나미는 더욱 볼을 붉히며 나를 칭찬했지만, 기쁨보다도 나는 나나미에게 닿고 싶은 충동을 억누를 수가 없었다. 그래서 조금씩, 조심스럽게 그녀에게 다가갔다.

서둘러 다가가면 멀어지는 듯한…… 사막에서 신기루를 봤을 때의 기분이란 게 이런 걸까? 환상적인 그 풍경이 현실인지 꿈인지 확신할 수 없었다.

천천히, 한 걸음씩, 확실하게 다가갔다.

나나미는 그저 말없이 나를 기다렸다. 내가 그녀에게 도착했을 때, 마치 며칠을 걸려 걸어온 기분이 들었다.

마침내…… 지척까지 다가갔다. 그렇게 생각했을 때, 그녀의 뺨에 내 손이 닿았다.

나나미는 아주 조금, 반사적으로 움찔 몸을 떨었지만…… 그대로 닿은 내 손을 잡았다. 눈치채지 못했는데, 손에 새하얀 장갑을 끼고 있었다.

매끄러운 비단 촉감이 내 손으로 전해져 왔다.

상황이 어떻게 흘러가고 있는지 이젠 아무래도 상관없어진 나는 그대로 나나미의 어깨에 손을 얹고 그녀를 향해 얼굴을 가까이 가져갔다. 그리고 나나미 뒤에 있던 사람들을 알아차렸다.

형형하게 빛나는 시선들이 느껴졌다. 환상에 젖어 있던 나는 단번에 현실로 되돌아와 황급히 그쪽으로 시선을 돌렸다.

당연하지만 거기엔 낯익은 얼굴들만 있었다.

나나미의 가족, 우리 가족, 오토후케 씨, 소이치로 씨, 카모에나이 씨, 오리베 씨, 쇼이치 선배……

다들 흐뭇한 것을 보는 듯한 따뜻한 눈빛……이 아니라, 결정적인 장면을 놓치지 않겠다는 듯 형형한 눈빛을 한 사람들이 우리들을 보고 있었다.

모두를 발견하고 현실로 되돌아간 나는 그들의 시선에 완전히 정신을 차렸다.

"왜, 왜 다들 여기 있는 거예요?!"

"응? 아니, 우린 오늘 여기서 재미있는 걸 한다고 들어서 말이야. 자자, 우린 신경 쓰지 말고 계속해."

"겐이치로 씨, 아버지가 딸의 키스를 말리지 않아도 되는 건가요? 이럴 땐 반대하는 거 아니에요?"

아무리 그래도 양가 부모님 앞에서 키스해본 적은 없었기에 나도 모르게 반박하고 말았다. 하지만 모두 일제히 커다란 한숨을 내쉬며 쓴웃음을 짓고 있었다.

안 했지? 하려고 했던 적은 있었지만……. 어? 뭐야, 그 새삼스럽다는 반응은?

"글쎄, 너무 새삼스럽지 않니?"

생각하고 있던 말을 타이밍 좋게 들었다. 겐이치로 씨의 그 한마디에 전원이 일제히 고개를 끄덕인다.

어? 뭐야? 미팅이라도 한 것처럼 딱 맞았는데?

"뭐 설명하자면, 모처럼 둘이서 예약을 했잖아. 그래서 점장님이랑 이왕이면 조금 늦은 한 달 기념도 겸해 결혼식 느낌의 사진을 찍어주고 싶다는 이야기가 나와서……."

"하츠미한테 부탁해서 사람들을 모아달라고 했어. 다들 기쁘게 와줬고."

"다들 언제 결혼하나 생각하고 있어서 그런지 쉽게 모이더라."

혼란스러워하는 나에게 두 사람이 지금의 상황을 설명해 주었다. 자세히 보면 남성들은 정장, 토모코 씨, 사야, 오토후케 씨, 카모에나이 씨는 드레스 같은 옷이다.

거창하진 않지만 그렇다고 수수하지도 않다. 모두가 절묘한 밸런스의 드레스를 입고 있다. 색깔도 제각각이어서 어딘가 화려한 분위기다.

우리 부모님은 모두 정장이었다. 엄마는 드레스가 아니라 넥타이를 하고 있다. 뭐, 엄마의 드레스 차림은 상상이 안 가니까 상관없긴 하지만……

문제는 그 옆이다. 옆에 있는 선배.

어쩐지 내 부모님 옆에 있는 쇼이치 선배는…… 검은 턱시도를 입고 나비넥타이를 하고 있었다. 아니, 왜 우리 부모님 옆에 있어요, 선배?

내 의아함이 담긴 시선을 눈치챘는지 선배가 기쁜 얼굴로 한 손을 들어 나에게 화답한다. 아니, 뭘 입어도 잘 어울리네, 이 선배는.

"쇼이치 선배까지……? 여기 있어도 괜찮아요? 동아리 안 가도? 대회가 가깝지 않나요?"

"이 촬영이 끝나면 갈 거야. 그래도 절친의 경사스러운 장면은 봐야 하지 않겠어? 아, 요신 군의 부모님께도 인사 드렸다."

딱히 경사스러운 날은 아니지만 말이죠. 오늘은 평범한 날입니다.

아빠 쪽으로 시선을 돌리자 뭔가 감격에 젖어 있다.

"요신…… 언제 이렇게 좋은 친구를 다 사귀고……."

"아버님, 어머님. 요신 군 일은 제게 맡겨주십시오!"

그렇게 말하고 쇼이치 선배는 아빠와 굳은 악수를 나눴다. 아니, 어느 틈에 우리 부모님이랑 친해진 거야? 이 사람은 무적인가?

"자아, 두 사람 다 키스하는 건 잠깐 기다려줘. 화장이 망가질지도 모르니까. 사진 먼저 찍자."

……그 말에 나는 아직도 나나미의 어깨를 잡고 있었다는 사실을 깨달았다. 당황하는 모습을 보이고 싶지 않았던 나는 나나미에게서 천천히 손을 뗐다.

나나미가 작게 아쉽다고 중얼거렸고, 우리는 토오루 씨의 재촉을 받아 스튜디오 중앙 부분으로 떠밀리듯 이동했다.

그곳에는 어느새 이미 촬영 세팅이 끝나 있었다. 어쩌면 내가 들어왔을 때부터 이미 스탠바이였는데 눈치채지 못했을 수도 있다.

만약 아까 알아차리지 못했다면 정말 키스해 버렸을지

도 모른다. 살짝 아쉽긴 하지만 모두가 보는 앞이었다고 생각하니…… 상상만 해도 볼이 뜨거워진다.

나는 그것을 얼버무리기 위해 입을 열었다.

"토오루 씨, 이런 거 엄청 비싸지 않나요? 기념은 되겠지만……."

"애들은 그런 거 신경 쓸 필요 없어. 게다가 사진을 가게 안에 장식하면 우리한테도 좋은 홍보가 되니까 말이야. 대금을 서비스해도 전혀 손해는 아니란다."

"……가게에 장식하시려고요?"

"부모님한테 오케이는 받았어."

토오루 씨는 즐거운 듯이 준비를 진행하고 있었다. 나도 모르는 새에 승낙한 부모님을 향해 나무라는 듯한 시선을 보냈다. 하지만 부모님은 나의 시선을 모르는 건지…… 아니, 눈치챘는데 무시하고 있다.

잠깐, 내 사진을 장식한다고……? 나나미라면 그림이 되겠지만, 나는 좀 안 어울릴 것 같은데.

"으음……. 아, 맞다. 결혼 전에 웨딩드레스를 입으면 혼기가 늦어진다고 하지 않았나요? 그건…… 그러니까……."

"이미 상대가 있는데 혼기가 늦어질 일이 있나? 게다가 그 드레스는 웨딩풍 드레스니까 아마 괜찮지 않을까?"

"너무해, 요신. 나랑은 결혼하고 싶지 않아? 전에 결혼하고 싶다고 말했으면서…….”

웨딩풍이 뭐야. 미약하게 던져본 내 저항의 말은 나나미와 토오루 씨의 공격에 힘없이 부스러졌다. 그 말투는 비겁하잖아. 확실히 그렇게 말하긴 했지만.

그 후에도 무수한 변명의 말이 떠올랐지만, 무슨 말을 해도 설득당하고 끝날 것 같은 미래밖에 보이지 않았다.

그래서 나는 항복하겠다는 듯 두 손을 들고 얌전히 사진을 찍기로 했다. 이젠 나도 모르겠다. 일단 저지르고 보지 뭐.

게다가 이만큼이나 예쁜 여자친구와 고등학생 때 결혼식 느낌의 사진을 찍는 일은 거의 없을 테니까, 긍정적으로 기뻐하자. 기뻐하지 않으면 벌을 받을 것 같다.

“네, 그럼 둘 다 웃으세요. 사진 찍을게요.”

그리고 촬영회가 시작됐다.

팔짱을 끼거나 손을 잡기도 하고, 오토후케 씨와 카모에나이 씨, 소이치로 씨에게 오리베 씨, 쇼이치 선배와 함께 찍기도 했다.

나나미와 나나미의 가족사진도 찍고, 나와 나의 가족사진도 찍었고, 반대로 내가 겐이치로 씨 가족과 찍기도 했다.

“아빠도 엄마도…… 잘도 나 몰래 이런 준비를 했네.”

“어머, 아들의 경사스러운 모습을 볼 수 있는 기회가 있다면 뭐든지 할 수 있는데?”

“그렇지. 볼 수 없을지도 모른다고 생각하던 경사인 만

큰 더 감격스럽구나."

자세히 보면 둘 다 눈꼬리에 눈물이 글썽이는 것처럼 보인다.

확실히. 듣고 보니 나나미와 함께 있을 때 여자친구가 생겼다고 말한 것만으로도 놀랐는데, 이런 식으로 유사 결혼식까지 하면 기뻐할 만도 한가? 나도 그때는 부모님에게 이 장면을 영영 보여드릴 수 없을 줄 알았다.

그렇다면 지금은 마음껏 효도……가 될지는 모르겠지만, 좋아하도록 놔두자. 그렇게 생각한 순간, 엄마가 폭탄을 투척했다.

"이제 손자 얼굴을 언제 볼 수 있을지만 남았구나. 그렇게 되면 대학생일 때 학생 결혼을 할 수도 있겠네. 하지만 학업 중에 출산까지 하려면 힘드니, 졸업 후가 좋지 않을까."

최근 이런저런 고민을 하고 있던 것도 있던 탓일까. 갑자기 던져진 발언에 나도 나나미도 언성을 높이고 말았다.

"엄마?!"

"시노부 씨, 너무 급해요……. 저는 그, 신혼인 동안은 둘만의 시간도 즐기고 싶고……."

"나나미도 진정해! 여자의 결혼 연령은 18살부터니까!"

얼굴을 붉히면서도 나나미는 나와의 신혼 생활을 상상했는지 흐뭇한 미소를 짓고 있다. 머리가 혼란스러운 탓인지 내 지적도 어쩐지 이상했다. 문제는 거기가 아니잖아.

"그렇지, 당분간은 단둘이 있어야지. 집도 빌려야 하고……."

"어머나, 즐거운 얘기를 하고 계시네요. 후후, 저도 끼워 주시겠어요?"

위험해, 연료가 왔다. 드레스 차림으로 나누는 성급한 이야기에 토모코 씨도 참가했다.

이렇게 되면 더는 말릴 수 없다. 여성들의 이야기가 고조되는 모습을 보며 남성들은 얼굴을 마주 보고는 살짝 어깨를 으쓱할 뿐이었다.

그런 모습도 토오루 씨는 즐겁게 사진에 담아내고 있었다.

이것도 좋은 추억일까? 그런 뜻을 담아 토오루 씨에게 시선을 보내자, 토오루 씨도 나에게 윙크를 돌려주었다. 나는 나도 모르게 쓴웃음을 지었다.

사진을 한가득 찍고…… 마지막에는 토오루 씨도 포함해 전원의 사진을 찍기도 했다.

이건 진짜 결혼식이 아니라 단순히 옷을 입고 찍은 기념 촬영인데, 다들 우리를 축복해주고 있다.

"마지막으로 두 사람 사진으로 마무리할까? 요신 군, 공주님 안기 할 수 있어?"

"거뜬하죠. 제가 뭐 때문에 근력 운동을 한다고 생각하세요?"

토오루 씨의 그 말에 나는 가슴을 펴고 대답했다.

아니 물론, 뭐를 위해서냐고 묻는다면 딱히 목적이 있었던 게 아니라 어쩌다 보니 단련해 온 것뿐이지만. 그래도 굳이 말했다. 나나미를 위해서 단련해 왔다고. 모든 건 이때를 위한 것이라고.

문제는 내가 공주님 안기를 해본 적이 없다는 것 정도인가. 본 적은 있지만.

"음…… 그럼 갈게."

"응, 좋아."

긴장으로 침을 삼켰다. 그리고 나는 천천히 나나미의 무릎 뒤와 허리에 손을 얹었고, 나나미는 천천히 나에게 몸을 맡겨왔다. 나를 신뢰해준 것인지 그 움직임은 무척 자연스러웠다.

한순간 손에 닿는 무게를 느꼈지만, 이내 나는 그 무게를 잊어버렸다. 가벼워, 가볍다. 이 정도면 나는 얼마든지 할 수 있어. 자신을 고무시키듯이 마음속으로 외쳤다.

그리고 나나미의 몸을 나는 들어 올렸다. 공주님 안기 자세가 되자 그녀가 행복한 얼굴로 내 목에 손을 뻗어 꼭 달라붙었다.

제대로 성공했다는 것에 나도 모르게 웃음이 흘러나왔다.

어쩐지 사야가 "좋겠다, 나도 해보고 싶다. 해달라고 할까……" 하고 중얼거리고 있다……. 사야, 미안하지만 나나미 전용이야.

어쩐지 겐이치로 씨의 얼굴은 한껏 경직돼 있었다.

그런 식으로 그들을 바라보고 있는데, 내게 붙어있던 나나미가 기쁘게 입을 열었다.

"요신, 여름 방학도 잔뜩 놀자. 그리고 앞으로도…… 핼러윈도 있고, 크리스마스나 설날, 내년에는 발렌타인도 있고……."

"이벤트가 가득하네. 작년까지만 해도 혼자여서 감이 잘 안 와."

"그럼 이제부턴 내가 제대로 즐길 수 있게 해줄게. 계속 같이 있자?"

"물론, 계속 함께하자."

나나미의 얼굴이 지척에 있었다. 어제 내가 벌떡 일어났을 때처럼 기세에 몸을 맡긴 것이 아닌, 내 의사로 그녀와의 거리를 좁혔다.

아무리 근력 운동을 하고 있다지만 내 근력 운동은 아마추어의 취미다. 그래서 곧 한계가 올 줄 알았는데…… 언제까지고 나나미를 안고 있을 수 있을 것만 같았다.

내게 붙어있던 나나미가 잠시 멀어지는가 싶더니 내 뺨에 자신의 입술을 가져갔다. 나는 그 답례로 그녀의 뺨에 내 입술을 가져갔다.

그것이 주위를 부추기는 결과를 만든 걸까. 키스하라는 요청이 주위에서 들려온다. 농담이지……. 다들 술 마신 거 아니야? 취했나?

토오루 씨는 그 순간을 놓치지 않으려는 듯 카메라를 들고 있었다. 거의 프로네, 이 사람은.

"……어쩌지?"

"……부끄럽지만 가라앉을 것 같지도 않으니까…… 해 버릴까?"

그렇긴 해도 긴장된다. 하지만 여기서 하지 않으면 그건 그거대로 놀림당하겠지……. 아니, 아니지. 주위는 상관없다. 내가 나나미와 키스하고 싶은지 아닌지가 중요한 거다.

그리고 나는 그대로 그녀와 키스를 하려다가…….

균형을 잃었다.

내가 뒤로 쓰러졌고 나나미가 내 위에 올라타는 자세가 되고 말았다.

아니, 아무래도 익숙하지 않은 근육을 쓰니까 한계가 왔어! 주위에서는 한심하다는 둥 야유가 쏟아진다. 어쩔 수 없잖아.

마치 어제 나나미의 방에 있었을 때를 재현한 것처럼, 넘어진 내 위에 나나미가 올라타 있었다. 나와 나나미는 서로의 얼굴을 마주 보았고…… 누가 먼저랄 것 없이 웃음이 나왔다. 그리고 내 위에 있던 나나미가 빠르게 움직였다.

그녀는 그대로 쓰러져 있는 내 뺨을 가볍게 잡더니 내 입술에 자신의 입술을 포갰다.

쓰러진 채 나와 나나미는 키스를 했다.

기습이지만 나는 그렇게까지 놀라지는 않았다. 분명 나나미라면 이럴 터였다. 하지만 주변은 그렇게 되지 않았다. 사진 찍는 소리와 모두의 환호성, 축복하는 소리가 들려와서 우리는 행복한 기분에 젖어 들었다.

한동안 입술을 겹친 뒤 나나미가 조용히 내게서 멀어졌다.

"……사랑해."

"나도 사랑해."

쓰러진 채 내 위에 올라탄 그녀가 입술을 떼더니, 치아를 드러내며 천진난만하게 씨익 웃었다. 나도 지지 않고 그녀에게 미소로 화답했다. 그리고 쓰러진 채로 그녀를 껴안았다.

내 품 안에서 행복한 미소를 짓는 나나미를 보며 나는 확신했고…… 다시 한번, 이번에는 내가 그녀에게 입을 맞췄다. 이번에도 모두에게서 사진을 찍는 듯한 소리가 들려왔지만, 나는 그 행복한 소리를 들으며 더욱 그녀를 강하게 껴안았다.

키스를 마친 뒤에도 우리는 서로 껴안고 있었다.

우린 서로 접점이 없던 두 사람이었다.

그런 우리가 이렇게 지금은 둘이 함께 있다.

그것이 무엇보다도…… 행복하게 느껴졌다. 나나미도 그렇게 느껴줄까?

"요신, 나…… 행복해."

내 마음을 읽은 듯한 그 말에 나는 자연스레 미소를 지었고, 나나미도 사르르 녹는 듯한 예쁜 미소를 지어주었다.

분명 많은 것들이 달라질 거다.

고등학교를 졸업하면 환경이 바뀐다.

어쩌면 다투게 될지도 모른다.

서로의 꿈을 이루기 위해 멀어지는 일이 생길 수도 있다.

하지만 지금의 마음은 변하지 않아. 나나미를 좋아한다는 이 마음은 변하지 않아.

벌칙 게임으로 고백해 온 갸루와 외톨이에 아싸였던 나. 그 두 사람의 나날은 앞으로도 계속 이어질 것이다.

새롭게 결의한 나는 그런 확신을 가지고…… 나나미를 다시금 강하게 껴안았다.

어제는 정말 즐거웠지. 기뻤어. 하룻밤이 지나고 방과 후가 되었는데도 아직 그 여운이 남아 있다. 어젯밤은 흥분해서 잠도 좀 설쳤고…….

"나나미, 괜찮아? 왠지 눈이 좀 피곤해 보이는데?"

"음…… 괜찮아……. 아, 역시 좀 힘든가……."

나는 눈을 가볍게 비비며 옆에서 걱정하는 요신에게 고개를 살짝 기댔다. 교실 안에는 우리 말고도 몇 명이 더 있지만, 이런 내 행동에도 익숙해졌는지 보는 사람도 적어졌다.

뭐, 요신에겐 또 달라붙는다는 말을 듣긴 했다. 뭐 어때, 연인이니까 달라붙어 있을 수 있지~. 애초에 딱히 나쁘다고 하진 않았나.

"그렇게 졸린데 수업 중에는 조금도 졸지 않았다니, 굉장하네……."

"수업은 중요하니까. 요신도 수업은 잘 들어야 해?"

"네, 명심하겠습니다……."

살짝 기죽은 기색으로 요신이 머리를 긁적였다. 요즘 요신은 제대로 공부하고는 있지만, 가끔 졸기도 한다.

뭐, 내가 공부를 가르쳐주면 되긴 하지만…… 그래도 제대로 깨어 있는 버릇이 없다면 만일의 경우 힘들어질 수 있다. 여기선 마음을 강하게 먹어야지.

너무 엄격하다는 말을 들을지도 모르겠네.

"오늘은 이다음에 뭐 하지…… 어디 놀러 갈래?"

"그런 졸린 눈으로……? 오늘은 그만 들어가서 자는 게 낫지 않겠어? 요즘 체력을 많이 쓰고 있으니까 그러다 건강 상해."

"와, 요신이 뭔가 엄마 같은 말을 하고 있어!……."

힘없이 웃는 내 머리를 요신이 토닥토닥 두드려주었다. 아, 어쩌지, 잠들 것 같아. 진짜 오늘은 한계일지도 몰라. 졸려.

너무 흥분했던 것의 반동이 왔구나. 하긴 근래에는 주말에도 계속 놀기만 해서 느긋하게 쉰 적이 별로 없었으니까…….

내가 크게 하품을 하자 요신도 덩달아 하품을 했다. 하품은 옮는단 말이지.

"그럼…… 후암…… 오늘은 우리 집에서 같이 잘까……."

"나나미, 우리 같이 잔 적 없……지는 않구나. 하지만 학교에서 그 말은 하지 말까? 오해가 커지니까."

순간 주위가 술렁거린 기분이다. 졸려서 머리가 잘 작동하지 않는다…….

나는 그대로 요신의 재촉을 받고 일어서서 그의 도움으로 비틀비틀 신발장까지 이동했다.

어쩌지, 졸음을 자각해 버리니까 단숨에 졸음이 쏟아진다. 비틀비틀, 둥실둥실…… 그의 부축을 받으며 함께 걸었다.

아무리 그래도 신발은 제대로 직접 신어야지…… 신겨주는 것도 좋겠지만……. 그런 생각을 하며 신발장을 열어보니 종이 한 장이 들어있었다.

평범한 복사용지로 가운데가 접혀 있다. 이게 뭐지?

글자가 거의 적혀 있지 않은 그 종이를 나는 무방비한 상태로 펼쳤다. 펼치고 말았다.

잠에서 덜 깬 머리가 순식간에 깨어났다. 마치 머리에 얼음물을 뒤집어쓰기라도 한 것처럼 온몸이 차가워진 나는…… 눈을 부릅떴다.

그 종이에는 중앙에 딱…… 한마디만 적혀있었다.

『벌칙 게임, 아직도 계속되고 있나요?』

무사히 5권을 발매할 수 있어서 안심했습니다. 여러분, 안녕하세요. 유이시입니다.

그리고 5권 발매가 한 달 정도 늦어진 점에 대해 여기서 사과드립니다. 제작 지연이 아니라 여러 사정이 있어서…….

아무튼 무사히 전달할 수 있어 기쁘게 생각합니다.

제2부의 시작이라고 이름 붙인 이번 권은 즐거우셨나요? 모든 것이 마무리된 후, 새로운 이야기의 시작을 즐기셨다면 좋겠습니다.

저도 사실 4권으로 끝날 줄 알았기에 이번 5권 출판은 무척 기쁜 이야기였습니다.

작품에 대한 평가는 독자분들의 손에 달려 있습니다. 작풍이 맞지 않는다, 재미있다, 재미없다는 사람의 주관에 따라 다르고, 모든 사람이 똑같이 받아들인다는 것은 불가능하지요.

아마 4권으로 깔끔하게 끝나는 편이 나았다고 생각할 수도 있고, 속간에 관해서는 찬반양론이 있었을 겁니다.

그래도 조금이라도 즐거운 이야기를 전해드리고 싶다는 게 심정입니다. 앞으로도 더 재밌게 보실 수 있도록 라이트노벨 작가로서 힘내겠습니다.

12월 1일부로 저는 라이트노벨 작가로서 데뷔 1주년을 맞이했습니다. 두 번째 해에 나온 첫 번째 책이 이 5권인 셈입니다.

긴 듯하면서도 짧았던 한 해였습니다. 이 1년 동안 책 4권에 만화, 심지어 영어판이나 대만판 등 국외판을 내기도 했습니다.

특히 만화에 대해서는 네임을 직접 확인하는데, 제가 쓴 글이 만화가 되면 이런 느낌이구나 하고 매번 감동하고 있습니다.

칸나 나고미 선생님이 앞으로 어떻게 그려주실지 저도 한 명의 독자로서 매우 기대가 되기도 합니다. 나나미가 귀엽습니다. 정말로. 만화에서는 또 다른 파괴력이 있네요.

5권의 일러스트는 어떠셨나요? 카가치 사쿠 선생님이 그려주시는 나나미와 다른 캐릭터도 무척 귀엽습니다. 매번 다양한 의상을 입은 소녀들을 그려주고 계십니다.

이번에는 조금 빠르게 수영복을 선보이게 됐습니다. 그렇습니다. 멜론북스에서는 태피스트리도 내주시고…… 이 역시 훌륭한 일러스트입니다.

예전부터 동경했던 일들이 속속 생겨나고 있는 인생입

니다. 1월이 생일인데, 빠른 생일 선물을 받은 기분입니다.

담당 편집자님이신 코바야시 님께도 감사드립니다. 앞으로도 계속 이어질 수 있도록 노력할 테니 잘 부탁드립니다.

그리고 아마 예고가 나와 있겠지만 다행히도 6권이 나오기로 결정됐습니다. 그렇게 끝내놓고 6권이 나오지 않으면 어쩌나 했는데…… 이것도 관계자분들과 독자 여러분 덕분입니다.

1권부터 4권은 제 안에서 하나의 주제를 가지고 써왔는데, 5권에서도 하나의 주제로 좁혀서 써보았습니다.

제가 생각해둔 결말까지 쓸 수 있으면 좋겠다는 마음으로…… 현재 6권을 집필 중입니다.

그럼 다음 권에서 또 뵐 수 있다면 좋겠습니다.

2022년 12월
6권을 열심히 쓰고 있는 유이시로부터.

다음 권 예고

다가오는 기말고사…
이어서 여름 방학이 시작되는데?!

의미심장한 편지가 들어있었던 것을 요신에게 전하는 나나미.
만일을 위해 바라토가에 관계자들이 모여 대책을 궁리하는데,
좋은 생각은 떠오르지 않고 실질적인 피해도 없었기에 그대로
놔두기로 한다.

그런 와중 기말고사가 얼마 남지 않았다는 것을 깨달은 두 사람.
연애만 하고 공부를 소홀히 할 수는 없었던 요신과 나나미는 함께
공부 모임을 시작!
나아가 데이트를 너무 많이 한 탓에 돈이 부족하지 않을까
걱정하던 요신은 아르바이트를 결심하는데——?

여름 축제에 불꽃놀이 등 풍성한 이벤트를
두 사람은 어떻게 함께 보낼 것인가?!

오리지널 분량을 대폭 수록한 6권!

Inkya no Boku ni Batsu Game de Kokuhaku site kita hazuno Gyaru ga dou mitemo
Boku ni Betabore desu 5
©Yuishi
Originally published in Japan in 2023 by HOBBY JAPAN CO., Ltd.
Korean translation rights ©2023 by Somy Media, Inc.

**아싸인 내게 벌칙 게임으로 고백해 온 갸루가
아무리 봐도 나한테 반한 것 같다 5**

2023년 9월 15일 1판 1쇄 발행
2024년 3월 15일 1판 2쇄 발행

저　　　자	유이시
일 러 스 트	카가치 사쿠
옮 긴 이	이소정
발 행 인	유재옥
이　　　사	조병권
출판본부장	박광운
편 집 1 팀	박광운 최서영
편 집 2 팀	정영길 조찬희 박차우 정지원
편 집 3 팀	오준영 권진영 이소의
디자인랩팀	김보라 박민솔
디지털사업팀	박상섭 김지연 윤희진
라이츠사업팀	김정미 맹미영 이윤서
영업마케팅팀	최원석 박수진 이다은
물 류 팀	허석용 백철기
경영지원팀	최정연
인쇄제작처	㈜코리아피엔피
발 행 처	㈜소미미디어
등　　　록	제2015-000008호
주　　　소	서울시 마포구 토정로222, 403호 (신수동, 한국출판콘텐츠센터)
판매 및 마케팅	(070) 8822-2301

ISBN 979-11-384-8007-9
ISBN 979-11-384-1250-6 (세트)